적기사는 눈먼 동을 좇지 않는다

적가시는 눈먼 동을 좇지 않는다 2

로시원 장편소설

초판 1쇄 찍은 날 | 2021년 7월 7일
초판 1쇄 펴낸 날 | 2021년 7월 14일

지은이 | 로시원
펴낸이 | 권태완 우천제

편집책임 | 박은정
편집 | 박가연 심성경 손혜진 장현아 이예린 정나래

펴낸곳 | (주)케이더블유북스
등록번호 | 제25100-2015-43호
등록일자 | 2015. 5. 4
WFN | 제3-074호

주소 | 서울특별시 구로구 디지털로31길 38-9 에이스테크노타워 1차 401호
전화 | 02-867-4626 팩스 | 02-866-4627
E-mail | cl_production@kwbooks.co.kr

ISBN 979-11-293-8206-1 04810
　　　979-11-293-8204-7 (set)

II

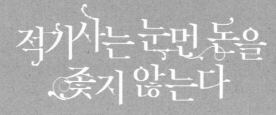

적기사는 눈먼 돈을 좇지 않는다

로시원 장편 소설

위즈북

CONTENTS

Chapter 5
모순으로 벼린 칼날

유디트는 오랫동안 엎드려 울었다. 그녀는 차마 고개를 들지 못했다. 그러나 누구도 그녀를 나무라지 않았다.

피습당한 3황자 윌리엄도 그녀의 손을 잡은 채 함께 훌쩍거렸다.

"괜찮네. 나는 괜찮아. 정말 고맙네."

그런 상황 속, 유디트의 손을 놓지 않는 또 한 사람이 있었다.

기류였다.

뇌 속의 핏줄이 하나씩 말라비틀어진다면 이런 기분일까. 이상한 일이다. 유디트가 끅끅거릴수록, 기류는 속된 말로 돌아버릴 것 같은 기분에 휩싸였다.

기류는 기사단장이다. 전시(戰時)에는 부하와 함께 슬퍼

하다가도 가장 먼저 명령을 내리고 판단해야 하는 사람이다. 이 직위에 앉아 있는 이상 그는 어떤 때라도 평정을 지킬 줄 알아야 했다.

지금만 해도 그렇다. 유디트를 추스르고, 황자를 빠르게 안전지대까지 모신 다음 닥쳐올 상황을 대비해야 했다. 그것이 기류가 다해야 할 의무였다.

그런데, 어째서…….

손등으로 떨어진 그녀의 눈물 한 방울이 촛농처럼 뜨겁게 느껴질까. 그녀의 눈물을 기름 삼아, 그녀를 불안케 만드는 것들을 깡그리 태워 버리고 싶어지는 걸까.

기류는 움직일 수 없었다. 그녀에게서 눈을 떼는 법을 잊어버린 것 같았다.

유디트의 눈물 한 방울이 그의 가슴속에 샘을 만들었다. 두 방울, 세 방울 떨어질수록 샘이었던 것은 호수가 되고 바다가 되어 기류를 집어삼켰다.

이 자리를 어서 떠야 한다든가, 황자를 보필해야 한다든가. 그런 아무짝에도 쓸모없는 생각은 떠오르는 족족 감정의 바닷속으로 떨어졌다.

"……."

타인의 눈물에 이토록 마음이 일렁인 적이 있었던가?

맹세하건대, 단 한 번도 없었다. 그가 부하의 오열 앞에서 움직이지 못할 사람이었다면 기사단장을 맡지 못했으리라.

괜찮다든가, 안심하라든가, 하다못해 네가 자랑스럽다는 말이라도 해야 했다. 부하가 감정을 추스를 수 있도록 돕는 게 기류의 할 일이었다.

하지만 마음과는 달리 가벼운 칭찬 한마디 나오지 않았다.

쇳물처럼 뜨거운 감정 앞에서 그의 모든 판단이 녹아내렸다. 지금 마음을 찔러본다면 감정을 담은 뜨거운 물집이 팍 터져 버릴 것 같았다.

"다행입니다…… 다행이에요……."

기류가 이를 악물었다. 대체 뭐가 다행이라고. 네가 이렇게 우는데.

설명할 수 없는 답답함과 안타까움이 휘몰아쳤다.

기류는 감히 그녀가 아파할까 봐 살며시 겹친 왼손에 힘조차 주지 못했다.

마음을 움직이는 눈물 앞에서 평정 따위는 집어치운 지 오래였다.

오늘만이 아니라 내일도 유디트가 보고 싶었던 어느 날의 오후처럼 기류는 또 한 가지를 확실하게 느꼈다. 그녀의 손을 놓을 바에야, 팔을 자르는 쪽을 택할 것이다.

세차게 흔들리는 마음속에서 티 나지 않는 감정 하나가 조용히 움트고 있었다.

❅　✦　❅

기류와 유디트는 무사히 이든 일행과 합류했다.

천만다행으로 더 이상의 습격은 없었다.

그러나 상황은 좋지 않았다. 쓰러진 황자비로 인해 발이 묶였다.

초조하게 시간이 흘렀다.

다행히 날이 완전히 저물기 전에, 노스카나 공작령에서 지원군이 왔다. 전령을 자처한 헤일리 경이 빠르게 말을 몰아 다녀온 덕분이었다.

황자들은 쓰러진 황자비보다 먼저 공작성에 들어갈 수는 없다며 고집을 부렸다. 그래도 그걸 제외하면 차분히 사태가 수습됐다.

유디트도 이성을 되찾았다.

"함께 가는 게 어떤가."

"……불안하시다면 동행하겠으나, 할 일이 남았습니다."

3황자가 묻자, 유디트는 눈을 내리깔고 대답했다.

그녀라고 공작성에 가서 다 내려놓고 뻗고 싶은 마음이 없는 건 아니었다.

하지만 낙오된 일행이 있었다.

습격자는 확보했으나, 부상자는 아직 수습하지 못했다. 이 밤을 넘긴다면 살 수 있는 자들도 죽고 말리라.

3황자는 아쉬운 기색이 역력했으나 강요하지는 않았다.

그런데 막상 떠날 시간이 되자, 뜻밖의 인물이 걸음을 돌리지 못했다.

바로 기류였다.

"기류?"

"……."

마차에 몸을 실은 이든이 그를 불렀다. 그러나 기류는 미동조차 없었다.

곧 유디트는 그의 시선이 제게 박혀 있음을 깨달았다.

"……단장님?"

한시가 급할 때다.

정신을 잃은 황자비며, 언제 또 들이닥칠지 모르는 습격자를 생각하면 어서 빨리 걸음을 재촉해야 했다.

그런데도 기류의 눈에는 하나만 보였다. 유디트의 부어오른 눈가였다. 기류의 달싹이던 입이 겨우 열렸다.

"……경. 3황자님과 동행하는 건 어떨까?"

"네?"

"경은, 많이 다쳤어."

너도 함께, 먼저 공작성으로 돌아가는 게 어떻겠냐는 소리였다.

유디트는 잠시 눈을 깜빡이다 고개를 저었다.

"괜찮습니다. 마법사님이 주신 포션 덕분에 아직 움직일 수 있습니다."

"……"

"겉보기에만 핏자국이 심하지, 치료는 나중에 받아도 되는 수준입니다."

예상했던 대답이다. 그런데도 기류의 가슴은 답답하다 못해 터질 것 같았다.

유디트는 황족이 아니다. 마냥 등 뒤에 숨길 사람이 아니다. 지금, 에테르 마스터인 그녀의 실력을 의심하는 자는 없다. 기류조차도 그녀의 실력에 새삼 혀를 내두른 참이다.

그런데…… 판단과는 다른 방향으로 움직이는 마음이 있었다.

유디트를 두고 가야 하는 이 상황이 싫었다. 그녀를 앞에 앉혀두고, 물수건으로 마른 피를 차분히 닦아주지는 못할망정 뒤처리나 맡기고 자리를 뜨라고?

차가운 가슴으로 화염을 삼킨 기분이다.

기류는 다 필요 없으니까, 그녀가 당장 자기 자신부터 챙겼으면 했다.

"배려해 주셔서 감사합니다. 최대한 빨리 복귀하겠습니다."

"……"

"기류, 어서."

이든이 그를 채근했다.

보라색 눈동자는 잠시 일그러졌다. 한참 후에나 말뚝처

럼 박혀 있던 발이 움직였다.

"……올 때까지 기다리겠다. 무사히 돌아와."

기류는 어렵사리 말한 후, 안장에 올랐다.

그렇게 기류가 황족을 호위하며 먼저 떠났다.

"별일이네요. 단장님이 저렇게 미적거리시다니."

"그런가요?"

"네, 많이 걱정되셨나 봐요."

남겨진 유디트의 곁으로 헤일리가 다가왔다.

유디트는 한 점이 되어 사라지는 황족 일행을 바라보았다. 다른 사람이었다면 그럴 리 없다고 일축했을 테지만, 유디트는 수긍했다. 기류라면 그럴지도 모르겠다고.

"……후우."

남겨진 유디트는 길게 심호흡했다.

한차례 감정이 휩쓸고 간 덕에, 텅 빈 머릿속이 빠르게 현실을 받아들였다. 이 이상 시간을 낭비하는 건 아까웠다.

유디트 또한 안장 위에 오른 후, 노스카나 공작가의 기사단과 함께 왔던 길을 되돌아갔다.

눈을 부릅뜬 채 숲을 수색하는 시간이 이어졌다. 핏자국과 발자국을 찾고, 범위를 좁혀가며 사람을 찾았다. 어찌어찌 부상자와 죽은 일누크의 시신을 수습하니 밤이 어두워졌다.

공작령으로 돌아갈 즈음이 되자 말을 몰 체력도 없었

다. 포션으로 상처는 잠시 나았다지만 체력은 별개다. 그건 진작 바닥까지 긁어 쓴 상태였다.

의무감과 책임감에서 해방되자 피로가 몰려들었다. 마지막 기억은 헤일리 경의 등에 기댄 것이었다. 유디트는 그대로 곯아떨어졌다.

때문에 그날 새벽, 유디트는 노스카나 공작성에 들어선 자신을 누가 숙소까지 안아서 옮겼는지 알 수 없었다.

※　※　※

펑! 퍼엉! 깡!

어둠 속에서 금속음이 났다.

그게 검 부딪치는 소리라는 걸 깨닫자, 윌리엄의 온몸이 얼어붙었다.

왜 이런 일이 벌어졌는지는 따질 것도 없었다. 3황자로 태어난 이상 언젠간 벌어질 일이었다.

오늘이었다. 오늘 죽는 것뿐이다.

옆으로 쓰러진 마차 안은 무서울 정도로 고요하고 좁았다.

윌리엄은 아내를 찾아 무작정 더듬거렸다. 그러나 아무리 움직여도 몸이 답답했다. 마치 끝없는 어둠 속을 유영하는 것 같았다. 쉴 새 없이 헤맨 끝에, 그는 겨우 세리아를 찾았다.

"세리, 세리아…… 세리아……."

윌리엄이 그녀를 껴안은 채 울먹였다. 축 늘어진 아내는 실 끊어진 인형 같았다.

평생을 함께하자고 맹세한 상대였다. 죽음이 갈라놓을 때까지, 라는 말은 우습다. 황자와 황자비는 어차피 생사를 함께할 운명이다.

계승권을 가지고 태어난 이상, 이렇게 죽을 수도 있단 생각은 진즉 했다. 각오도 했다고 생각했다.

한데 턱이 파르르 떨렸다. 어찌할 수 없는 공포가 밀어닥쳤다.

'어차피 노리는 건 나 하나야.'

윌리엄은 몇 번이고 어둠 속에서 자신을 타일렀다. 그는 혼절한 아내의 이마에 깊게 입을 맞췄다.

한 명이라도 살아야 할 것 아닌가. 그럴 노력이라도 해봐야 할 것 아닌가.

황자비에겐 아무런 죄가 없다. 그녀를 죽이면 아르밧 가문이 가만히 있지 않을 것이다. 그러니 나만 죽이고 끝내라.

당당하게, 하지만 필요하다면 구차하게 애원해서라도.

'세리아라도 살려야 해.'

그 마음 하나로 윌리엄이 움직였다.

그렇게 슬그머니 고개를 마차에서 내밀었을 때, 윌리엄이 보게 된 광경은 예상과 달랐다. 최소 수십 명은 될 거라 예상했던 암살자는 하나뿐이었다.

그뿐만이 아니었다.

"아……."

윌리엄은 그녀를 한눈에 알아보았다.

적기사단의 하얀 제복. 먼지처럼 희뿌연 회색 머리칼. 날카롭게 경고하던 호박색 눈동자의…….

"형님!"

"……허어억!"

전신이 파르르 경련했다. 그는 겨우 눈을 떴다. 쥐 난 것처럼 뻣뻣했던 팔다리가 겨우 자유롭게 움직였다.

"아……."

흠뻑 젖은 침대 시트. 낯선 천장과 자신을 내려다보는 동생.

"……이든."

꿈이었구나. 그 사실을 깨닫자마자 윌리엄의 몸에서 힘이 쭉 빠졌다.

그가 팔목으로 눈가를 가렸다.

"그래…… 그래 맞아……. 노스카나 공작성에…… 왔었지……."

"……."

이든이 입술을 꾹 깨문 채 형을 보았다.

윌리엄은 식은땀을 흘리며 하얗게 질린 얼굴로 떨고 있었다.

'네 탓이 아니다.'

세리아도, 기류도 그렇게 말했다. 그러나 이든에게 위로가 되는 말은 아니었다.

노스카나 공작령 습격 사건으로 책임감을 느끼는 자는 많았다. 그중의 제일은 이든이었다.

이든은 자신이 계획한 외유가 습격으로 이어졌다는 데서 커다란 부담감과 죄책감을 느꼈다.

"······죄송합니다."

살다 보면 예상에서 벗어난 결과가 모두 자기 잘못처럼 느껴질 때가 있다. 이든에겐 지금이 그때였다.

형님 부부뿐만이 아니다. 기사 넷과 무고한 시종 여섯이 죽었다.

이번 사건으로 죽은 일누크 또한, 한때 이든이 포섭하려 했던 인재였다.

그들 모두가 누군가의 가족이었을 텐데.

할 말이 떠오르지 않았다. 목구멍이 쥐어짜이는 것 같았다.

미어지는 가슴으로, 그가 사과했다.

"정말 죄송합니다, 형님."

"······."

윌리엄은 이든에게 괜찮다고 말하지 않았다. 그 묵묵부답이 형이 느끼고 있을 복잡한 심경을 고스란히 대변했다.

이든은 빈말로도 괜찮다고 답하지 않는 형을 원망하지 않았다. 그들은 이럴 수밖에 없는 형제로 자라났기 때문이다.

한참의 시간이 지나고, 윌리엄이 입을 열었다.

"……누구일까."

"……."

"큰형님인가? 작은형님? 그것도 아니라면 설마, 네가 우연을 가장해서 나를……."

"형님."

"아니지. 어쩌면 폐하일지도 몰라. 내게 실망하셔서……."

사뭇 자조적인 말이었다.

윌리엄은 웃는 것 같기도 했고, 우는 것 같기도 했다.

"나도 참, 습격이 일어나니 그런 생각부터 들더구나. 로하스가 구하러 왔는데도, 믿기질 않아서……."

이든의 일그러진 얼굴 위로 서러움이 스쳤다.

철들 시절부터 황위를 두고 의식하는 사이였다지만 형제는 형제다. 이든은 형의 침묵 속에 담긴 참담한 심정을 누구보다도 잘 이해했다.

그들은 장성한 아들이 넷이나 있음에도 후계자를 책봉하지 않는 황제의 자식으로 태어났다.

황제는 그들을 수중에 올려 쥐락펴락하는 걸 당연하게

여겼다.

언제까지 이렇게 살아야 할까?

이든은 입술을 물었다.

"습격자들의 배후는 반드시 알아내겠습니다. 제가, 무슨 수를 써서라도요."

"고문이라도 할 생각이냐?"

"필요하다면요."

"……."

팔을 내린 윌리엄이 게슴츠레 눈을 떴다. 간격을 두고 한숨 같은 만류가 터져 나왔다.

"……그러지 말아라."

윌리엄은 그제야 이든을 보았다. 누구라고 할 것 없이, 두 쌍의 푸른 눈동자는 부쩍 지쳐 있었다.

"아닙니다. 아직 배후를 알아내지 못했습니다."

"습격자 모두가 황실에서 일한 적이 있었다는 걸 알아냈잖아. 그것만으로도 큰 수확이다."

"하지만……."

"적어도 네가, 날 죽이려고 한 게 아니었으니까. 나는 그것만으로도 마음이 놓여."

이든은 또다시 입을 다물었다.

황위 싸움. 그 빌어먹을 황위 싸움.

현 황제 라이오넬 드라카 베리타스에게는 네 아들이 있

다. 아들 모두가 처음부터 황위에 욕심을 가졌던 건 아니었다. 오히려 그 반대였다.

황제가 가장 귀애했던 건, 황후를 쏙 빼닮은 1황녀 올가였다. 그리고 모든 비극은 거기서 시작됐다.

딸보다는 아들이 황위 싸움에서 유리하다. 그것은 제국의 역사가 증명했던 사실이다.

그러나 라이오넬 황제의 아들에게는 해당되지 않았다.

황제의 첫딸. 장황녀 올가.

그녀가 태어난 날, 황제는 대신관을 불러 유언장을 작성했다. 앞으로 황후가 아들을 낳더라도 올가 황녀를 황제로 삼겠다는 내용이었다. 사실상 황태녀 책봉이었다.

대신관조차 황제의 성급한 행동을 말렸으나, 황제는 막무가내였다.

끝내 유언장은 신전에 안치되었다.

올가 황녀는 황제의 집무실에서 그의 붉은 망토를 양탄자 삼아 깔아뭉개고 낮잠을 잤다.

누구든 그런 광경을 어릴 적부터 보고 자란다면, 쟁탈이니 찬탈이니 하는 단어들은 목구멍으로 쏙 들어갈 것이다. 감히 어떤 형제도 올가의 황위를 탐내지 못했다.

한때는 그랬다.

"이든. 베르디로 돌아가자."

"벌써 수도로요? 조금 더 공작성에 머물다가 가시는

건……."

"피습 사건을 폐하께 고하기도 전에 이상한 소문이 돌까 봐 겁나는구나."

"……."

윌리엄이 우려된다는 듯 고개를 저었다.

피습 소식을 들으면 황제는 진노하며 두 아들을 걱정하리라. 하지만 삼 일도 안 가, 그 일이 정말로 벌어졌던 일인지 다시 불러 추궁할 사람이다.

황제는 의중을 읽기 어려웠다. 변덕이 심하고 의심은 더 많았다. 소문에 민감한 건 덤이었다.

이든이 침울하게 고개를 끄덕였다.

"무슨 말씀이신지 알겠습니다."

"올가 누님을 찾아가 보는 것도 좋겠어. 운이 좋으면 편지로나마 좋은 혜안을 내주실 수도……."

"어차피 누님은 만나주지도 않으실 겁니다. 항상 그랬지 않습니까."

이든의 말에는 노골적인 불만이 섞여 있었다. 윌리엄은 놀랐다.

"이든."

"전 이제 누님의 얼굴도 기억 안 납니다."

이든이 바닥에 시선을 두고 불만을 뱉었다. 날 선 목소리에는 불신이 드리워져 있었다.

"그 지긋지긋한 칩거가 대체 몇 년입니까. 때가 되면 황녀 궁을 나오겠다고요? 그때가 대체 언제란 말입니까. 누님의 나이가 벌써 서른인데."

이든의 원망은 황가의 불화를 암시할 정도로 노골적이었다. 황궁도 아닌 곳에서 할 만한 소리가 아니었다.

그러나 윌리엄은 동생을 질책할 수 없었다. 한때는 그도 누이를 미워했던 적이 있었기 때문이다.

너무나도 잘난 그들의 누이. 약속된 황제의 자리를 내팽개치고 칩거를 선언한 사람.

1황녀. 22대 청기사. 올가 오스카 베리타스.

지금으로부터 6년 전, 올가는 공식적인 황태녀 책봉을 뒤로하고 돌연 칩거를 선언했다.

이유는 터무니없었다. 신병을 앓게 되었단 이유였다.

"도대체 그 신병이 뭐라고요. 뭐 얼마나 대단하길래……."

"그리 간단한 문제가 아니다. 황실에서 최초로 성녀가 나올 수도 있는 일이었어."

윌리엄이 지친 안색으로 그에게 눈짓했다.

신병은 성녀나, 그에 비견될 신력의 소유자가 종종 앓았던 병이다.

소식을 들은 라이오넬 황제는 경악했다. 내내 아끼고 황제로 키워온 딸이 성녀가 될지도 모른다니!

성녀가 되면 평생 카르나크 신교의 교리에 따라 살아야

한다. 황제로는 살 수 없다는 소리다.

신전은 불가침 영역에 민감했다. 성녀와 신탁은 그 불가침 영역의 정중앙에 있는 것이었다.

대신관은 황제의 유언장에 적힌 황태녀 책봉이 무효라고 선언했다.

일방적인 유언장 무효 선언에, 황제는 길길이 날뛰었다. 그리고 무슨 일이 있어도 올가를 황제로 삼겠다며 맞서서 선언했다. 황위 싸움의 서막이었다.

승냥이로 돌변한 귀족들은 제각기 다른 황자에게 다가갔다. 그러곤 황위는 역시 안전하게 후사를 남길 수 있는 남자가 이어야 하지 않겠느냐며 속살거렸다.

황제는 아들 모두를 괘씸한 놈 취급했다. 감히 본인이 허락하지 않은 자리를 멋대로 넘보기 시작했다는 이유였다.

그는 곧 모든 자식을 저울대에 올려, 올가와 비교하고 엄하게 쟀다.

황가의 혼란은 길어졌다.

그사이 황후는 죽고, 형제는 갈라졌으며 막내인 이세에피나는 방황했다.

심지어 이세에피나 막내 황녀는 갈수록 냉랭해지는 황실 속에서 황제가 기분 좋으면 던져주는 애정을 받아먹으며 광증을 앓기 시작했다.

그렇게 6년.

아직도 올가는 칩거 중이었다.

신병이 나았는지, 성녀로서 합당한 자격을 가졌는지 확인해 보겠다며 신관이 들러도 황녀 궁의 문은 열리지 않았다. 1황녀 궁은 언제나 굳건히 닫혀 있었다.

그래서 이든은 이따금 올가의 칩거가 원망스럽고 미웠다. 그녀가 황위를 포기한다면……. 하다못해 성녀인지라도 확실히 말해준다면.

아니, 최소한 아무리 싫어도 얼굴을 보고 한 마디만 사정을 말해주는 누나라면 이렇게 밉진 않았을 것이다.

그러나 이든이 아는 한, 올가가 가끔이라도 교류하는 사람은 황제와 백기사단장뿐이었다.

"누님은 우릴 누구보다도 걱정하고 계실 거야."

"……걱정이라니. 기대도 안 합니다."

이든은 우울하게 말했다.

"누님이 언제 저희 같은 걸 신경 쓰며 사시던 분입니까?"

"……."

"형님도 헛된 기대는 지워 버리시는 게 좋을 거예요."

이든이 냉랭하게 고개를 돌렸다.

몇 마디를 더 하려던 윌리엄은 고개를 떨궜다.

윌리엄 또한 올가의 속내를 모르는 건 마찬가지였다.

형제간의 해묵은 감정을 해결하기엔 코앞에 닥친 문제가 너무 많았다.

이든이 답답한 공기를 참지 못하고 자리에서 일어났다.

"전 수도로 돌아갈 준비를 해두겠습니다."

"그래. 뒷일은 부탁하마."

"쉬세요."

이든이 가볍게 눈인사하며 방을 나섰다.

문이 부드럽게 닫혔다.

문고리를 놓은 이든은 복도를 걸었다. 밤공기는 싸늘했으나 가슴은 뜨거웠다. 바늘을 먹은 것처럼 속이 따끔따끔 아팠다.

'새삼……'

새삼 무엇에 실망했단 말인가.

아카데미로 떠나던 날, 문안조차 무시하던 올가의 냉랭함이 기억나서? 4황자라는 끈 떨어지는 신세를 새삼 자각해서?

그것도 아니면, 이미 오랫동안 신년회에서 함께 식사를 들지 않은 가족 때문에?

"……."

마음이 복잡했다.

이든은 자신의 기분이 울적해졌단 걸 인정하고 싶지 않았다.

때문에, 그는 평소였다면 쉽게 깨달았을 한 가지 사실을 놓쳤다.

그것은 윌리엄이 습격자의 배후로 꼽은 이 중에는 황제가 언급될지언정 올가의 이름은 없었다는 점이다.

❄ ✳ ❄

유디트는 신성 치료를 받기 무섭게 병석을 털고 일어났다. 그러곤 기다렸다는 듯 3황자를 모셨다.

그녀는 급속도로 3황자의 신뢰를 얻기 시작했다. 근거 없는 신뢰는 아니었다.

유디트는 목숨을 걸고 습격자와 맞섰다. 3황자의 무사를 확인하자마자 주저앉아 오열까지 했다. 그야말로 없던 신뢰도 생겨날 광경이었다. 그러나 신뢰는 곧 부담으로 변했다.

"세리아를 위해 이곳에서 머무는 게 나을지, 당장 수도로 돌아가야 할지 모르겠네. 경의 의견은 어떤가."

"……."

그렇게 중요한 건 의사와 이야기하는 게 더 나을 것이다.

그럼에도 윌리엄의 푸른 눈동자가 제게 꽂히면 대답할 수밖에 없는 게 유디트였다.

결국, 유디트는 할 수 있는 말 중 가장 성의 있는 대답을 꺼냈다.

"어느 쪽을 선택하시든 함께할 것입니다."

윌리엄은 그 대답에 못내 감격한 눈치였다.

유디트는 이런 갑작스러운 신임이 일누크의 부재 때문이라고 느꼈다.

3황자는 태연한 척했으나, 아침마다 그의 침대 시트는 흠뻑 젖어 있었다.

공작성의 분위기 또한 살벌했다.

황자와 황자비의 입으로 들어가는 음식은 노스카나 공작 영애가 직접 기미를 보았다.

상황이 이렇다 보니 3황자는 유디트를 더욱 자주 찾았다.

황자는 친절했다. 그는 유디트를 어떻게든 자기 측 사람으로 삼고 싶어서 안달 난 사람 같았다.

'좋기는 한데…….'

마냥 좋지만은 않다는 게 문제였다.

윌리엄을 구함으로써 유디트는 스스로를 옭아매던 감정에서 조금이나마 벗어날 기회를 얻었다.

그 자체는 더할 나위 없는 기쁨이고, 3황자가 앞으로도 무사하기를 바라는 마음에 거짓은 없다.

하지만 3황자 곁에 있고 싶진 않았다. 푸른 눈이 저를 향해 굳은 신뢰를 보낼 때면 유디트는 무거운 죄책감과 등을 맞대야 했다.

제 손으로 죽였던 사람이었기에 어떻게든 살리고 싶었다. 순수한 헌신이나, 굳건한 충성 때문에 살린 게 아니었다. 칭찬을 받을수록 마음은 편치 않았다.

그리하여 습격자를 막아내고 3황자를 살린 최고 공로자는 본의 아니게 무욕의 화신이 되고 말았다.

황자는 그녀에게 무엇이든 주려 했다.

금괴, 금화, 보석, 토지, 작위, 말, 소, 돼지, 검, 갑옷, 옷감, 장신구. 윌리엄은 유디트가 무엇 하나라도 받기를 원했으나, 그녀는 거절과 침묵으로 답했다.

애초에 황실 기사의 본분은 황족을 지키는 일이다. 푸줏간 주인이 뼈를 잘 발랐다고 돈을 더 받지 않는 것처럼, 그녀도 해야 할 일을 했을 뿐이다.

심지어 상대가 3황자 아닌가.

유디트는 정말이지 3황자에게는 금화 한 닢 받고 싶지 않았다.

결국, 연달아 거절하기 난처했던 유디트는 아무것도 받지 않는 게 바람이라고 못을 박았다.

문제는 3황자가 그런 유디트의 언행에 더욱 감동했다는 점이다.

"제국의 모든 기사가 경처럼 청렴하고 모범적이라면 좋을 텐데!"

"……."

환장할 노릇이 아닐 수 없었다.

그쯤 되니 유디트는 인정했다. 개인적인 감정과는 별개

로 3황자는 그녀와 잘 맞는 사람이 아니었다.

그렇게 노스카나 공작성에서 머무른 지 닷새째 되는 날. 3황자가 마지막 패를 꺼냈다.

✳　✳　✳

"……친위대직…… 말씀이십니까?"

"그래. 경 같은 기사를 누가 마다하겠어. 내 쪽에서 부탁하고 싶은 마음이네."

"윌리엄 전하……."

유디트는 아연했다. 황족이 황실 기사에게 부탁이라니. 그 야말로 장작으로 불 끄는 소리다.

아니, 그보다도…….

"감히 여쭙겠습니다. 진심이십니까?"

"물론일세. 진심이야."

황녀와 황자의 친위대란 얼핏 보기에는 경호 집단처럼 보이지만, 실은 과장 섞어 말하자면 권력욕을 가진 귀족들의 소굴이었다. 모시던 이가 황제가 되면 그대로 황제 근위대라는 권력의 중심부로 들어갈 수 있기 때문이다.

즉, 자신보다는 루이처럼 기사 작위를 가진 귀족 자제들이 속할 법한 곳이다.

"부담스럽다면 당장은 대답하지 않아도 괜찮네. 하지만

꼭 한번 생각해 주게."

3황자 윌리엄은 거의 무릎이라도 꿇을 기세였다. 아니, 사실상 무릎만 안 꿇었다고 해도 과언이 아니었다.

유디트의 동공이 흔들렸다.

3황자가 이 정도로 저돌적인 사람이었나? 설마 황족인 그가 이렇게까지 낮은 자세로 나올 줄이야.

유디트는 속으로 신음했다.

이 권유는 그간 공치사와 함께 베푸려던 하사품과는 궤를 달리했다. 즉, 돌려서 말하는 측근 제안이었다.

이 제안을 단칼에 거절하는 건 열심히 털실 스웨터를 짜 준 엄마의 눈앞에서 '미안, 사이즈 안 맞아서 못 입겠어'라고 말하며 털실을 풀어버리는 것과 똑같았다.

'거절하면 후레자식 된다.'

결국, 유디트는 어두운 안색으로 고개를 끄덕였다.

"……알겠습니다. 생각해 보겠습니다."

"대답 기다리겠네."

윌리엄은 환하게 웃으며 자리를 떴다.

사람 속도 모르고 웃는 얼굴이 4황자 이든과 참 닮은 상이었다.

"아…… 뭐 이런 경우가 다 있지?"

황자가 떠나간 자리에서 유디트는 뒤늦게 얼굴을 감싸며 탄식했다.

그녀는 3황자에게 바라는 게 없었다. 그나마 바라는 건 그냥 조용히 호위만 하고 손을 터는 것뿐이었다. 그런데 그거 하나가 이렇게 어렵단 말인가?

"젠장……!"

유디트는 떳떳한 사람이 되고 싶었다. 최소한 3황자를 향한 충성에는 어떠한 사심도 끼어들지 않았으면 했다.

하지만 하루에도 천 번은 마음이 흔들렸다.

그녀는 빚이 있는 사람이었고 이 모든 거절은 결국 자기만족의 연장선에 지나지 않았다.

재물 앞에서는 현실적인 욕망과 이상적인 다짐이 매일같이 진검 승부를 벌였다. 간신히 결심이 무뎌지지 않게 마음을 칼날처럼 벼리고 있었건만.

'친위대라니. 품위 유지비만 해도 엄청나게 써댈 자리잖아……!'

소박한 바람이란 소박한 만큼 박살 나기도 쉬운 모양이다. 유디트는 새로운 진리를 배웠다.

'역시 인간은 꿈이 커야 돼.'

하여간 일을 너무 잘해도 문제였다.

유디트는 필사적으로 자신을 타일렀다.

'조금만 더 참자.'

수도로 돌아가면 3황자의 관심은 멀어지리라. 왜, 몸이 멀어지면 마음도 멀어진다고 하지 않나. 이든 황자가 수도로 돌아갈 준비를 마쳤다고 했으니 얼마 안 남았다.

'조금만 더 버티자. 제발. 조금만 더.'

그녀는 주방으로 걸음을 돌렸다.

최근 유디트가 이 엿 같은 시간을 버틸 수 있었던 건 전부 캐러멜 덕이었다. 주방에서 째벼온 캐러멜을 자기 전에 한 주먹씩 까먹는 낙이 쏠쏠했다.

자기 전 캐러멜 까먹고 이 안 닦고 자기. 이른바 길티 플레저. 죄책감과 기쁨을 동시에 느끼기. 건전하면서도 방탕한 생활이었다.

하지만 재수 없는 놈은 뒤로 넘어져도 코가 깨진다던가.

"……유디트 경? 여기서 뭐 해?"

"……."

이제는 캐러멜 한 움큼 째비는 것까지 기류에게 들키고 난리였다.

먹고산다는 게 이렇게 부질없었다.

유디트와 기류는 서로를 황당하게 쳐다보았다.

왜 이 시간에, 이런 곳에, 이 사람이 있지. 특히, 유디트는 데자뷔를 느꼈다.

'아…… 이 살짝 망한 느낌, 저번에도 한 번 받아봤는데.'

페온과 주먹질하다가 들켰던 때의 그 기분이 죽지도 않고 또 돌아왔다. 왜 이 사람 앞에선 비정기적으로 살짝 망하는 걸까? 알 수 없는 일이다.

"……."

"……."

어쨌든 들켰으니 할 수 없다. 유디트는 마지막으로 캐러멜을 한 움큼 쥔 다음, 태연하게 바구니를 내려놓았다.

"좋은 밤입니다. 달콤한 게 당겨서 한 주먹 챙기던 참입니다."

한 주먹?

문 앞에서 굳어 있던 기류는 시선을 천천히 움직였다.

유디트의 호주머니는 미어터지기 직전이었다. 마치 도토리를 한계까지 쑤셔 넣은 다람쥐 볼때기 같았다. 만약 저게 한 주먹이라면, 그녀의 주먹은 최소 냄비 뚜껑만 하다는 소리다.

"그걸 혼자 다 먹으려고……?"

"아닙니다."

유디트가 칼같이 대답했다.

본래 기류는 잠 못 드는 이든을 위해 수프와 수면제를 부탁할 생각으로 주방에 온 것이었다. 그러나 유디트와 마주치는 순간, 소기의 목적은 깡그리 잊혔다. 이든이 알았으면 사내놈 우정이라는 게 이렇게 덧없다고 땅을 쳤을 순간이었다.

"헤일리 경과 나눠 먹을 겁니다."

"어…… 그래. ……음…… 그래."

얼빠진 대답이 나왔다.

어느새 혀가 몰라보게 뻣뻣해졌다. 세계 최고의 멍청이가 된 기분이었다.

하지만 어쩔 수 없었다. 자꾸 마지막으로 보았던 유디트의 얼굴이 어른거렸기 때문이다.

"……."

기류는 아직도 그날을 기억한다. 아마 오랫동안 잊지 못하리라.

바닥에 엎어져서 펑펑 울던 옆모습도, 안도를 쏟아냈던 눈물도.

무엇 하나 가시처럼 박혀서 빠지지 않았다.

공작성으로 돌아온 유디트는 거의 기절하듯 잠들어 있었고, 안색은 흙빛이었다. 그에 비한다면야…….

'차라리 지금이 백배 낫지.'

기류가 흐린 눈으로 현실을 받아들였다.

"……드시고 싶으세요?"

"뭐?"

"그럼 좀 나눠 드리겠습니다."

유디트는 그의 시선을 다르게 이해한 것 같았다.

그녀가 재빨리 기류의 손에 캐러멜을 쥐여주었다. 워낙 빠른 동작이라 거절할 틈도 없었다.

곧 캐러멜을 받아 든 기류가 혼란에 빠졌다.

이거 뭐지? 캐러멜 한 주먹도 아니고 세 개? 넌 캐러멜 세 개짜리 단장이란다. 그런 말을 하고 싶은 건가?

'아니면 나한텐 캐러멜 네 개도 아깝다는 건가……?!'

제국의 붉은 늑대, 르왈흐메이 백작가의 주인이자 적기사단의 단장은 캐러멜 앞에서 인생을 빠르게 되감아보았다.

그러나 기류의 내적 고뇌는 허탈할 정도로 빠르게 해결됐다.

"자요. 이걸로 만족하세요. 이걸로 공범입니다."

"……세 개는 너무하잖아."

"밤에 단 거 많이 드시면 이 썩습니다. 오늘은 그것만 드세요."

"세 개는 너무했잖아! 경, 이러기야? 주머니에 캐러멜을 그렇게 쑤셔 넣고?"

기류가 야속하다는 듯 그녀를 보았지만, 유디트는 의기양양하게 웃었다.

뭐 어쩔 것인가. 할 말이 없어진 기류는 건네받은 캐러멜 중 하나를 조몰락거리다 입으로 쏙 집어넣었다.

"주방 출입해도 된다고 허락받았습니다. 훔친 거 아닙니다. 저는 죄 없어요."

과연 허가를 내준 사람이 주방 출입과 캐러멜 강탈을 동일 선상에 두었을 것인가. 기류는 일단 그 점부터 짚었다.

"언제는 공범이라며."

"잘못 들으셨겠죠."

"자수해서 광명 찾을 생각은?"

"앗, 갑자기 귀가 먹었습니다. 단장님이 입을 뻐끔뻐끔……."

"없구먼, 이거?"

기류는 기가 막혔다. 하지만 팔은 안으로 굽는다고, 기류는 그녀를 나무라고 싶지 않았다.

결국 유디트의 캐러멜 강탈은 기류의 묵인으로 끝났다.

두 사람은 주방을 빠져나왔다.

한동안 두 사람의 캐러멜 씹는 소리가 적나라하게 들렸다. 듣다 보니 묘하게 정드는 불협화음이었다.

"그날 이후로 처음 뵙는군요. 바쁘셨죠?"

"일이야…… 많았지. 몇 번 경이 건강한지 보러 갔는데 엇갈렸더라고."

단장이 저를 보러 왔었다?

처음 듣는 이야기에 유디트는 놀랐다.

"몰랐습니다. 단장님 쪽으로도 습격자가 갔다는 건 들었는데…… 괜찮으셨던 겁니까?"

"내 쪽은 큰 문제 없었어. 이든은, 아니, 이든 전하는 말도 잘 타시고 무기도 그럭저럭 다룰 줄 아시니까. 경에 비하면 호위가 수월했지."

"다행이군요."

"윌리엄 전하 쪽이 훨씬 큰일이었잖아. 경이 잘해줘서 살았어."

자연스러운 칭찬에 유디트의 눈매가 둥글게 휘었다.

순간, 기류는 누군가가 심장을 쿡 찌르는 것 같은 기분이 되었다.

'웃네.'

안도와 함께, 그의 눈이 유디트를 좇았다.

'이젠 웃는구나. 다행이다.'

동시에 기류는 깨달았다.

주변에는 아무도 없고, 그녀는 마음 편하다는 듯 웃고 있다.

피습 사건 이후 기류는 그녀와 마주칠 기회를 노렸다. 할 말이 있었고, 무엇보다 보고 싶었기 때문이다.

그러나 유디트는 3황자 곁에 그림자처럼 달라붙어 있었다.

자신 또한 눈코 뜰 새 없이 바빴다.

사상자를 파악하고, 구속한 습격자를 심문하고, 호위 계획과 일정을 다시 짜고, 이든을 돌보니 벌써 닷새가 흘러 있었다.

공작령에서 독대하는 건 무리인가 싶었는데 신은 아직 그를 버리지 않았던 모양이다.

기류는 목덜미를 쓸며 한숨을 쉬었다. 그가 캐러멜을 꿀꺽 삼켰다.

"유디트 경."

"네."

"안 그래도 경에게 할 말이 있었어."

유디트의 눈에 의아함이 스쳤다.

기류는 한 발자국 물러났다. 그는 잠시 주저했으나, 오래 망설이지는 않았다. 하고 싶었던 말은 그의 가슴속에 항상 갈무리되어 있었다.

"미안했어. 그리고 정말 감사한다."

기류의 정수리가 보였다.

유디트는 저보다 키가 큰 사람이 자신에게 고개를 숙이는 광경을 처음 보았다.

"단장님?"

놀란 유디트가 눈을 깜빡였다.

간격을 두고 기류가 굽혔던 허리를 폈다.

"경의 첫 임무, 훌륭하게 해낸 걸 누군가는 당연하다고 할 테지만 난 그렇게 생각하지 않아. 목숨을 걸고 3황자님을 지켜준 것. 황자님 이상으로 감사한다."

"……."

"훌륭하게 사명을 다해줘서 고맙다."

기류는 진심이었다.

이 시국에 3황자가 죽었다면 중립을 지키며 황제의 눈

치를 보는 4황자 이든도, 기사단장인 저도 책임을 면할 수 없었으리라.

황위 다툼 또한 마찬가지다. 제국이 어떻게 흘러갈지는 아무도 모른다.

그녀는 보이지 않는 곳에서 제국의 운명을 바꿨다.

"황실 기사의 사명은 황족을 지키는 일이지. 하지만 누구나 그럴 수 있는 건 아니야. 정말 고마워. 경이 아니었으면, 난 옷 벗고도 남았을 거야."

목숨 앞에서 한없이 가벼워지는 게 사명과 의무다.

네가 살린 것은 결코 황자뿐만이 아니라고. 너 같은 기사가 적기사단에 있어줘서 다행이라고. 기류는 그 사실을 유디트도 알아줬으면 했다.

간지러운 진심이 어느새 성큼 그녀를 향해 내디디고 있었다.

"또, 진심으로 미안하다. 페온이 행했던 일, 신입 기사를 폭행한 건 내 관리가 부족했고, 내가 부족한 단장이었기 때문에 벌어진 거야. 내 책임도 적지 않아."

"아닙니다."

유디트가 급히 그의 말을 잘랐다.

무례한 짓임은 알고 있다. 그럼에도 말을 자른 것은 기류의 사과가 과하게 느껴졌기 때문이다.

유디트가 보라색 눈동자를 직시했다.

"······단장님 때문이라고는 생각 안 합니다. 페온은 언제든지 제게 그렇게 굴었을 거예요. 사람에게는 숨길 수 없는 본성이라는 게 있으니까요."

그리고 유디트는 기류의 본성을 조금 엿본 것 같았다.

나른한 듯 자신만만해 보이는 얼굴 속에 감춘 일면. 언제고 부하에게 정수리를 보일 수 있는 선한 마음.

이 남자는 정말 제게는 없는 걸 가지고 있었다.

저였다면 절대 부하에게 정수리를 보이지 않았으리라.

"무슨 말씀이신지는 압니다. 하지만 황실 기사를 인성으로 뽑는 건 아니잖습니까."

황족을 죽이려던 황실 기사가 어디 페온뿐이었겠습니까.

유디트는 하려던 말을 삼켰다.

페온 그랑의 소식은 그녀도 들은 바가 있다. 그는 더 이상 기사가 아니다. 황족 살해 미수범이다.

생포당한 습격자들은 도주가 우려된다는 이유로 손발이 잘린 채 구금됐다. 평범한 날붙이가 들지 않아, 손발을 기류가 잘랐다고 들었다.

"······."

페온의 손을 직접 자르며 그는 무슨 생각을 했을까?

한때 적기사단에 있었다는 일누크의 시신을 확인했을 때는?

기류는 정말 남이었다. 저와는 전혀 다른 세계에서 사

는 사람이다. 이 순간, 유디트는 그 사실을 여실히 느꼈다.

"이미 지나간 일입니다. 마음에 두고 있지도 않고요."

이런 사과를 받는 건 유디트도 처음이었다.

하물며 상대는 제르멜과 동급. 기사단장이다.

유디트는 고개부터 내젓고 봤다.

"쥐여 드린 캐러멜 다 드실 때까지 사과 금지입니다."

"……나 단것 잘 못 먹어, 경."

"잘됐네요. 그럼 이 기회에 편식 고치세요."

기류의 눈썹이 미세하게 떨렸다. 곧 그의 시선이 바닥으로 떨어졌다. 추수가 끝난 들판에 불을 지른 것처럼 마음이 시원하면서도 복잡했다.

미안하고, 고마우면서도, 부끄러웠다.

언젠가 유디트에게 그런 말을 한 적 있었다. 오래 부끄러워하지 말라고. 거기서 배우고 나아가라고. 하지만 그건 쉽지 않은 일이었다.

'남에게 말할 땐 쉬웠는데, 나도 참 대책 없는 놈이었네.'

기류는 잠자코 캐러멜 한 조각을 입에 더 넣었다.

여전히 말도 안 되게 달았다. 혀끝까지 뻣뻣해지는 이 달짝지근한 감정이 부끄러움인 줄은 미처 몰랐다. 알게 된 건 그녀 덕분이다.

"……고마워."

"저도요. 죄송하고, 감사합니다."

유디트는 웃었다.

망루로 이어지는 길에는 드문드문 횃불이 걸려 있었다.

어둠뿐인 저편을 바라보고 있자니 문득 아쉬워서, 기류는 한숨 쉬었다.

노스카나 공작성은 가을 풍경이 유독 아름다운 곳이다.

습격 같은 게 없었다면 그녀가 느긋하게 공작령을 둘러보고도 남았을 텐데…….

"……여러 가지로 아쉽네."

"뭐가요?"

"노스카나 공작성은 가을 풍경으로 유명해. 이번 일이 아니었으면 경도 느긋하게 구경할 기회가 많았을 텐데 싶어서."

기류의 손이 난간 너머 평원을 가리켰다.

"사람 키만 한 억새가 가을바람에 흔들리면, 금빛 물결이 일렁거려서 아름다워. 황금을 녹인 바다 같지."

"황금색 바다라…… 예쁘겠네요."

유디트는 반사적으로 그렇게 말했다.

빈약한 상상력으론 그렇게 말하는 게 전부였다. 살면서 바다를 본 건 딱 한 번뿐이었으니까. 그녀는 아름다운 것보다는 그렇지 않은 걸 더 자주 접하며 살아왔다.

그러나 딱히 비관할 만한 일은 아니었다. 그녀는 워낙 인생을 치열하게 살아서, 비관이 앞길을 막도록 내버려 둔 적이 없었다.

지금도 그랬다.

"언젠간 볼 기회가 다시 오겠죠?"

유디트는 살짝 웃으며 덧붙였다.

기류는 자꾸만 이상한 기분이 들었다. 의연한 그녀를 볼수록 가슴이 뛰었다. 누군가가 볼을 마구 간지럽히는 것 같았다.

저녁 바람은 선선하니 좋았다. 나부끼는 바람에 유디트의 회백색 머리카락이 살랑거렸다.

'그래…….'

기류는 새삼 다짐했다.

오늘은 캐러멜 세 개였지만, 내일은 그녀가 캐러멜 네 개를 쥐여줘도 아깝지 않을 사람이 되자!

'목표는 캐러멜 네 개!'

그가 주먹을 불끈 쥐었다.

"실은 오늘 아침, 3황자 전하께서 경을 친위대로 내줄 수 있는지 물어보셨어."

"……."

"경이 신입 기사라는 말을 듣고 정말 놀라시더군."

사실, 기류는 3황자의 물음이 달갑지 않았다. 내줄 수 있냐는 물건 취급의 말투가 유독 귀에 거슬렸기 때문이다.

한편으로는 올 것이 왔다는 생각도 들었다.

유디트는 주머니 속 송곳이었다. 그녀는 첫 임무부터 자기 몫을 넘치도록 다했고, 심지어 일당백의 실력을 드러내기까지 했다. 무예를 높이 사는 베리타스 제국에서 그녀쯤 되는 실력자가 언제까지나 말단 기사로 살 순 없다.

'본인이 원해서 그 자리에 머물러 있으면 모를까.'

어느 황자에게서든, 늦든 빠르든 듣게 될 물음이었다. 언제고 이런 날은 왔으리라.

물론 그녀가 적기사단을 나갈 수도 있다는 가능성을 떠올린 순간부터, 기류는 자다가도 일어나서 머리를 쥐어뜯고 싶은 기분이었다.

하지만 그녀의 출셋길을 마음대로 막을 수는 없는 노릇이다.

'황실에 남는다면 얼굴은 종종 볼 수 있으니까⋯⋯.'

기류는 애써 그렇게 생각하며 바싹 마르는 입천장을 훑었다.

"혹시 생각이 있다면, 보내줄 테지만 나는 개인적으론⋯⋯ 왜, 왜 그래?!"

기류는 놀란 잉어처럼 펄쩍 뛰어올랐다.

유디트의 안색이 어느새 새파랗게 질렸다.

"왜 그래? 어디 안 좋아?!"

"보내겠다고 하셨습니까?"

"뭐, 뭐?"

"저 3황자 전하의 친위대로 가야 합니까?"

유디트가 하늘이 무너진 사람처럼 물었다.

기류는 잠시 당황했으나, 곧바로 부정했다.

"아니야! 어, 나는 경이 가고 싶어 할 것 같으니 물어보겠다고……."

어쩐지 뭔가 또 헛발질한 느낌이 들었다. 그러나 헛발질의 정체를 알아볼 틈이 없었다.

기류는 그녀의 눈꼬리가 축 처지는 것만으로도 견딜 수 없는 기분이 됐다. 그가 황급히 말을 덧붙였다.

"오해하지 마, 친위대로 보내겠다고 확답한 적 없어."

"……정말입니까?"

"정말이야! 경의 의사를 확인하는 게 먼저였어. 일단 물어본 다음 말씀드리겠다고 대답했지."

동시에 기류는 결심했다.

'절대 안 보낸다.'

유디트의 얼굴이 조금 풀어지자, 이때다 싶었던 그가 주절거렸다.

"나도 경이 기사단 나가는 건 원치 않아. 잊었어? 경을 스카우트한 게 나였잖아."

"……그랬었죠."

"그렇다니깐! 경이 나가면, 어…… 직접 발굴해서 키운 극단 배우를 홀라당 다른 극단에 빼앗기는 기분일 거거든? 응?"

"전 단장님이 안 키우셨는데요."

"그렇지! 어! 그러면! 어, 일단 그런 기분이란 거지! 알지? 의미는 전해졌지? 그치?"

데샹이 있었다면 누가 가을 아니랄까 봐 아무 말도 풍년이라고 욕을 한 사발은 퍼부었으리라.

그러나 아쉽게도 데샹은 여기 없었고, 기류는 감정적 헛발질을 계속했다.

땀을 뻘뻘 흘리며 손짓, 발짓과 함께 제 마음을 표현하는 기류가 웃겨서 유디트의 얼굴이 조금 더 풀어졌다.

"내 명예를 다 걸고 맹세해. 경이 싫다면 안 보내."

"……."

"나도 싫어. 경이 기사단을 나가는 건."

기류의 눈이 조금 더 진지해졌다.

"경이 싫다면 3황자 전하께는 내 선에서 거절해 둘게."

"……정말이십니까?"

"정말이야."

대신 거절하겠다니. 생각지도 못한 말이었다.

유디트의 머릿속에 번개가 꽂힌 것 같았다.

"그러면 될까? 여전히 불안한가?"

"아뇨. 그거면…… 충분할 것 같습니다. 그럼 부탁드리겠습니다."

"그렇게 할게. 약속해."

"감사합니다."

3황자는 황족일 뿐 결코 황제가 아니다. 그에게는 기사단에 소속된 기사를 억지로 빼낼 권리가 없다. 물론 일개 기사가 제안을 거절하기 쉬운 상대는 아니다.

하지만 기류는 기사단장이므로 명분이야 충분했다. 여러모로 직접 거절하는 것보다는 모양새가 좋을 것이다.

유디트는 그제야 안도했다.

'다행이다. 적어도 강제로 소속을 옮기는 일은 없겠네.'

상명하복이 원칙인 기사단에서는 좋든 싫든 명령에 따라야 한다. 그건 인사이동에도 예외가 없었다.

기사단의 법령 속에는, 소속이 바뀌더라도 항명할 수 없다는 원칙이 똑똑히 명시되어 있다.

친위대로 소속을 옮긴다는 건 보통 출세를 의미한다. 지금껏 다른 기사들은 영광으로 여겼으면 여겼지, 불만을 품진 않았다.

하지만 유디트는 3황자가 불편했다. 윌리엄 3황자와 함께 있을 때면, 그녀는 몸에 안 맞는 옷을 억지로 입고 있는 기분이었다.

이유야 뻔했다. 죄책감 때문이다.

물론, 그녀는 3황자를 구했다. 3황자는 그녀를 은인으로 대우하고, 단장인 기류조차 제게 감사할 정도다.

그럼 그걸로 끝인가?

이번 생에서는 3황자를 구했으니 됐지, 할 만큼은 했어, 그런 말로 지었던 죄를 돌이킬 수 있나?

'그럴 리가 없잖아.'

핏물 스며든 옷을 뜨거운 물에 삶으면 더욱 번지는 것처럼, 마음도 그랬다. 따뜻한 말을 들을수록 죄스러운 마음은 번지기만 했다. 회한은 언제고 안개처럼 그녀를 덮쳤다.

그런데 기사단을 나가서 3황자의 친위대로 들어가라고?

그건 무기징역 선고와 똑같았다.

유디트는 황자라는 별을 중심으로 두고 위성처럼 사는 친위대 따위 얼씬도 하고 싶지 않았다.

염치도 없지만, 그녀는 용서를 바랐다.

영원한 참회자로 남고 싶지 않았으며 언젠가는 족쇄가 풀렸으면 했다.

기류는 유디트의 반응이 못내 마음에 걸려 물었다.

"혹시 3황자님과 무슨 일 있었어?"

"……아뇨, 딱히."

"아무 일 없었다는 반응이 아니잖아."

"없었습니다. 없었지만……."

애매한 대답이었다.

걸음 소리 말고는 아무것도 들리지 않는 침묵이 이어졌다. 유디트는 자신을 향해 온 신경을 기울이고 있는 남자가 뒷말을 기다리고 있다는 걸 알았다.

얼마간의 정적이 흐른 후, 그녀는 감히 푸념했다.

"3황자 전하의 친위대 자리는 저 같은 사람에겐 너무 무겁습니다."

"……."

"칭찬이 싫은 건 아닙니다. 하지만 좋은 그림이 아니지 않습니까. 선임의 힘줄을 끊어놓고 그 공이랍시고 친위대를 권유받는 것도……."

물론 이 이유가 전부는 아니다. 하지만 분명한 일부이기는 했다.

"사람 잘 죽였다는 게 그렇게 칭찬받을 만한 일입니까?"

기류의 얼굴이 굳어졌다.

서늘한 밤바람이 유디트의 제복 안쪽으로 스며들었다.

바람이 좋아서일까. 아니면 조금은 느슨하고, 편한 옷을 입은 것처럼 마음을 가볍게 해주는 사람이 옆에 있어서일까.

유디트의 입은 멋대로 움직였다.

"그냥 싫습니다. 이런 상황이요. 일누크 경도 죽었고…… 어수선하기 짝이 없는데, 사람 죽인 일로 이렇게까지 인정받는다는 게……."

그것도 3황자를 죽인 내가.

유디트는 애써 뒷말을 삼켰다.

기류는 기워 붙인 말을 눈치껏 알아들었다.

처음에는 단순히 3황자와 무슨 일이 있었나 싶었다. 그런데 유디트의 마음은 생각보다 더 복잡한 모양이다.

'하긴. 상대가 페온이었고 상황이 상황이니……'

살인은 중죄다.

그러나 황실 기사에게는 누구도 그 죄를 묻지 않는다. 황실을 위해서라는 미명으로, 이율배반을 칼날에 얹어 마음껏 휘두르는 존재. 그게 황실 기사였다.

황족을 위해서라고는 하나 사람을 죽이는 게 자랑스러운 일인가?

그녀가 지적한 모순은 기사의 근본을 후벼 파는 구석이 있었다.

하지만 기류는 한 가지를 정정해야겠다고 느꼈다.

"유디트 경. 경을 향한 공치사도, 3황자 전하의 관심도, 사람을 잘 죽여서 받는 게 아니야. 조금만 다르게 생각해 보는 게 어떨까."

"……어떻게요?"

"칼날은 모순으로 벼린다는 말이 있잖아."

실로 오랜만에 듣는 말이다.

유디트는 그를 흘끗 본 다음 고개를 끄덕였다.

415년, 유디트의 나이가 스물다섯이었을 때 로제타 왕국과 전쟁이 터졌다.

당시 유디트는 상대가 마수든 사람이든 죽이는 건 별다

른 차이가 없다고 느꼈다. 하지만 모두가 그녀 같은 건 아니었다.

많은 기사가 사람을 죽인 후 공황장애와 심리적 요인으로 죽거나 퇴임했다.

평화를 위한 전쟁, 수호를 위한 살해, 정의를 위한 부도덕.

전쟁이라는 모순이 판치는 세계에서 살아남은 기사들은 입을 모아 말했다. 어차피 칼날은 모순으로 벼린다고.

유디트도 그 말에 동의했다. 하지만 동의와 함께 얄팍한 변명이라는 걸 인정했다.

사람을 죽이고 그 핏값으로 지은 옷을 입은 채 거리를 활보하는 게 기사다. 칼날을 모순으로 벼린다는 건, 결국 사람 죽인 살인자에게 월계관 하나 더 씌워줄 핑곗거리일 뿐이다.

"단장님은 그런 말 싫어하실 것 같았는데요."

"호불호와는 별개지. 틀린 말은 아니니까."

"······단장님은 칼날은 정의로 갈아야 한다, 그런 말을 하실 것 같았습니다."

"내가?"

"아닙니까?"

기류는 부정도 긍정도 하지 않았다. 그저 난처한 얼굴을 했다.

"경 눈에 내가 어떤 사람으로 보이는지 대충 알 것도 같은데……."

어떤 사람?

유디트는 말하지 않았다.

답은 알아서 나왔다.

제국의 붉은 늑대. 적기사단의 단장. 그녀가 겪어본바, 낙오된 기사를 직접 찾으러 오는 그런 사람.

"정의롭고, 든든한 단장님이시죠."

"기사에게 정의라는 단어가 가당키나 한가."

"하지만 단장님에겐 정말 그 말이 어울립니다."

"정의롭단 거?"

"네, 기사단장답게요."

기류는 고개를 저었다.

"기사단장은 정의로워서 해먹을 수 있는 게 아니야. 나만 해도 그래. 내가 단장인 이유는 그냥…… 이 자리에 있는 가장 강력한 존재라서 그런 게 아닐까 싶은데."

"술 드셨습니까?"

"안 마셨어. 한 방울도."

"지금 뭐라고 말씀하셨는지 기억은 하시나요?"

"주정뱅이 취급하지 마."

"한잔 걸치셨다고 해도 믿을 뻔했거든요, 방금."

"느끼한 말이었다 그거구먼?"

기류가 삐딱하게 한숨을 쉬었다.

자기가 생각해도 손끝이 곱아드는 말이었기에 그는 머리를 벅벅 들쑤셨다.

"들어봐, 이런 말이야. 허수아비는 볼품없지만, 가을철에 새 쫓는 데는 그만한 게 없지? 문지기는 하는 게 뭔가 싶지만, 도둑에겐 그만한 위협이 또 없잖아."

"……."

"태풍 속에서도 등댓불을 꺼뜨리지 않는 등대지기가 얼마나 위대한지, 사람들은 잘 모르지."

기류가 막힘없이 말했다.

정갈하게 간직해 온 신념을 차곡차곡 늘어놓는 사람 같았다.

"자기 자리에서 의무를 다하는 사람은 강력한 존재야. 나는 경도 이것과 비슷하다고 생각하거든?"

"……."

"경이 이번 사건에서 공로를 인정받는 건 사람을 잘 죽여서가 아니야. 해야 할 의무를 다해서지."

나지막하게 속삭이는 목소리가, 어느새 밤바람보다도 깊게 옷 안으로 스며들었다.

"그 두 가지는 분명히 틀려. 부담스러워하는 건 괜찮지만 부끄러워하지는 마. 경은 잘못한 게 하나도 없어."

살인은 죄라지만 누군가는 황가를 위해서 검을 들어야

한다.

황가는 대신 목을 쳐줄 사람이 필요해 황실 기사를 뽑았으므로.

"나는 유디트라는 황실 기사를 오래 보고 싶어. 페온이나 일누크 때문에 마음이 무거워지는 건 어쩔 수 없겠지만…… 가끔은 모순으로 칼날을 벼렸다, 그렇게 생각하고 넘겨주면 안 될까."

"……."

"적어도 이번 사건에서, 경은 헹가래를 받아야 할 사람이야. 나는 이제 막 첫발을 내디딘 부하가 자기 공로를 깎아내리기부터 한다는 게 무척 안타까워."

유디트는 기류에게 놀라운 재능이 있다고 느꼈다.

어떻게 저렇게 멀끔한 얼굴로 캐러멜처럼 단 말을 늘어놓을 수 있을까?

그녀가 보기엔, 기류는 망망대해에 떨궈놓아도 둥둥 떠서 바다 갈매기를 격려할 수 있는 위인 같았다.

'도대체 어디에서 뭘 먹고 자랐길래.'

같은 공기 말고는 전부 다른 걸 먹고 자란 사람이다. 알면서도 유디트는 그가 참 신기했다.

낯간지러운 격려였지만, 새삼 그녀는 자신이 있을 장소를 발견한 기분이었다.

"어릴 적에…… 아버지가 그런 소릴 하셨습니다."

"어떤 소리?"

"사람이 발붙이고 살 곳은 있어야 한다."

"……."

"그래서 제 아버지는 평생을 마부로 살다가, 말에 걷어 차여 죽을 때까지 땅을 사는 데 집착하셨어요."

남에게 자기 사정을 이렇게 드러내 본 게 얼마 만인지 모르겠다. 하지만 어차피 기류에게는 술자리 안줏거리도 못 될 이야기리라.

유디트는 계속 말했다.

"저는 적기사단이 좋습니다. 단장이 고개를 숙일 줄 아 는 사람이라 더 좋고요."

"……."

"여기는 제가 직접 발붙이고 살기로 한 곳이에요. 그러 니 지켜야 할 의무가 있다면 여기서 지키겠습니다."

유디트는 가볍게 넘어가는 척 말했다.

"임무는 괜찮지만, 아예 친위대로 보내지는 말아주세 요. 일 열심히 하겠습니다."

"안 보내. 죽어도."

"……."

"안 보낼 거야."

기류의 눈이 진지했다.

"진심이야. 수도로 돌아가면 청문회가 열릴 거다. 3황자 전하 말고도 분명 경을 눈여겨보는 황자님에게서 친위대 제안이 들어오겠지."

"그럴 리가……."

"있어. 그러니 필요하면 내 이름이라도 마구 팔아버려."

"……."

"나를 이용하란 소리야."

유디트는 그의 말이 비약이라 느꼈다.

이번 사건으로 청문회가 열린다면, 필시 1황자와 2황자가 참석할 것이다.

하지만 그들은 이미 쟁쟁한 기사들을 거느리고 있다. 새삼 저 같은 것에게 눈을 빛낼 이유가 있을까.

이와는 별개로, 유디트는 떠오르는 의문을 넘길 수가 없어서 물었다.

"……왜 그렇게까지 해주십니까?"

그럴 이유가 없을 텐데, 왜?

기류는 남이다. 상사에 지나지 않는 사람. 어떤 기대를 하든 결국 실망하게 될 타인.

반대로 말하면, 자신 또한 그에게는 타인이다. 고작해야 부하에 불과한데…… 왜?

"……스카우트 때 그랬잖아. 적절한 위치까지 합당한 대우를 하겠다고."

"……아……."

유디트가 눈을 동그랗게 떴다.

……그러고 보니 그런 말을 들은 적이 있었지?

"경은 단장을 상대로 부상까지 당해가며 선전했어. 적절한 위치까지 합당한 대우를 약속하겠다. 어때. 적기사단에 소속을 두지 않겠나?"

"……그랬죠. 단장님께서 절 스카우트하셨던 걸 잠시 잊고 있었습니다."

"왜 자꾸 그걸 잊어?"

"죄송해요. 정말 잊고 있었어요."

기류가 은근히 섭섭해하자, 유디트는 더욱 웃음을 터뜨렸다.

왠지 모르게 기분이 후련했다.

기류는 어차피 타인이지만 그가 보여주는 감정은 언제나 한결같았다. 적어도 속내를 알 수 없는 한 줌의 호의보다는 믿을 만하다는 게 유디트의 생각이었다.

"좋네요."

의문이 가시자 한결 후련해져서, 그녀는 환하게 웃었다.

"그럼 단장님 이름을 함부로 팔 순 없으니까, 정말 필요할 때를 위해 아껴두겠습니다."

유디트는 기분 좋게 캐러멜 하나를 입에 넣었다.

민들레 홀씨처럼 바람에 몸을 맡긴다면 어디로든 훌훌 털고 갈 수 있을 것 같은 선선한 밤.

달빛이 그녀의 미소와 고운 모습을 그대로 비췄다. 밤바람에 그녀의 머리카락이 잘게 흔들렸다.

찰나의 순간이었으나, 기류에게는 유독 그 순간이 느렸다. 하얀 것도 아니고 검은 것도 아닌 회색 머리카락. 달빛이 쏟아지니 은을 부어둔 것 같다.

'……예쁘다.'

그의 숨이 멈췄다.

기류는 어쩐지, 오열하던 유디트를 숲속에서 발견했던 그때처럼 움직일 수가 없었다. 마음이 이상했다.

왜 그렇게까지 해주냐고?

'그건…… 내가 약속했으니까. 스카우트를 제안한 사람으로서 합당한 위치까지 이끌어주기로…….'

하지만 정말 그게 전부인가?

정말로?

어른거리는 달빛 아래, 바람결에 흔들리는 회색 머리.

부유하는 먼지처럼 금세 흩어질 것 같은 그녀를 놓치고 싶지 않았다.

기류는 무의식적으로 손을 쭉 뻗었다. 그는 무심코 유디트를 끌어당겨서 거머쥘 뻔했다.

살며시 손을 포갰던 그때처럼, 그녀에게 닿고 싶었다. 하지만 얼마 안 가, 기류는 화들짝 놀라며 손을 거뒀다.

그는 믿을 수 없다는 듯 자신의 손을 내려다보며 쥐었다 펴길 반복했다.

"······."

그러나 몇 번을 반복해도 마찬가지였다.

텅 빈 손은 중요한 사실을 놓치고 있는 사람처럼 허전하기만 했다.

＊　＊　＊

피습 사건 후로 이레째 되는 날. 유디트와 기류는 황족을 모시고 수도로 돌아왔다.

두 황자는 곧바로 입궁했다.

노스카나 공작령 피습 사건은 그렇게 조용히, 그러나 빠르게 알려지기 시작했다.

여러 가지 이야기가 물밑에서 퍼졌다.

탈옥한 황실 기사가 이 일에 연루된 것 같다는 이야기. 3황자의 측근 중 한 명이 죽었다는 이야기. 그리고 3황자와 어느 청렴하고 고결한 에테르 마스터가 부쩍 가까워진 것 같다는 이야기까지.

수도로 돌아오기 무섭게 유디트는 조금 난처해졌다. 몇몇 기사가 소문의 에테르 마스터가 그녀인지 확인하려 들었기 때문이다.

유디트는 입을 꾹 다물었다. 동물원 원숭이를 구경하듯 몰려온 사람에게는 말할 수 있는 것도 말해주기 싫었다.

게다가 라이오넬 황제는 본인이 통제하지 못하는 상황을 꺼린다.

이번 일은 널리 알려질수록 수도가 시끄러워진다. 파벌 싸움하기에는 딱 좋은 사건이다. 행여나 3황자 지지 세력이 국무를 내던지기라도 했다간…….

'황제의 성질에 기름 붓는 꼴이지.'

정말로 기류 단장의 모가지가 날아갈지도 모른다.

황제는 충실한 사냥개라 하더라도 솥에 삶아버리며 본인의 위세를 과시하는 타입이었다.

사건의 경중을 생각해 보면 이상할 게 없다.

때문에 유디트가 입을 다문 지 딱 하루가 지났을 때였다.

수도에 도착한 다음 날, 기사단 전체가 소집됐다.

"황족 피습에 관해 소문이 무성하더군."

꽤 늦은 밤이었다.

기류는 다소 피곤해 보였다. 그는 노스카나 공작령에서 돌아온 후에도 쉬지 못한 기색이 역력했다.

"이 자리에서 확실히 말하겠다. 소문은 일부 사실이다."

"……!"

유디트는 깜짝 놀랐다.

이 많은 기사 앞에서, 그가 조금도 돌려서 말하지 않았기 때문이다.

비스타 경과 헤일리 경 또한 아연실색했다.

담담한 건 기류뿐이었다.

그는 손바닥으로 하늘을 가릴 수 없다는 듯, 소문을 인정했다.

"습격이 있었고, 습격자 중 한 명은 얼마 전 탈주한 페온 그랑이었다. 우리가 알고 있는 그가 맞다."

소리 없는 경악이 연병장을 덮쳤다. 대부분 믿을 수 없다는 반응이었다.

페온 그랑은 좋든 싫든 한 집단에서 동고동락했던 동료였다.

소문을 인정한 보라색 눈에서 여러 감정이 떠올랐다가 사라졌다.

"참담한 일이지."

약간의 쓸쓸함 또한 감돌았다.

하지만 아주 짧은 순간이었다. 기류는 곧 냉정하게 말했다.

"참담한 건 페온뿐만이 아니다. 듣자 하니 그간 기사단에서 뜬소문이 심각했던데. 특히 황자끼리 서로 공격했다는 소문, 마수를 부리는 자가 나타났단 소문, 단장이 죽었다는 소문까지."

좌중은 찬물을 뿌린 것처럼 조용했다.

몇몇 사람만 눈에 띄게 움찔거렸다. 유디트에게 소문이 사실이냐며 물어보던 기사들이었다.

기류는 그들에게 시선 한번 던지지 않았다. 다만 곁에 서 있던 데샹의 눈이 유독 날카롭게 빛났다.

"말하는 사람이 누구냐에 따라 소문도 사실이 된다. 지금부터 근거 없는 허위 사실을 유포한다면 그만한 죗값을 치르게 될 것이다. 황실 기사라는 이름의 무게가 소문을 키우는 밑거름이 된다는 걸 명심하길 바란다."

엄중한 경고에 루이를 비롯한 몇몇 기사는 당연히 이래야 한다는 듯 고개를 끄덕였다.

기류의 고개가 왼쪽으로 돌아갔다. 신입 기사들이 서 있는 곳이었다.

"페온이 일으킨 불미스러운 사건은, 거슬러 올라가면 단장인 내게도 책임이 있다."

기류가 신입 기사를 향해 말했다.

"그의 탈옥은 신입 기사를 폭행한 사건에서 시작된 문제다. 단장으로서, 상급 기사와 기사단 기강을 안이하게 관리했던 점을 경들에게 진심으로 사과한다."

기류의 말은 워낙 막힘이 없어서, 그가 조금 떨고 있음을 알아챈 건 데샹뿐이었다.

기수가 가장 낮은 이들은 단장이 바라보는 것만으로도 바짝 얼었다.

"같은 일이 일어나지 않도록 앞으로 아침 훈련에는 나나 데샹이 참여하겠다. 경들이 겪은 부조리한 일들을 누구에게든 말하면 해결될 수 있도록 천천히 책임지고 바꿔 나가겠다."

거기까지 말한 기류는 신입 기사를 향해 고개 숙여 사과했다.

고개를 든 기류는 잠시 망설였다.

이 뒤 내용을 어디까지 밝혀야 하는가. 이든과 입을 맞추긴 했으나, 언제나 그랬듯 확신은 없다. 이든은 너의 판단을 믿겠다며 선을 그었고, 크게 알려질수록 골치 아파지는 일이다.

하지만 부하의 손목을 자르게 만든 사건이다.

'기사단원이라면 알 권리가 있다.'

정확하게는 알아둘 필요가 있다는 게 기류의 판단이었다.

마침내 그가 입을 열었다.

"이번 일은 단순한 피습 사건이 아니다. 취조 결과, 페온과 습격자들은 알 수 없는 약물로 몸을 강화했다."

처음 듣는 소식에 동요한 기사들이 웅성거리기 시작했다.

"어제, 페온과 습격자 모두가 수도로 호송되는 도중 심장이 터져 사망했다. ……나는 이 일이 문제의 약물 때문일 거라 예상한다."

놀란 기사들이 숨을 삼켰다. 특히 페온과 허물없이 지냈던 기사들은 충격에 빠졌다.

유디트는 조금 다른 부분에서 놀랐다.

'설마, 기류가 여기까지 정보를 공개할 줄이야.'

기류는 심문을 통해 정답에 근접했다.

유디트는 용의 피를 한눈에 알아보았지만, 일부러 말하지 않았다. 너무 아는 척을 했다간 오히려 수상하게 보일 게 뻔했기 때문이다.

그녀가 보고한 것은 단편적인 정보뿐이었다.

신체의 한계를 뛰어넘은 추격자. 압도적으로 강해진 근력. 페온이 에테르를 다뤘다는 점.

그리고 이 정보만으로도 그녀가 청문회에 참석해야 할 이유는 충분했다.

"그가 마신 약물이 어떤 것인지, 지금도 황궁에 그런 물건이 돌아다니고 있는지는 조사를 통해 알아낼 것이다. 만약 수상한 약물을 발견하더라도 절대 사용하지 말고 보고하도록."

기류가 짧게 갈등하더니 이어 말했다.

"……이건 부탁이기도 하다. 나는 두 번이나 부하의 손목을 직접 자르고 싶지 않아."

조각난 정보를 칼끝으로 하나하나 모은 사내는 한숨 같은 한마디를 내뱉었다.

누군가는 냉혹한 푸념처럼 느낄 테지만, 유디트는 그 속에 담긴 희미한 고뇌를 느꼈다.

황자 피습, 5년이나 일찍 등장한 용의 피, 바뀌기 시작한 미래.

파란의 예감이 들었다.

※　＊　※

유디트는 숙소로 돌아갔다.

호박색 눈동자가 어느 때보다도 신중했다.

'미래가 바뀌기 시작했다.'

유디트가 아는 한, 황자가 둘이나 습격당한 적은 없었다.

그렇다면 둘 중 하나다.

'사건이 드러나지 않을 만큼 쉽게 해결되었든가, 내가 관심이 없어서 몰랐든가.'

그리고 유디트의 이성은 전자에 무게를 실어주고 있었다. 아무리 관심이 없어도 최소한 이 정도 사건이라면 기억하지 못할 리 없다.

물론 무관심한 태도와 겹쳤을 확률도 컸다.

유디트는 남의 일에 별로 관심이 없다. 지금도 그렇고, 예전엔 더했다. 6년 전 이맘때 어떤 일이 있었고 무슨 소문이 돌았는지 머릿속에 전부 기록해 두지 않았다. 어렴풋이 기억하는 건 칼리파를 욕한 놈들을 으슥한 곳에서 두들겨 패거나, 식당에서 멱살을 잡거나, 포크로 손등을 찌르는 나날을 보낸 것 정도?

"……."

부끄러운 흑역사다.

유디트가 멋쩍은 얼굴로 걸음을 재촉했다.

습격자 중에서 에테르를 다룰 줄 알았던 건 페온 그랑 뿐이었다.

페온은 자신을 향한 원망 때문에 이번 습격에 참여했단 걸 실토하고 죽었다.

즉, 유디트가 적기사단에 없었다면 페온 또한 이번 사건에 가담하지 않았으리라.

'회귀 전에도 이런 일이 있었다면…… 은폐됐을 확률이 높아. 로하스와 비스타 경이 어떻게든 막았다 치고, 나머지 오합지졸은 기류가 혼자서 처리했을 테니.'

문제는 이번에는 습격자인 페온이 에테르를 다뤘다는 점이다.

그렇다면?

'내가 알고 있던 게 전부가 아니었던 걸까.'

사실 용의 피는 로제타와의 전쟁 때만이 아니라 좀 더 일찍 나돌았던 건 아닐까?

용의 피. 용의 피…….

'뭔가…… 뭔가가 기억이 날 듯 말 듯 한데…….'

그렇게 고민에 빠진 채 방문을 열었는데, 텅 비어 있을 줄 알았던 방에 손님이 있었다. 비올레였다.

"어? 비올레?"

그녀는 침대에 걸터앉은 채 안절부절못하고 있다가, 유디트를 보자마자 벌떡 일어났다.

비올레는 쏜살같이 달려오더니, 거의 박치기를 하다시피 했다.

"유디트!!"

"으헉……."

"유디트! 유디트! 야 이 멍충아!"

페온에게도 허락한 적 없었던 명치 한 방을 제대로 먹었다. 비올레가 얼마나 세게 끌어안았는지, 숨이 다 막혔다.

유디트는 컥컥대며 그녀를 떨어뜨려 놓았다.

"갑자기 왜 이래?! 아프게……!"

그러나 유디트의 불만은 금방 휴지 조각이 되었다. 비올레가 울먹거리며 그녀의 팔뚝을 찰싹찰싹 때렸기 때문이다.

"야! 씨이, 첫 임무부터 이렇게 걱정시킬 거야? 어? 어? 어?"

"누가 누굴 걱정시킨다는 거야?!"

유디트는 기가 막혔다. 그러나 비올레의 타박은 멈추지 않았다.

"첫 임무부터 친구 송장 치는 줄 알고 걱정했단 말이야! 잠도 못 자고! 밥도 못 먹었어!"

"살다 보면 언젠간 치는 거지. 송장이란 게……."

"그거랑 이게 같아?! 레이먼이랑 똑같은 소리 하지 마!"

비올레가 또다시 그녀를 퍽 쳤다.

유디트는 질색하며 몸을 뒤틀었다. 훈련소 시절 때도 그랬지만, 비올레는 정말 손 맵기론 둘째가라면 서럽다.

유디트는 슬금슬금 뒷걸음질 쳤다. 그러다 침대에 무릎이 걸려 그대로 누워버렸다.

"걱정은 걱정대로 시키더니 연무장에선 눈 한번 안 마주치고!"

"말로 해 말로! 기사단 폭행 금지란 거 몰라?!"

"안다고 안 때리겠냐!"

비올레는 유디트의 외침을 깔끔하게 무시했다.

비올레의 배가 그녀를 깔아뭉갰다. 그녀는 세 번의 항복 선언을 듣고 나서야 유디트를 놓아주었다.

유디트는 그대로 힘이 쪽 빠져서 드러누웠다.

"참 나……."

그래도 아무도 없을 줄 알았던 방에서 친구가 기다리고 있어줬다는 건 좋았다. 속없이 웃음이 나왔다.

"왜 웃니? 사람 마음은 모르고 왜 웃어!"

비올레는 애벌레처럼 꾸물거리며 제복을 갈아입는 유디트를 또 한 번 찰싹 때렸다.

비올레는 유디트에게 잔소리를 퍼부으면서도 그녀의 제복을 벽에 걸어주었다. 그런 친구였다.

"어휴…… 유디트, 너한테 편지 왔어. 자리 비운 사이에."

"웬 편지?"

"몰라. 수신인에 '유티드'라고 잘못 적혀 있길래 반송될 뻔한 걸 내가 가지고 왔어."

"그래? 고마워."

유디트는 편지를 받아 들었다.

봉투 표면은 지저분했다. 커다랗게 찍힌 반송과 발송 표시가 선명했다.

'누구지? 편지 보낼 만한 사람이 없는데.'

그렇게 생각하며 편지를 뜯어보니, 두툼한 양피지 뭉치가 나왔다.

그녀는 찬찬히 양피지를 읽어 내리다가 겨우 깨달았다. 예전에 들렀던 사무실, 그러니까 토지 업자에게서 온 것이었다.

"그거 뭐야?"

"그냥, 별거 아니야."

유디트는 황급히 편지를 등 뒤로 숨겼다.

땅 판다는 게 알려지면 가장 먼저 듣게 될 소리는 '왜 파냐'일 거다. 예상과 다르면 '웬 땅이냐' 정도?

솔직하게 대답할 수도 있겠지만, 유디트는 숨기는 쪽을 택했다.

"나중에 읽지 뭐."

유디트가 무심한 척 편지를 협탁으로 밀었다.

크림색 보닛 아래로 편지가 쑥 들어갔다.

비올레는 마음이 통하는 친구였다. 지갑 사정을 알면 그만큼 배려해 줄 사람이라 오히려 들키고 싶지 않았다.

친구 앞에선 계속 대등한 사람으로 남고 싶었다. 그러니 그녀에게 받는 건 크림색 보닛 하나로 충분했다.

비올레는 소등 시간이 가까워질 즈음이 되어서야 방으로 돌아갔다.

혼자 남겨진 유디트는 초인적인 인내심을 발휘해서 씻었다. 그러곤 기진맥진 상태로 이불까지 기어들어 갔다.

유디트는 몽롱한 얼굴로 양피지가 있는 협탁 쪽을 바라보았다.

두어 번 반송된 탓에, 이미 연락 달라는 기한을 훌쩍 넘겨 버렸지만 어쩔 수 없었다. 그간 워낙 바빴으니까.

'그리고 땅은 원래 좀 천천히…… 흥정해 가면서 파는 거라고 그랬으니까…….'

그녀는 밀려오는 졸음을 그대로 받아들였다.

* * *

그러나 머잖아 유디트는 흥정은커녕 고대로 양피지를 들고 토지 업자 사무실을 찾아가게 됐다.

'돌아버리겠네.'

그녀는 황망한 얼굴로 날짜를 세어보았다. 무려 황제를 알현한다는 청문회 일정이 코앞이었다. 그에 비해……

'빌어먹을 꾸밈 비용.'

유디트는 텅 빈 옷장을 보며 이를 갈았다. 욕이 폭포처럼 쏟아질 것 같았다.

그러니까, 거슬러 올라가면 이 일은 데샹과 나눈 대화가 발단이었다.

데샹 리츠가 누구인가. 기류의 부관으로서 시간이 모자라, 언제나 용건만 짧고 간단하게 전하는 사람이다.

그런 데샹이 드물게 유디트를 불러 진지하게 토로했다.

"청문회는 폐하가 직접 주도하실 겁니다. 품위 유지비를 좀 더 지급하라고 일러두죠. 내일 재무부로 받으러 가셔야 합니다."

"예?"

"……불만입니까?"

"아뇨."

돈을 더 준다는데 싫을 리가. 품위 유지비가 월급에 붙은 쥐꼬리만 한 금액이라고 해도, 돈은 돈이다.

다만, 유디트는 현실을 직시했다.

그녀는 황제와 황자가 모이는 자리에서 겪은 일을 증언해야 한다.

"……설마 입던 대로 입고 나갈 생각이었습니까?"

유디트는 그 길로 방에 돌아왔다.

품위 유지비는 하루 일찍 당겨 받았다. 데샹이 재무부를 닦달해 받아내 준 덕이다.

그러나 두 배를 받아봤자 3만 골드다. 품위를 유지하기엔 턱없이 부족한 금액이었다.

"하……."

유디트는 옷장 앞에서 이마를 부여잡았다.

현재 그녀가 가진 제복은 세 벌. 그중 한 벌은 습격으로 찢어져서 수선 중이었다.

두 벌이 더 남아 있으나, 내일부터 사흘 연속으로 3황자비에게 초대받은 연회가 있다. 그 후 줄줄이 호위 스케줄과 훈련, 근무.

눈코 뜰 새 없이 바쁠 게 뻔했다. 세탁해서 다려둘 시간이나 있을까?

'단복은 금지랬고…….'

유디트는 안 그래도 휑한 옷장에서 회색 단복을 꺼내 집어 던졌다.

회색 단복은 착용 금지라고 이미 언질을 받았다.

기사단에 소속되면 기사단 제복을 입는다. 이건 상식이

니 어쩔 수 없다.

비올레는 저보다 한 뼘이나 작아서 옷을 빌려 입을 수도 없다. 칼리파는 디자인이 다르니 더더욱 논외다.

'용병들이 부러워진다.'

용병은 좀 더러워도 그러려니 넘어가 준다. 하지만 기사는 언제나 적절한 수준의 몸단장을 요구받았다. 그게 '품위'라나 뭐라나.

"품위란 게 알아서 생기는 줄 알아?!"

유디트가 왈칵 화를 냈다.

꾸미는 데는 돈이 든다.

기본적인 품위도 그렇다. 아무리 단정한 사람이라도 코털 하나가 삐져나오면 그렇게 못나 보일 수 없으니까.

그런 의미로 황실 기사에게 요구되는 품위란 한결같은 의미다.

흠잡을 곳 없이 완벽하고, 깔끔해라.

"아, 진짜……!"

신발, 제복, 장갑, 칼 등 말 그대로 모든 부분에 있어 흠이 없어야 한다.

가볍게 훑어만 봐도, 가꿔야 할 것 천지였다. 신발 밑창도 새로 덧대야 하고 허리띠도 새로 갈아야 한다. 장갑은 찢어졌고 제복에 삐져나온 실밥도 지져야 했다.

광을 못 내면 때라도 빼야 하는 법. 유디트는 곧바로 신발 솔질에 착수했다. 순식간에 솔질을 끝내고 헝겊으로 신발을 문지르는 속도에서는 그간의 연륜이 묻어났다.

그러나 기백과 의욕만으로는 해결 안 되는 게 더 많았다.

허벅지 쪽 주머니의 닳은 단추나, 낡은 수실을 듬성듬성 잘라내니 볼품없어진 어깨 견장은 어떻게 할 수가 없었다.

찢어진 장갑. 이건 꼼짝없이 새로 사야 했다.

칼도 다시 벼려야 했다. 검집에도 흠집이나 찍힌 자국이 많았다.

이쯤 되자 유디트는 데샹의 선견지명에 감탄했다. 그가 오후 훈련을 열외시켜 주었기 때문이다.

유디트는 곧장 외출 준비를 했다.

'어차피 옷은 제복이 낫다.'

연회도, 청문회도 드레스를 입으라며 부른 장소는 아니다.

청문회 전날 제복을 급하게 인두질을 하면 어찌어찌 해결될 것이다.

'좀 이르지만 겨울용 코트를 겹쳐 입으면 될 거야. 그럼 최소한 깔끔해 보이겠지.'

유디트는 복장 고민을 끝냈다. 하지만 여전히 준비할 게 많았다.

그녀가 분노의 빗질을 시작했다.

"빌어먹을. 수선비만 얼마 안 했으면……."

기류에게서 수표를 받았을 때 여윳돈을 얼마 남겨두긴 했지만, 그건 정말 한 줌이었다.

살사노산 최고급 실을 아낌없이 썼다는 황실 기사 제복. 그 제복께서 그나마 있던 여윳돈까지 왕창 뜯어가신 참이다.

수선비가 비싸면 수선이라도 빨리 해줄 것이지, 한 달이나 걸릴 건 또 뭔가.

"여윳돈 조금 더 남겨둘 걸 그랬나?"

돈이 없던 건 아니었다.

그런데 어느새 바람 앞의 모래처럼 파스스 흩어진 것 아닌가.

'내가 언제 이렇게 돈을 썼지?'

그렇게 생각하며 지출 내역을 확인해 봤지만, 전부 자기 손으로 쓴 게 맞았다. 유디트는 이마를 짚었다.

"환장하겠네."

당장 홀쭉해진 주머니 사정 앞에서 별의별 생각이 다 들었다.

그중 가장 먼저 든 건 역시 3황자의 호의를 넘기지 말걸 그랬나, 하는 생각이었다.

3황자에게 돈이라도 받아뒀으면.

그런 생각이 들자 마음이 더욱 복잡해졌다.

그녀가 3황자를 구했던 건 속죄 때문이지, 돈 때문이 아니었다.

돈, 재물. 이런 것들을 탐하는 순간 마음에 때가 낄 것 같아 내내 거절했다. 하지만 결국 급해지니 이 꼴이다. 황자를 돈줄로 보는 것이다.

현실이 그녀를 비웃고 가는 기분이었다.

난 결국 이 정도밖에 안 되는 사람인가?

'아냐. 그렇지 않아. 난 변할 거라고!'

그녀는 거칠게 빗을 집어 던졌다.

결국, 유디트는 서랍 안에 처박아둔 땅문서를 들고 해가 지기 전에 황성을 나섰다.

＊　＊　＊

토지 업자 헤몬은 이제 막 마흔쯤 되어 보이는 사내였다.

그는 그럭저럭 준수한 외모였지만 홀쭉한 볼 때문에 메마르고 해쓱한 인상을 주었다.

헤몬은 다시 찾아온 유디트를 보고 적잖게 놀란 눈치였다.

"더 받을 수 있는 땅인 걸 알고 있어."

"물론 그렇지요. 하지만 손님께서 급하게 알아봐 달라고 하지 않으셨습니까."

"급하게 알아봐 달라고 한 거지 후려치는 가격을 원한 게 아니야. 수도 외곽의 땅이잖아. 220만 골드는 너무 적어. 최소한 300만은 되어야지."

헤몬이 난처한 얼굴로 자신의 눈치를 살피는 게 느껴졌다.

유디트는 다리를 꼰 채 그를 노려보았지만, 헤몬은 이런 일이 익숙하다는 듯 차분히 말했다.

"기사님, 평민 중에서는 아직도 자기가 땅을 살 수 있다는 것도 모르는 사람이 태반입니다. 이렇다 보니 사겠다는 사람이 팔겠다는 사람만큼이나 적습니다."

헤몬이 공손하게 말했다.

"마음에 안 드시는 금액일 수는 있지만, 살 사람이 그 가격을 원했습니다."

그마저도 소식 닿는 게 늦어, 지금까지 매입 의사가 있는지도 모르겠다는 말을 듣자 유디트는 기운이 쭉 빠졌다.

"살 사람이 없단 건가?"

"아닙니다, 찾아보면 나올 테니 제가 금방……."

"또 연락 올 때까지 세월아 네월아 기다릴 시간 없어."

유디트가 딱 잘라 말했다.

헤몬은 입가를 매만지며 그녀를 가만 살펴보았다.

"혹시, 돈이 많이 급하십니까?"

유디트는 저도 모르게 벌떡 자리에서 일어났다.

초조하고 가난한 사람처럼 비쳤던 걸까?

그런 생각만으로도 자존심이 상했다.

"됐어."

"아니, 오해하지 마시고 제 말 좀 들어보십시오! 기사님! 좋은 방법이 있어서 그렇습니다!"

헤몬이 필사적으로 손을 내저었다.

"말씀하신 대로 더 받을 수 있는 땅인 건 저희도 압니다! 그래서 말인데, 그러면, 예. 이런 방법은 어떠십니까?"

"……무슨 방법."

"일부 선금을 받으시는 겁니다."

헤몬의 말은 대충 이러했다.

유디트의 땅을 평균 토지 거래가로 계산한 다음, 일부를 선지급하겠다는 소리였다.

"그 선금은 누가 내지?"

"물론 저희가 드리고 있습니다. 선금을 드린 만큼, 저희는 최대한 빨리 적절한 거래자를 찾아서 거래를 성사할 겁니다."

그 대신 반드시 토지 거래를 그들하고만 하겠다는 계약서를 써달라고 했다. 다른 상회에 땅을 내놓지 말고, 오직 비커스 상회를 통해서만 땅을 팔겠다는 약속.

이른바 독점 중개 제안이었다.

유디트는 고민했다.

헤몬이 재빨리 서류를 뒤지며 주판알을 튕겼다.

"절대 이상한 거래가 아닙니다. 보시다시피, 이 방식으로 거래하신 분이 많이 있습니다."

그가 초록색 끈으로 묶어둔 계약서 다발을 보여주었다.

"설명만이라도 들어보시는 건 어떠십니까?"

"……말해봐."

헤몬은 두말없이 계약서를 펼쳤다.

유디트는 일단 입을 다문 채 귀를 기울였다.

그러나 헤몬의 말에는 전문용어가 너무 많았다. 처음에는 한두 개쯤 질문을 던지던 유디트는 곧 입을 다물어 버렸다. 물어볼 게 한두 개로 끝나지 않았기 때문이다.

모르고 어수룩한 티를 내면 오히려 사기당할 것 같았다. 그래서 그녀는 그냥 입을 다물고 있는 쪽을 택했다.

'어떡한다.'

헤몬의 설명이 끝났을 때, 유디트는 절반만 겨우 알아들었다.

"물론 제가 구매자를 데려와도, 기사님께서 가격이 마음에 들지 않으면 땅을 팔지 않으셔도 됩니다."

"……."

"저는 중개인일 뿐이고, 적어주실 각서의 내용은 저희 상회만이 땅을 대신 팔도록 허락하겠다는 내용입니다. 뭣하면 다른 계약서들을 한번 보여 드리겠습니다."

이어서 알다가도 모를 말이 이어졌다.

"독점 중개를 맡겨주시면 도와드릴 수 있는 것도 많습니다. 중개 수수료 우대와 소유권 이전 처리도 도와드릴 테고, 필요하시면 지적 도면도 작성해 드리겠습니다. 거래 시에는 서류 작업도 한결 빠르게……."

설명을 들을수록 뭐가 뭔지 알 수가 없었다.

유디트는 좀 울고 싶어졌다.

그녀는 평생 검만 휘두르면서 살아왔다. 이럴 때 쓸 만한 지식은 조금도 없었다. 누구도 알려주지 않았으니까.

이 토지 업자만 해도 그랬다. 괜찮은 상회라길래 물어물어 왔을 뿐이다.

"……어떠십니까?"

헤몬이 슬그머니 저를 보았다.

그 시점에서, 유디트는 다른 걸 보고 있었다.

바로 헤몬의 등 뒤였다.

헤몬의 등 뒤에는 초록색 끈으로 묶인 계약서 양피지가 많았다. 눈앞에 놓인 것과 똑같은 계약서였다.

"……한 달에 몇 번 꼴로 이런 계약을 하지?"

"비커스 상회 전체를 통틀면 몇십 건은 될 겁니다."

"……."

그렇게 많은 사람이 계약한다면, 사기는 아니지 않을까? 저 많은 계약서를 적고 간 사람들이 다 멍청이는 아닐 거 아냐.

'나도 괜찮지 않을까?'

유디트는 갈등했다.

사무실 안으로 붉은빛이 쏟아지고 있었다. 이대로 해가

완전히 지면 가게는 문을 닫는다. 신발 밑창이고 허리띠고 아무것도 못 산다.

다음 월급날까진 아직 시간이 남았다.

청문회는 그녀의 경제 사정을 봐주면서 열리지는 않을 것이다.

유디트도 안다. 상회는 바보가 아니다. 마냥 손님 좋으라며 그들이 선금을 덥석 쥐여줄 리는 없다. 분명 그들에게 이익이 되는 점이 있으니 이런 계약을 제의하는 것이다.

하지만 그게 뭔지 알아낼 시간이 없었다.

그녀는 가난했고, 옳고 유리한 판단만 찾아서 내리기에는 상황에 쫓겼다.

따닥. 탁. 타탁.

헤몬이 주판 튕기는 소리가 선명했다.

그 소리에 더욱 마음이 급해졌다.

지금 결정하지 않으면 남은 건 정말 비올레나 칼리파에게 돈을 빌리는 수밖에 없다. 그렇게 생각하니 가슴이 차갑게 식었다.

혹시 돈 좀 빌려줄 수 있을까.

그 말을 연습하는 상상만 해도 속이 뒤집혔다. 가슴속에 단단하고 무거운 응어리가 생기는 기분이었다.

유디트가 갈등 끝에 물었다.

"……선금은 얼마까지 가능하지?"

주판알 튕기는 소리가 멈췄다.

❋　✸　❋

청문회 날이 밝았다. 유디트는 단장실을 찾았다.

"왔어?"

"오셨습니까."

자주 보지만 오랜만인 것처럼 느껴지는 기류가 비스타 경과 함께였다.

두 사람 다 멀끔하게 제복을 갖춰 입은 상태였다.

데샹 경의 충고를 무시하고 평소 입던 대로 입었다면 노골적으로 비교될 뻔했다. 유디트는 그 난리를 피우길 잘했다는 생각이 들었다.

"경, 오늘 엄청 깔끔한데?"

"그렇게 보인다니 다행입니다."

그 난리를 피웠는데 꾀죄죄한 사람처럼 보인다면 그건 복장보다 사람 쪽에 문제가 있단 소리다.

"가실까요."

세 사람은 그대로 입궁했다.

본궁의 경비는 삼엄했다. 시종과 근위대 모두가 활시위를 힘껏 당긴 사람처럼 긴장하고 있었다.

청소한 사람의 결벽성을 의심할 만큼 깨끗한 복도를 지

나니 회의실이 나왔다.

시종이 다가와 청문회장의 문 앞에 섰다.

기류가 눈짓하자, 시종은 힘차게 문을 열더니 과하다 싶을 만큼 쩌렁쩌렁하게 소리쳤다.

"중요 참고인 세 명입니다!"

그렇게 큰 소리로 외칠 필요가 있나 싶었던 유디트는 금방 이유를 알았다.

내부 홀이 시끄러웠다. 사방에서 아우성이 빗발치고 있었다.

"카드스마 사건을 잊은 겁니까! 서기관! 아니, 아무나 에드먼트 후작의 증언을 찾아오시오. 1황자 전하께서 직접 보고 겪은 일을 또다시 언급해야겠나!"

"그 일은 진작 끝난 이야기요. 언제까지 늘어질 생각인가?"

"에드먼트 후작? 그런 사람이 있던가? 폐하의 앞에서 다섯 마디도 제대로 뱉지 못했던 얼치기라면 아오만."

"입조심하게! 정작 후작 앞에서는 인사도 못 하는 주제에!"

양쪽으로 나뉜 귀족들이 서로를 향해 힐난을 퍼부었다. 주말 아침에 열리는 시장도 이것보다는 조용할 것 같았다.

유디트는 이렇게 큰 소음이 밖으로 새어 나오지 않았다는 사실에 놀랐다.

떨어지는 순간 사람 서넛을 깔아뭉갤 듯한 샹들리에도, 바닥에 깔린 붉은 융단도 상황을 차분하게 만들어주지는 못했다.

난장판이 따로 없었다. 회의실 안으로 걸어 들어가며 유디트는 속으로 실소를 흘렸다.

"이건 누군가가 꾸민 일이 분명하단 말입니다. 인위적으로……."

"그만!"

쿵 소리가 났다.

황제가 신경질적으로 발을 구르자, 일대에 싸한 정적이 흘렀다.

기류와 함께 비스타와 유디트도 고개를 숙였다.

황제는 퉁명스럽게 말했다.

"청문회가 길어지니 모두 피곤한 모양이군. 백작. 고개를 들라. 번잡한 꼴을 보였구나."

"아닙니다."

"그대들도. 모두 고개를 들어도 좋다."

유디트는 그제야 목을 움직였다.

황제는 가장 높은 자리에 앉아 그들을 내려다보고 있었다.

타고난 여유란 것일까. 다리를 꼰 황제는 나른한 기색이었으나 그조차도 위압적이었다. 그의 얼굴에는 짜증과 지루함이 감돌고 있었다.

주변 사람들도 비슷했다. 궁정 마법사 로하스와 4황자 이든 또한 부쩍 지친 안색이었다.

기류만이 이 상황에서 눈치를 보지 않고 태연했다. 그가 물었다.

"윌리엄 전하께선 자리를 비우셨습니까?"

"황자비의 몸이 좋지 않아 함께 떠났다. 둘 다 체력이 버티질 못하더군."

"그랬군요."

"지루해도 자리를 지켜야 하는 게 군주의 덕목이거늘. 나약한 놈."

"……."

황제는 그렇게 말하며 삐뚜름하게 몸을 꼬았다.

기류의 안색이 미묘하게 굳었다.

청문회는 벌써 6시간 넘게 이어지고 있었다. 식사조차 거른 걸 감안하면 강행군이라고 해도 손색이 없었다.

심지어 황제처럼 가만 앉아 지켜보기만 하는 사람이라면 모를까, 귀족과 혈육이라는 이리들에게 물어뜯기며 버티는 건 쉬운 일이 아니다.

그러나 누구도 이 사실을 황제에게 지적할 수 없었다. 상대는 손짓과 말 한마디로 목을 달아나게 할 수 있는 제국 최고의 권력자였다.

"백작. 짐은 피곤하다. 그대쯤 되는 자가 내게 거짓을 고할 리는 없겠지."

"물론입니다."

"그러면 마지막 청문은 황자에게 맡기겠다. 상대는……."

황제는 시종이 든 접시에서 포도 한 알을 똑 떼어냈다. 그가 포도를 고르듯 황자들을 번갈아 보았다.

"에드워드, 네가 해봐라."

"감사합니다."

"폐하!"

1황자 알베르트가 참지 못하고 일어섰다.

황제는 신경질적으로 손을 털었다. 이의는 안 받겠단 뜻이었다.

"제게도 기회를 주십시오, 저도 오늘을 위해……."

"내 결정에 토 달 생각이냐?"

"……아닙니다! 하지만 오늘 하루 종일 에디에게만……!"

"생각하고 말하라! 올가조차 내 말에는 함부로 사견을 덧붙이지 못했다!!"

"……."

황제가 그를 잡아먹을 듯 노려보았다. 곧 1황자의 얼굴이 새빨개졌다.

"……죄송합니다."

"쯧."

1황자가 감정을 삭이며 착석했다. 황제는 아들을 향해 대놓고 혀를 찼다.

1황자 알베르트는 문벌 귀족의 지지를 받는 황자였다.

문벌 귀족은 면책권과 면세권을 나눠 받은 귀족 가문으로, 대대로 황제와 함께 국정의 대소사를 책임진다는 자부심을 지닌 이들이었다.

한데 어떤 방법을 썼는지, 1황자는 그들을 지지 세력으로 삼는 데 성공했다.

황제도 처음에는 그 점을 높이 샀다.

그러나 시간이 지날수록 황제는 알베르트 1황자에게 혹독해졌다.

권력은 아들이라도 나눠 가질 수 없다는 듯 그를 인정하다가도 적대적으로 몰아세우기 일쑤였다.

때문에 알베르트는 묘한 위치에 놓였다. 고관대작들에게 인정받아 황위에 근접했으면서도, 황제에게는 황태자로서 좀처럼 인정받지 못하는 위치였다.

"짐의 환심을 사도 모자랄 판에. 한심하구나, 한심해!"

황제의 푸념은 작았으나, 1황자를 비참하게 만들기에는 충분했다.

예측 못 한 상황에 분위기가 흐트러졌다. 그리고 이때를 놓치지 않는 사람이 걸어 나왔다.

"그럼 마지막 청문을 시작하겠습니다, 폐하."

제국의 2황자. 에드워드 오스카 베리타스.

황족 특유의 검은 머리와 삭풍으로 깎은 것 같은 얼굴선이 금욕적인 인상을 주는 남자였다.

'에드워드.'

저자가 바로 훗날 제국의 군권을 틀어쥔 채 기어코 황제 자리를 차지한 최후의 승리자였다.

"중요 참고인 기류 르왈흐메이 경, 비스타 메티스 경, 유디트 경. 황실을 향한 존경과 소명을 다해 엄숙한 진실만을 말하도록. 허위와 과장으로 포장된 진술은 금지한다."

신경질적으로 관자놀이를 주무르며 애써 집중하는 모습이, 기억하던 것보다 훨씬 젊다.

하긴 6년 전이면 2황자 또한 스물일곱에 불과했다.

"제르멜 단장. 보고하라."

그 순간, 유디트는 큰 충격에 빠졌다.

제르멜이 에드워드 황자와 떨어진 곳에서 조사서를 들고 걸어왔다.

그저 나타났을 뿐인데, 온몸의 피가 역류하는 것 같았다.

사신처럼 까만 남자.

감정이 느껴지지 않는 얼굴을 보자 목 뒤가 뻣뻣해지며 몸이 굳었다.

'왜, 제르멜이…….'

유디트는 무작정 제르멜의 눈을 피했다.

이성적으로는 알고 있다. 2황자의 지지자였던 제르멜이 여기 있는 건 이상한 일이 아니라는 걸.

제르멜은 기꺼이 황위 싸움이라는 도박판에 판돈을 던

지고 승리한 사람 아니었던가.

"사건 개요. 노스카나 공작령으로 외유를 떠난 60명이 습격당하고 총 14명의 사상자가 발생. 그중 황족 친위대 소속 기사 일누크가 사망."

자신을 죽였던 남자가 태연하게 보고서를 읽고 있다. 2황자 또한 그 보고를 무심하게 듣고 있다.

회귀하지 않았더라면, 두 사람은 저 모습 그대로 정무를 보고 있었으리라. 그것도 황제와 근위대장이라는 형태로 말이다.

흑기사단은 2황자를 지지했다.

유디트는 2황자 에드워드의 친위대 권유를 받아보았다. 에테르 마스터인 그녀는 제르멜이 던진 판돈 중 하나였으니까.

그러나 꾸밈 비용부터 파벌 싸움까지, 두루두루 신경 쓸 게 많았던 친위대직은 그녀에게 그리 매력 있게 다가오지 않았다.

유디트는 권력보다는 주워 먹을 떡고물이 많은 흑기사단이 좋았다.

이미 인재가 많은 2황자에게도 유디트가 딱히 절실한 상대는 아니었다. 그녀가 거절하자, 에드워드는 유디트에게서 관심을 거뒀다.

제르멜은 그녀가 친위대 자리를 거절한 걸 의외라고 평가했다.

하지만, 동시에 희미하게 기뻐했다.

그때는 그 기쁨이 상사가 부하에게 가질 법한 유대 관계라고 생각했다.

지금 생각해 보면 전혀 달랐다. 수족처럼 부릴 수 있는 호구가 여전히 제 손아귀에 남으니 기뻐했던 것뿐인데.

"……."

유디트는 몰아치는 감정에 휩쓸려 가지 않으려고 주먹을 세게 쥐었다. 손가락이 아팠다.

제르멜의 목소리는 얄미울 정도로 단조로웠다.

"이 과정에서 특히 에테르 마스터 유디트 경은 극적인 활약을 벌여 습격자를 죽이는 데 성공하였습니다."

유디트가 남몰래 이를 갈 때쯤, 에드워드 2황자가 팔짱을 끼었다.

"자잘한 부분은 듣다가 외울 지경이니 넘기겠다. 기류 경, 궁정 마법사 로하스의 말에 따르면 합류가 늦었다고 하던데. 설명하게."

"추격자가 더 붙을 수 있는 상황이었기에 함부로 일행을 나눌 수 없었습니다. 4황자 전하께서 허락하신 후에야 합류할 수 있었습니다."

"노스카나 공작성으로 보낸 전령은 누구였지?"

"헤일리 경입니다. 적기사단 소속으로 그녀의 형제인 비스타 경 또한 이번 임무에서 활약했습니다."

"습격자들의 특징을 기억나는 대로 읊어보라."

기류는 그가 상대했다는 습격자의 특징을 정확하게 증언했다.

증언은 아귀가 딱딱 들어맞았다. 황자는 만족스럽다는 듯 고개를 주억거렸다.

다음 타자는 비스타였다.

차례대로 질의를 받는 동안, 유디트는 가만히 서 있는 게 생각보다 어렵다는 걸 깨달았다.

'제발, 평정을 지켜. 제발……'

실수로라도 노려보면 안 돼.

유디트는 서류 넘기는 제르멜을 의식하지 않으려고 애썼다.

그녀의 차례도 금방 돌아왔다.

"유디트 경. 직접 습격자를 상대했다지?"

"예."

"당시의 상황을 소상히 설명하라. 허위나 과장은 모두 제하고."

"알겠습니다."

유디트는 그간 연습했던 말을 토씨 하나 틀리지 않고 그대로 읊었다. 곧 2황자의 질문이 몰아쳤다.

"일대일로 상대했던 습격자는 총 몇 명이었지?"

"습격 때 마차를 호위하며 둘, 마상 전투 때 각개격파로 둘을 해치웠습니다. 낙마 후에는 페온을 직접 상대했습니다."

"습격자 페온 그랑의 무기는 장창이었나? 롱소드였나?"

"둘 다 아닙니다. 길이는 이 정도의 검으로……."

중간중간 거짓 증언을 시험하기 위해 함정 같은 질문도 있었다.

그러나 유디트의 대답에는 머뭇거림이 없었다.

하루에 한 시간씩은 데샹과 질문과 답변을 맞춰보기까지 했으니, 실수할 리 없다.

청문회를 구경하던 황제가 포도 씨를 퉤 뱉었다.

2황자는 곧 심드렁한 얼굴이 됐다. 더 질문할 필요가 없다는 듯, 그가 말을 끊었다.

"그만. 모두 정확하다."

2황자는 유디트와 두 사람을 내려다보았다.

"윌리엄과 이든이 경들의 활약을 칭찬하더군. 수고했다. 갑작스러운 사건에도 대처가 훌륭했다더군."

"모두 부하들의 공입니다."

기류가 능숙하게 공을 돌리더니 화제를 틀었다.

"조사는 어떻게 되어가고 있습니까?"

"진행 중이다."

"적기사단 또한 언제든 조사에 참여할 준비가 되어 있습니다."

"결정은 폐하께서 하실 것이다. 늘 그렇듯."

"늘 그렇듯 현명한 판단을 내려주시리라 믿겠습니다."

에드워드 2황자의 짧은 말에도, 기류는 물 흐르듯 말을 받았다. 심문은 그렇게 끝나는 듯했다.

"에드워드 전하. 한 가지 확인하고 싶은 게 있습니다만."

"확인?"

"예."

갑자기 제르멜이 끼어들었다.

"……발언을 허한다. 간단히 하도록."

"감사합니다."

예감이 좋지 않았다. 유디트의 눈가가 파르르 떨렸다.

"유디트 경."

제르멜의 검은 눈동자가 유디트를 잡아먹을 듯 냉랭히 응시했다.

안 그래도 눈을 마주치지 않으려 노력했던 사람이다.

대관절 무슨 할 말이 있고, 접점이 있다고 그가 저를 본단 말인가.

유디트는 대답 대신 제르멜을 바라보았다. 뒤틀리는 감정에 손끝부터 싸늘해지는 기분이었다.

회귀 후 만나는 건 이걸로 두 번째.

제르멜의 눈빛은 여전했다. 금화를 던지며 싸늘하게 경멸하던 그때처럼, 그녀의 가슴을 갈기갈기 찢었던 순간처럼…….

"자네는 페온 그랑이 에테르를 다뤘다고 증언했다. 증언에 번복은 없나?"

"……없습니다만."

"하지만 페온 그랑의 실력은 그보다 한참 뒤떨어졌었다. 정말 그가 에테르를 다룬 게 맞나?"

"무슨 말을 하고 싶은 거지?"

기류가 날카롭게 반문하자, 제르멜은 매섭게 답했다.

"위증의 가능성을 확인하고 싶은 것뿐이다."

유디트는 잠깐 잘못 들었나 싶었다.

위증?

눈에 힘을 준 유디트는 곧장 반박했다.

"무슨 근거로 그렇게 말씀하시는지 모르겠습니다. 제겐 위증을 할 이유가 없습니다."

"제국 최연소 에테르 마스터가 정체 모를 습격자에게서 황자를 구했다……. 활약을 강조하고 몸값을 높이기에는 이만한 기회가 없지."

유디트는 이번에야말로 귀를 의심했다.

"실례지만, 청문회에 앞서 수도로 돌아온 경을 뒷조사해 봤다."

"……."

"자네, 빚이 꽤 많던데?"

까만 눈동자가 그녀를 고압적으로 내려다보았다.

눈앞이 핑 돌았다.

황제의 어전이라 검을 소지하지 못한 게 다행이었다. 그렇지 않았다면, 제르멜을 향해 검을 뽑아 정수리부터 두 동강 냈으리라.

'어떻게……'

어떻게 저딴 말을 하지.

작정하고 모욕하는 법을 배우지 않는 한 저럴 수는 없다.

제르멜은 뒷조사를 벌이고도 남을 사람이며 그걸 직접 돕기도 해봤으나 당하는 건 처음이었다.

끔찍했다. 이 많은 면면 앞에서 빚이 있다는 게 밝혀진 것도, 최선을 다해 황자를 호위한 결과가 의심으로 돌아온 것도, 전부…….

"제르멜 단장. 발언을 신중하게 하시오."

비난은 1황자 측에서 터져 나왔다.

그러나 제르멜은 담담했다. 오히려 이런 것도 예상 못 했냐며 그가 물었다.

"피습 사건 그 자체를 의심하는 건 아닙니다. 하지만 에테르를 다룰 줄 아는 습격자라니……. 그만한 사람이 어디서 쉽게 튀어나올 것 같습니까?"

순진하다 못해 멍청한 이들을 보는 듯한 눈빛이 여전했다.

"하긴 에테르를 다뤄본 적 없는 치가 태반이니 모르겠지."

제르멜이 신경질적으로 종이를 털었다.

"토지 판매 독점 각서. 비커스 상회를 통해서만 땅을 팔겠다는 내용이 담긴 각서입니다. 이건 상회가 토지 매물을 확보해서 땅값이 오를 때까지 몇 년이든 기다렸다가 파는 수법에서 쓰입니다."

그가 유디트 쪽으로 고개를 돌렸다.

"상회가 마음만 먹으면 각서 쓴 땅을 십 년 넘게 안 팔리도록 놔둘 수 있다는 거다."

"……."

"선금은 거래를 파기하지 못하도록 주는 건데, 덜컥 받았을 정도면 어지간히 돈이 궁했나 보지?"

유디트는 저 턱주가리를 날려 버리고 싶었다. 제르멜이 호락호락한 남자는 아니지만 이만큼 가까운 거리라면 시도할 가치는 있었다.

하지만 이번에는 감봉으로 그치지 않을 것이다. 황제가 코앞에 있다.

최소 투옥. 불명예스러운 소문과 빚이 있다는 사실도 파다하게 퍼질 것이다.

하지만 아무리 그래도 어떻게 본인의 앞에서 뒷조사했다는 말을 저렇게 당당하게 지껄인단 말인가?

유디트는 이를 악물고 말했다.

"제가 무슨 거래를 어떻게 하든 이 사건과 상관없는 일입니다."

"그깟 선금 몇 푼에 냉큼 각서를 쓸 정도라면, 위증으로 사건을 부풀려서 몸값을 올릴 이유는 충분하다고 본다만."

선금 몇 푼이라고?

잇새로 흘러나온 숨이 무거웠다.

이런 일이 벌어지리라곤 조금도 생각 못 했다.

청문회는 남의 곤궁한 처지를 까발리는 장소가 아니다. 심지어 이곳에는 황제와 황자가 보고 듣고 있다. 기록관 또한 바로 저기에 있었다.

하얗게 빈 머릿속에, 끓는 기름처럼 뜨거운 분노가 들어찼다.

난데없이 두들겨 맞자 욕지거리가 치밀어 올랐다.

"페온 그랑의 에테르는 검은색이었고, 일반인의 근력을 훨씬 상회하는 수준이었습니다."

"그걸 어떻게 증명할 수 있나."

"제가 어떤 사투를 벌였는지까지 일일이 설명해야 합니까?"

"필요하면 그렇게 해야겠지."

"그만."

"무슨 말을 하나 했더니 지금."

2황자와 기류가 제르멜의 말을 가로막았다.

기류는 제르멜을 향해 몸을 틀었다. 얼굴은 보이지 않았으나, 그의 목소리는 거칠다 못해 사나웠다.

"제르멜. 이 청문회가 네 억측이나 듣자고 열렸나?"

"합리적인 의심이다. 이 사건에서 습격자가 에테르를 사용했다고 증언한 건 그녀 한 명이다."

"그건 페온을 상대한 게 유디트 경 혼자였기 때문이다. 트집 잡는 것도 정도껏 해라!"

기류가 일갈했다.

"페온 그랑은 적기사단 시절에도 미약하게나마 에테르를 다룰 줄 알았다. 분명 보고서에도 올라가 있었을 텐데. 눈알을 덜 닦았나?"

"실전에서 사용할 만한 수준은 아니었다지. 전부 읽었다. 나를 탈옥한 기사 하나 못 찾아낸 너와 같은 취급 하지 마."

제르멜이 한 치도 물러서지 않고 맞받아쳤다.

"그녀가 사적인 이유로 위증하고, 황궁의 특정 인물에게 힘을 실어주려 했다……. 합리적인 추측을 했을 뿐이다만?"

"위증 따윈 없었습니다."

도저히 참을 수가 없었다. 유디트가 제르멜을 향해 쏘아붙였다.

"자꾸 남의 말을 위증으로 몰아가는데, 책임질 수 있어서 그런 소리를 하는 겁니까?"

"……지금."

그 순간, 제르멜의 눈이 돌아갔다. 그가 서슬 퍼렇게 눈을 부라렸다.

"감히 내게 책임을 운운했나?"

"그만!"

2황자 에드워드가 화를 냈다.

대화가 뚝 끊겼다.

에드워드는 제르멜을 짜증스럽게 흘겨보았다.

"이 청문회는 보고서 내용이 증언과 일치하는지 확인하기 위한 자리다. 과한 억측은 삼가라."

유디트는 조금 놀랐다. 설마 2황자가 자신을 두둔하는 발언을 할 거라곤 생각하지 못했기 때문이다.

"그쯤 했으면 됐다. 물러가도록."

"제르멜, 사과해라."

기류가 황자의 말이 끝나기 무섭게 제르멜을 불렀다.

어이없는 소리를 들었다는 듯, 제르멜의 한쪽 입가가 올라갔다.

"사과?"

"내 부하의 신변을 뒷조사하고 공개적인 자리에서 망신을 준 행동에 대해 책임지고 사죄해라."

"여기는 원래 그런 자리고, 흑기사단은 원래 그런 곳이다만."

제르멜은 그렇게 말하다가 머리를 갸웃했다.

"무슨 책임을 어떻게 지길 원하는지 모르겠군. 내가 저

여자의 발이라도 핥기를 기대하는가?"

기류가 장갑을 벗었다.

매끄러운 하얀 장갑은 순식간에 그의 손끝을 떠나 정확하게 제르멜의 가슴팍을 치고 바닥으로 떨어졌다.

툭.

가벼운 소리가 났지만 그 의미는 결코 가볍지 않았다.

눈 깜짝할 새 벌어진 일이었다. 일대에 싸늘한 정적이 흘렀다.

"기대한다면 어쩔 건데."

2황자는 물론 유디트까지 입을 쩍 벌렸다.

기사가 장갑을 던졌다. 즉, 결투 신청을 의미하는 선전포고였다.

기류의 싸늘한 목소리는 놀라울 정도로 낯설었다.

정색하는 제르멜을 보고서도 기류의 화는 풀리지 않았다.

기류 르왈흐메이는 인내심이 좋지 못했다. 그나마 있는 인내심은 팔이 안으로 굽듯 내 사람에게나 발휘되는 것이었다.

제르멜처럼 내 사람의 숨겨진 사정을 서슴없이 입에 담는 개자식에게 발휘할 게 아니란 소리다.

대체 뭘 안다고 터진 입으로 그딴 말을 나불거린단 말인가.

유디트가 3황자를 지킨 후 무엇을 거절했는지도 모르는 사람이 감히 어떻게 그녀를 모욕하나.

황자를 구하고 펑펑 울던 유디트를 떠올릴수록, 기류는 분노로 가슴이 터질 것 같았다.

"뭐 해, 안 줍고."

무거운 정적이 홀을 잠식했다. 바늘을 떨어뜨려도 선명하게 들릴 만큼 사방이 조용했다.

유디트의 심장이 마구 뛰었다.

제르멜이 허리를 굽혀 장갑을 줍는 순간, 이 자리의 누구 하나가 생사여탈권을 건 결투의 공증인이 된다.

설마 정말 결투가 벌어질까 싶다가도, 유디트는 불안해졌다.

제르멜도 어떤 면에서는 자신과 비슷했다. 걸려온 싸움을 피하는 부류가 아니었다.

"하……."

모두가 긴장한 찰나, 지켜보던 황제만이 참지 못하고 박장대소를 터뜨렸다.

"하, 하하하하!"

적기사단장이 흑기사단장에게 던진 선전포고.

솜털이 쭈뼛거릴 광경이었지만, 황제에게는 달랐나 보다.

"백작, 백작! 그대는 정말……!"

황제는 이제 손뼉까지 치며 웃었다. 그러나 기류의 표정은 여전히 굳은 채였다.

"역시, 내가 사람을 잘 보았지. 백작만 한 배짱이 있는 자는 제국을 뒤져보아도 찾는 게 쉽지 않을 것이다."

"……폐하."

"이리도 짐을 즐겁게 해준 백작에게는 미안하지만, 그 결투는 짐이 허락할 수 없구나."

황제가 원치 않는 결투.

누구도 공증인이 되는 걸 허락하지 않겠다는 말이었다.

"짐은 2년 전 카드스마의 사건을 잊지 않았다. 1황자 또한 습격자에게 공격받은 적 있고, 그 특징이 이번 습격자와 비슷하다면 그녀의 말이 위증은 아닐 거다. 그렇지 않나, 백작?"

"……옳으십니다."

"저자로군. 요전번 사냥에서 백작이 말했던 새로운 에테르 마스터라는 자가."

"그렇습니다."

순간이지만 황제가 그녀를 흘겨보았다.

부담스러웠으나, 다행히 관심은 오래가지 않았다.

"제르멜, 짐이 말하지 않았나. 흑기사단의 방식을 모두가 이해하는 건 아니라고."

"……송구합니다."

"부하가 면전에서 망신을 당하는데, 백작이 가만 웃으며 넘기겠는가. 앞으론 조심하게나."

황제는 마음 넓은 중재자처럼 굴었다.

그러나 빈말로라도 뒷조사를 나무라지는 않았다. 사죄

하라는 말도 없었다.

황제가 손짓하자, 제르멜은 보란 듯이 기류의 장갑을 짓밟으며 물러났다. 기류의 눈에서 더욱 불꽃이 일었다.

"들을 것은 모두 들었다. 이걸로 충분하다."

황제는 자세를 고쳤다. 똑바로 앉은 그가 웃으며 말했다.

"제국을 지탱하는 기사단장 둘이 다툴까 봐 두렵구나. 자, 모두 물러나라. 알베르트. 너만 남도록."

내내 불린 적 없었던 1황자의 안색이 환해졌다.

반면 심문을 주도하던 2황자가 눈에 띄게 미간을 찌푸렸다.

4황자 이든에게는 누구도 관심을 가지지 않았고, 청문회는 그렇게 끝났다.

홀을 나오기 무섭게, 기류는 제르멜을 향해 다가갔다. 그가 제르멜의 앞섶을 틀어쥐었다.

"너. 혓바닥이 길면 뽑을 것이지 무슨 잡소리를 지껄여."

"유난 떨지 마라."

제르멜도 가만히 당하지만은 않았다. 그가 우악스럽게 기류의 팔을 잡고 비틀었다.

"그녀에게 사과해라."

제르멜보다 키가 더 큰 기류는 꼼짝도 하지 않았다. 그는 다시 한번 제르멜의 얼굴에 장갑을 내던질 사람처럼 기세등등했다.

반면 가라앉은 제르멜의 기분은 점점 노골적인 짜증을 드러냈다.

곧 기류는 자기 눈을 의심했다. 팔을 붙잡은 제르멜이 은은하게 검은 기운을 흘렸기 때문이다.

아지랑이 같은 기운이 어른어른 피어올랐다. 에테르였다.

"……좋아. 그렇게 나오셔야지."

기류의 손끝에서도 지지 않고 붉은 에테르가 타올랐다.

분노로 달구어진 그의 에테르는 제르멜의 검은 기운보다 훨씬 진했다. 그러나 대치 상태는 오래가지 못했다.

"단장님."

비스타가 황급히 끼어들었다.

상급 기사라면 모두가 안다. 기류와 제르멜의 사이가 안 좋다는 것을.

두 단장은 빈말로도 손발이 맞는 상대가 아니었다. 공적으로도 사적으로도 그들은 정반대였다. 하지만 이 정도로 사이가 안 좋았을 줄이야.

비스타가 기류에게 연신 고개를 저었다. 그제야 기류는 주변을 훑었다.

안내하던 시종은 겁에 질려 있었다. 퇴궁하려던 귀족들도 흥미진진한 시선을 던지고 있었다.

"네 멍청한 부하가 얼마를 빚졌는지, 원한다면 지금 떠벌려 볼까?”

기류는 진심으로 제르멜의 혀를 뽑고 싶다는 생각을 했다. 그러나 성질대로 하지 못한 건, 머리가 너무 빠르게 돌아간 탓이다.

이 상황은 알려지면 좋을 게 없었다.

자신이야 입 다문다 해도, 눈앞의 제르멜은 다르다. 그는 유디트의 현실을 보란 듯이 입에 담고 비웃을 작자였다.

만약 그렇게 된다면, 유디트가 받게 될 상처는 상상도 못 할 만큼 클 것이다.

유디트는 두 자루의 검조차 부담스러워했다. 돈 때문에 불행해진 적이 있었다고도 말했다. 때문에, 기류는 그녀의 사정을 자세히는 모르지만 어렴풋이 짐작했다.

심지어 빚이라니. 남에게 알려져서 좋을 것 하나 없을 개인사다. 뒷조사했다는 놈이 그런 것도 모르고 입에 담았을까.

제르멜은 멍청이가 아니다. 그는 이렇게 행동하는 걸 선택한 것이다.

제 딴에는 합리적인 의심이라는 이유 하나만으로.

“개자식아. 넌 다시 태어나도 사람은 못 될 거다.”

기류가 거칠게 그를 뿌리쳤다.

제르멜은 태연한 얼굴로 옷깃을 단정하게 갈무리했다.

“기세만 등등하기는.”

"……."

"필요하면 언제든 찾아와라. 네 부하, 빚이 제법 많아서 뒷조사하는 보람이 있었으니까."

제르멜이 비웃으며 그의 성질을 돋웠다.

빠드득, 기류의 이 가는 소리가 선명하게 울렸다.

머리끝부터 발끝까지 새카만 남자는 우아하게 그 자리를 떴다.

지켜보던 비스타는 속으로 진땀을 흘렸다.

"단장님……."

"……."

비스타의 부름은 기류에게 닿지 않았다. 기류는 당장 제르멜의 뒤를 쫓아 그의 상판을 후려치는 상상을 했다.

그러나 현실적으로 필요한 건 그딴 상상이 아니었다. 기류는 유디트가 보이지 않는다는 걸 알아차렸다.

"……유디트 경은?"

"2황자 전하께서 따로 부르셨습니다."

"……."

대체 왜 남의 부하를 가만 못 놔둬서 안달이란 말인가.

부아가 치밀었다.

그렇게 얼마나 지났을까. 저편에서 그를 부르는 사람이 있었다.

"기류, 잠시만."

무언가를 다짐한 것처럼 눈을 빛내는 사람. 청문회장에서 막 빠져나온 이든이었다.

❋　✳　❋

이 사람은 무슨 할 말이 남았다고 자신을 불렀을까.

의문은 퐁퐁 솟아났으나 유디트는 침묵을 지켰다.

"고약한 일을 당했군. 경이 이해하게. 흑기사단의 임무는 본디 저런 것이니까."

"……."

예상을 한 치도 벗어나지 않는 말이란. 유디트는 무표정을 유지한 채 대답했다.

"원망하지 않습니다."

거짓말이다. 사실은 당장 달려들어서 제르멜의 뒤통수를 깨부수고 싶었다.

네가 내 뒷조사했냐?

남의 뒷조사를 했으면 했지, 당해본 적은 없던 유디트였다.

어느 집 누가 야반도주했고, 독립시킨 아들딸이 어디서 뭘 하고 있는지. 옳은 행동이 아니라는 건 알았지만 어쨌든 시키니까 했다.

그녀는 인생 대부분을 그렇게 살았다. 그러니 남은 게

후회밖에 없는 것이다.

'뒷조사를 당한다는 게 이런 거였구나.'

그녀가 주먹을 꽉 쥐었다.

후회는 오늘도 팬케이크처럼 층층이 쌓였다. 꾸역꾸역 먹다가 목구멍이 막힐 지경이었다.

"제르멜은 경을 의심했으나, 나는 경의 증언이 사실이라 생각한다."

에드워드 2황자는 협실 소파에 등을 기댔다.

"자백에 따르면, 습격자 모두 약물을 마셨다고 하더군. 이에 관해서는 짚이는 바가 있다."

"……약물의 정체를 아십니까?"

"정확히는 모른다. 다만 예상은 된다. 일시적으로 에테르를 다룰 수 있다는 약물이 아닌가 싶은데."

에드워드가 천천히 말했다.

"종종 암시장과 빈민가에서 그런 물건이 돌아다니기도 한다더군. 페온 그랑처럼 기사 생활을 오래 했다면 알고 있었겠지."

유디트의 머릿속이 냉정해졌다. 그렇다면 용의 피는 이미 나타난 적이 있었던 건가. '약물'이라고 표현하는 걸 보면 에드워드 또한 자세한 내막은 모르는 듯했다. 그런데 왜…….

"왜 이런 말을 경에게 하는지 궁금하다는 얼굴이군."

"……제게 알려주시기엔 너무 중요한 정보 같습니다만."

에드워드가 살짝 웃는 게 보였다. 형제들과 닮은 듯, 미묘하게 다른 미소였다.

"유디트 경. 내 친위대에 들어오겠나?"

"……."

"그렇게 놀랄 일인가."

그럼 아니겠냐고 되물을 뻔했다.

유디트는 이제 갈증이 나다 못해 목이 탔다.

"최연소 에테르 마스터. 심지어 눈썰미가 좋더군. 짧은 시간에 적을 빠르게 파악했던데. 조사서 내용이 사실이라면 첫 임무에 이만한 활약을 한 기사는 탐이 나."

부끄러워서 몸 둘 바를 모를 만큼 칭찬이 쏟아졌다. 그러나 유디트는 기쁨보다도 경계심이 앞섰다.

"에테르 마스터들은 언제나 혁혁한 전과를 올렸지. 그대의 공훈을 기쁜 마음으로 내게 바치고, 전장에서 금색 두 줄의 깃발을 들어 올리겠다면 기꺼이 금괴가 담긴 궤짝 여섯 개를 보내주겠다."

금괴 궤짝 여섯 개.

유디트의 몸이 움찔거렸다.

캐러멜처럼 달콤한 제안에, 유디트는 갈등했다. 단칼에 뿌리치기에는 너무 큰 기회였다.

그러나 고민은 길지 않았다.

그녀는 본의 아니게 2황자란 사람이 어떤 인물인지 알

고 있었다.

에드워드는 그녀가 아는 미래에 베르크스 변경백이 군사적 지원을 거절하자, 서부가 망하든 말든 황제군을 물렸었다. 그는 상대가 호의를 받지 않으면 가차 없이 잘라내는 사람이었다.

"관심 없다면 거절해도 좋다. 다만 신중하게 거절하는 게 좋겠지."

유디트는 살짝 망설였다.

과연 여기서 2황자의 손을 놓고 척지는 게 옳은 행동일까?

'……아냐. 척을 진다는 건 과장이다.'

그녀는 스스로를 타일렀다.

금괴 궤짝 여섯이라니, 앞뒤 안 따지고 재물로 사람을 부리겠다는 소리다.

그럼 그렇게 받은 만큼 이용당할 게 뻔하지 않나.

"죄송합니다만, 제게는 짐이 무겁습니다."

"……신중하게 거절하는 게 좋다고 말했을 텐데."

"죄송합니다."

에드워드가 눈살을 찌푸렸다.

"이유 정도는 물어도 되겠지."

"저는 아직 부족한 황실 기사입니다. 황실의 검으로서……."

"황실 기사는 황족이 부리는 개일 뿐이다."

……인상 깊은 비유다.

봉토를 하사하고 충성을 바치며 유대를 쌓는 황실과 기사의 종속 관계를 저렇게 한 번에 모욕하는 것도 재주라면 재주일 것이다.

유디트의 얼굴이 굳었다.

남자는 그녀를 시험하듯 모욕적인 언사를 던진 후에도 번복하지 않았다.

기분이 싸늘해졌다. 불쾌함을 드러내지 않기 위해 표정을 관리하느라, 유디트의 말이 더욱 느려졌다.

"……그 말씀에 따르면 저는 황실의 개라서 아직 물어뜯을 게 많습니다."

호박색 눈동자에 어두운 감정이 깃들었다.

제르멜이 에드워드 2황자를 지지하는 한, 유디트가 그를 지킬 일은 없을 것이다.

달콤한 제안으로 이빨이 모조리 썩어버리는 건 한 번으로 충분하니까.

"아쉽게 됐군."

별로 아쉽지 않다는 목소리였다.

"그렇다면 물러가라. 시간을 낭비했다."

에드워드는 그녀를 가소롭다는 듯 바라본 다음, 곧장 축객령을 내렸다.

❋　✦　❋

청문회가 끝나기 무섭게, 유디트는 토지 업자 헤몬을 찾아가려 했다.

그러나 그녀는 성문조차 빠져나가지 못했다. 제복 차림인 유디트를 경비병이 저지했기 때문이다.

"허가증은 나중에 가져오겠다니까!"

"안, 안 됩니다! 청문회 때문에 출입을 엄격하게 하라는 명령이 있었습니다!"

평소라면 적당히 넘어가 주었을 경비병이 꿈쩍도 하지 않았다.

날이 날인지라 어쩔 수 없다는 걸 알면서도, 유디트는 발만 굴렀다. 어느 세월에 외출 허가증을 받아 온단 말인가.

실랑이를 벌이는 사이 해가 졌다.

결국, 유디트는 어깨를 떨군 채 방으로 돌아왔다.

방으로 돌아와 뒤늦게 계약서를 정독했지만, 모르는 건 모르는 거다.

'바보 같아……. 난 사기 같은 거 절대 안 당할 줄 알았는데.'

기분이 파도처럼 울렁거렸다.

확실하게 사기를 당했다고 정해진 건 아니다. 하지만 땅을 팔아주지 않는 토지 업자라면 거기서 거기 아닌가.

"상회가 마음만 먹으면 각서 쓴 땅을 십 년 넘게 안 팔리도록 놔둘 수 있다는 거다."

유디트는 하필이면 제르멜의 말을 곱씹게 되는 현실에 이불을 쥐어뜯었다.

그녀는 밤새 뜬 눈으로 침대에서 뒤척거렸다. 그리고 새벽이 밝아올 때쯤 겨우 잠들었다.

날이 밝기 무섭게, 유디트는 아침을 먹는 둥 마는 둥 하며 외출증부터 끊었다.

그러나 이번에도 그녀의 외출은 방해받았다. 4황자 이든이 그녀와 비스타를 호출한 것이다.

도대체 왜, 황자란 것들은 사람을 한시도 가만히 두질 않는 건데! 나 좀 내버려 두라고!

"어째 인기가 많다?"

유디트는 레이먼의 말에 대꾸할 기운도 없었다.

무슨 용건인지는 모르겠으나, 3황자 호위를 맡겼을 때처럼 성가신 일이 벌어지지나 않으면 다행이다.

그렇게 욕을 하며 입궁을 한 건 한 시간 뒤였다.

비스타와 함께 입궁한 유디트는 곧 눈을 비볐다. 이든 황자 앞에 어디서 많이 본 녹색 끈으로 묶인 양피지가 있었다.

"용건부터 말하겠네. 경들이 이번 사건에서 쓰인 약물

을 조사해 주었으면 하네."

이든이 말했다.

4황자는 내온 차에 손도 대지 않았다. 그는 담담하게, 한편으로는 절박하게 입을 열었다.

"진상 조사는 폐하께서 나서실 일이지. 하지만 나는 이 일을 개인적으로도 알아보고 싶네."

4황자의 친위대는 소수였다.

황족, 그중 직계혈족들은 친위대를 직접 구성할 수 있으나 그것은 자기 세력을 갖추기 시작한다는 걸 의미했다.

때문에 이든은 최소한으로만 친위대를 구성하고, 그들을 호위 기사로 두는 데 그쳤다. 중립이라는 위치상 함부로 세력을 모았다가는 큰코다치기에 십상이다.

"힘을 보태주게. 원하는 걸 전부 해주겠다는 무책임한 약속은 할 수 없지만, 그만한 대가는 치르겠어."

이든의 오른손이 움직였다.

그는 유디트 쪽으로는 양피지를, 비스타 쪽으로는 반지가 담긴 상자를 내밀었다.

비스타가 반지에 손을 뻗었다. 유디트도 양피지를 들어서 확인했다.

역시나.

두 번, 세 번을 보아도 토지 업자 사무실에서 쓴 계약서가 맞았다.

"메티스 경은 가문의 복권을, 유디트 경은 내놓은 땅을 온전히 수중으로 돌려주겠네."

"……전하. 이런 것이 아니더라도, 명령하신다면 따르는 게 황실 기사입니다."

"하나 정보는 나 말고도 다른 황족들에게도 돌아가겠지. 이번 조사에서는 나를 위해서만 움직여 줬으면 하네."

"……단독 임무로군요."

"그래. 경들이 수락한다면, 세 명까지는 인원을 차출해도 좋아."

이든은 차기 황위에 관심이 없음에도 4황자라는 이유로 견제를 받았다. 잊을 만하면 한 번씩 받았던 암살도 기류의 도움을 받아 피해왔으나, 이번 사건으로 그 한계가 드러났다.

언제까지 친구라는 이유로 기사단장인 기류에게 기댈 수 있을까.

설상가상, 이든에게는 자신만을 위한 기사가 없다.

이든은 물끄러미 유디트를 바라보았다.

그는 예전부터 강한 호위 기사를 원했다. 언제나 자신을 단련시켜 줄 스승 겸, 자길 두고 죽지 않을 그런 호위 기사가 있었으면 했다.

하지만 실력이 있는 자는 대부분 이든을 뒤로했다. 제위에서 가장 먼 존재였기 때문이다.

쓸쓸했지만 현실이 그랬다. 청문회에서 그를 위해 소리쳐 줄 귀족 한 명이 없었던 것처럼.

그런 이든에게 유디트는 탐나는 인재였다. 신입 기사 테스트부터 그녀의 실력을 알아보았기에 더더욱 그랬다.

3황자의 친위대 제안도 거절하고, 적기사단에 남는 걸 선택했다는 신입 기사. 권력에 관심이 없고, 실력은 두고 볼 것도 없이 특출했다.

습격 사건은 황위 다툼 때문에 벌어진 일이 분명했다.

누가 그런 약물을 뿌렸는지, 피습 사건을 꾸민 자가 누구인지.

그걸 알게 된다면 다양한 미래를 그릴 수 있다. 적어도 이든이 목숨은 부지하는 미래였다.

"이런 방식으로 경들의 환심을 사려는 모습이 가소로워 보일 수도 있겠지. 하지만 나는 명예도, 헌신도 바라지 않아. 이번 한 번만 나를 도와주는 걸로 충분해."

"……진심이십니까."

"진심일세. 날 도와준다면 그 반지는 오늘부터 자네 것이네."

유디트는 비스타가 든 반지를 곁눈질했다. 드래곤과 독수리가 새겨진 인장이 보석 안에서 오묘하게 빛났다. 드래곤이 새겨진 문장은 가문을 상징하는 것. 그리고 저 문장은 유디트의 기억에 없었다. 그리 유명하지 않다는 의미다.

비스타가 쓸쓸하게 말했다.

"몰락 귀족이 될 처지에 가문의 복권을 바라겠습니까."

"……."

"다만, 저와 동생의 힘으로 남작 작위를 지켜나갈 수 있다면 그걸로 충분합니다."

"황실의 이름을 걸고 내가 돕겠네. 그 정도 힘은 내게도 있어."

"……알겠습니다."

곁에 선 비스타가 반지를 꾹 쥐었다. 이내 마음의 결심을 굳힌 그가 장갑을 벗고 반지를 끼었다.

"메티스 남작가의 새로운 가주가 된 걸 축하하네, 비스타 경."

"최선을 다하겠습니다."

"잘 부탁하네."

깔끔한 인사가 오갔다. 이제 남은 건 유디트뿐이었다.

이든의 푸른 눈이 그녀를 담았다.

"유디트 경."

"……."

"경이 어떤 사람인지는 알아. 윌리엄 형님의 제안도 줄곧 뿌리쳤던 사람이니, 나로는 어림도 없겠지."

이든은 많은 걸 내려놓고 그렇게 말했다.

상대가 평민이라는 걸 고려하면 굉장한 인내심을 요구

하는 말이었으나, 현실은 언제나 그에게 고개를 숙이게 했다. 황자라는 신분은 순수한 충성과 마음을 얻는 데는 오히려 거추장스러웠다.

"하지만 나는…… 정말 그대의 도움이 절실하네. 적어도 습격자와 대등하게 싸울 수 있는 기사가 필요해."

그리고 이런 방법밖에 떠오르지 않았다는 말을, 이든은 목구멍으로 삼켰다.

"대답을 들을 수 있을까."

유디트는 조용히 양피지를 도로 묶었다.

복잡한 기분이었다. 협박은 아닐지언정 이것은 엄연히 그녀의 약점이었다. 이든은 그녀의 약점을 이용한 것이다.

그러나 이미 드러나 버린 것은 어쩔 수 없었다. 이미 밝혀진 사정. 단초를 제공한 건 자신이 무지했기 때문이다.

땅을 그녀 손에 되돌려 주는 대신, 용의 피에 관해 알아봐 줄 것.

'4황자의 제안은 말하자면 새로운 임무 제안이다.'

원치 않았던 상황이기는 했으나 이 또한 기회였다. 누군가가 자신을 이용하고 환심을 사려 한다면, 3황자나 2황자보다는 4황자 이든이 나을지도 모른다.

그리고…….

"뭐 해. 안 줍고?"

이상하게, 유디트는 자신을 위해 장갑을 내던졌던 기류가 떠올랐다.

그가 장갑을 내던졌을 때는 경악했지만, 돌이켜 보면 묘하게 기쁘고 쾌감마저 들었다.

유디트는 일찍부터 세상이 자기편이 아님을 알았다.

세상이 그녀의 편을 들었다면, 발 딛고 살아갈 땅 하나는 온전히 남겨주었었겠지.

그녀는 설 자리가 없었다. 언제나 부표처럼 떠밀리며 더 나은 곳을 향해 방황하는 삶을 살았다.

그러나 이번 생은 달랐다. 기류는 그녀에게 확신을 주었다. 가장 쓰라린 순간 그녀 대신 화를 내고 장갑을 던지면서.

"……저는 앞으로도 적기사단에서 나갈 생각이 없습니다."

황자인 이든이 현실과 타협하며 일개 기사에게 고개를 숙였듯, 유디트도 마주한 현실을 바로 보았다.

그녀는 아버지가 물려준 땅을 이대로 포기하고 싶지 않았다.

눈앞에 있는 황자가 목숨을 잃는 것도, 신뢰하는 단장이 위태로운 처지에 놓이는 것도 보고 싶지 않았다.

"만약 전하께서 친위대 소속 유디트가 아닌, 적기사 유디트를 원하시는 거라면…… 이번 일은 기밀 임무로서 받아들이겠습니다."

유디트는 양피지를 내려놓을 수 있었으나 그렇게 하지 않았다.

복잡한 상황을 모순으로 벼린 칼날로 해결하는 건 그녀가 가장 잘하는 일이었으니까.

Chapter 6
남과 나의 경계

생활비와 빚 때문에 땅을 팔았다. 그리고 사기당할 뻔했다.

진짜 망했구나 싶었는데, 웬걸.

팔린 땅이 다시 돌아왔다. 심지어 돈도 들어왔다.

"손님은 정말 운이 좋으셨습니다. 황궁에서 땅을 사러 온 건 이번이 처음입니다!"

흥분하며 침 튀기는 헤몬을 앞에 두고, 유디트는 다리를 꼬았다.

"글쎄, 어떻게 알고 찾아와선 손님의 조건과 딱 맞는 땅을 콕 집어서……!"

유디트는 거금 360만 골드가 적힌 수표를 매만졌다.

믿을 수가 없었다.

유디트는 이든 황자가 당연히 황명으로 토지를 회수했

으리라 여겼다. 그런데 설마 값을 치렀을 줄이야.

"하여간 정말, 정말 운이 좋으셨던⋯⋯."

"운이 좋긴 좋았지."

유디트는 수표와 각서를 챙겼다. 그러곤 손가락을 우두둑 소리 나게 풀었다.

"눈 시퍼렇게 뜨고 황실 기사 코를 베려드는 놈들도 있는데 말이야, 안 그래?"

"⋯⋯."

헤몬의 안색이 눈에 띄게 창백해졌다.

마음 같아선 으슥한 곳으로 데려가 패주고 싶지만, 사람을 패면 치료비를 물어야 한다. 페온을 패고 나서 얼마나 후회했던가.

유디트는 그를 매섭게 노려본 다음 사무소를 나왔다.

남겨진 토지 업자 헤몬은 안도의 한숨을 푹 내쉬었다. 그러고는 냉큼 문을 닫았다.

"흥. 입만 산 것들이⋯⋯."

황실 기사니 뭐니 해도 결국 한 꺼풀 까보면 맹탕인 것들 천지인 세상이다.

어제 찾아온 붉은 머리의 귀족만 해도 그랬다.

신중한 얼굴로 자신과 토지 선점 판매 각서를 번갈아가며 보다가, 결국 도장을 찍고 가지 않았던가.

'사업을 크게 벌여봐도 괜찮겠어. 매물도 좀 더 확보하

고…….'

헤몬이 회심의 미소를 지었다.

그건 곧 자기 사무소에 무슨 일이 벌어질지 모르니 지을 수 있는 미소였다.

한편, 땅을 되찾자마자 유디트는 은행에 들렀다. 변제를 위해서였다.

유디트는 요양원으로 돈을 부쳤다. 이제 요양원에서 변제 증서가 날아오는 걸 기다리는 일만 남았다. 그걸 받기만 하면 그녀는 자유였다.

유디트는 은행을 나오며, 무어라 표현하기 힘든 감정을 느꼈다.

"……"

그녀는 다시 헤몬의 사무실 앞으로 걸음을 재촉했다. 곧 약속 시간이었다.

"여깁니다, 유디트 경. 금방 오셨군요."

"사무실 맞은편이라 찾기 쉬웠거든요. 비스타 경이야말로 일찍 오셨네요?"

"한가했으니까요. 아무거나 편하게 시키십시오. 제가 낼 테니."

"그 딱딱한 말투는 언제까지 유지하실 거예요?"

오늘의 술 상대는 다름 아닌 비스타 경이었다.

유디트가 픽 웃으며 의자를 뺐다. 비스타도 어른스럽게 웃었다.

"재촉하지 마십시오. 습관이 하루 이틀 만에 사라지겠습니까. 와인? 에일?"

"에일로 할게요."

비커스 상회 사무실이 잘 보이는 맞은편 술집에서, 두 사람은 야외에 자리를 잡았다.

술 같은 건 입에도 안 댈 것처럼 보이는 비스타였으나, 그는 의외로 도수가 높은 술을 골랐다.

곧 유디트와 비스타는 맥주병을 부딪쳤다.

둘은 반병을 단숨에 비웠다.

"비스타 경이 제게 술을 권하실 줄은 몰랐습니다."

"왜입니까?"

"인상이 차가워 보여서? 제 착각인가요?"

"착각일까요. 글쎄요."

비스타는 묘한 웃음을 지었다.

"원래는 좀 더 유디트 경에게 비굴하게 굴 생각이었습니다. 못 들은 거로 해달라고요."

"못 들어요? 뭘요?"

비스타는 대답 대신 손에 낀 반지를 내비쳤다.

그가 마저 병을 비우더니 맥주병을 얌전히 바닥에 세웠다. 유디트는 곧장 양동이에서 새 맥주병을 꺼내서 건네주었다.

"메티스 가문은 황위 싸움에 휘말려서 가세를 망친 일로 유명하다 보니……."

"제가 남의 가문 사정이라도 떠벌리고 다닐 것 같으셨나요?"

"그건 아니지만, 입방아에 오르내리는 것 자체가 스트레스라서. 저도 모르게 민감하게 반응하고 맙니다."

이해해 달라는 말에 유디트는 어렵지 않게 고개를 끄덕였다.

"저기 오는군요."

키들거리던 그가 턱짓했다.

유디트는 그와 함께 시선을 돌렸다.

데샹이었다. 그가 황실의 재무부 조사원과 함께 헤몬의 사무실 문을 두들기고 있었다.

"대낮부터 술맛 끝내주네요."

유디트도 병을 전부 비웠다.

빈 병을 내려놓으니 어느새 비스타가 새 병을 들고 있었다.

"피차 불편한 사실을 알게 됐으니 입 다물어주는 게 어떠십니까."

"좋아요. 저는 곧 빚도 없어질 예정이고, 비스타 경께서도 가주가 되셨으니까. 깔끔하게 새 출발 하죠."

문을 열지 않으면 부수고 들어가겠다는 데샹의 고함이 여기까지 들려왔다. 두 사람은 발을 뻗고 그 광경을 지켜보았다.

"새 출발 기념으로 건배합시다."

"건배."

재무부 직원이 헤몬의 사무실 내부를 뒤집어엎는 게 창문 너머로 보였다.

두 사람이 비워서 바닥에 내려놓은 빈 병은 점점 늘어만 갔다.

헤몬은 숨겨둔 장부가 하나둘 발견될수록 거리가 떠나가라 소리를 질렀다.

안주가 따로 필요 없었다.

유디트는 헤몬이 장부를 압수한 재무부 직원의 발을 끌어안고 통곡할 때까지 병을 비웠다.

"끝났네요."

"유디트 경, 대금은?"

"괜찮습니다. 수표가 휴지 조각이 되기 전에 현금으로 챙겼으니까요."

360만 골드. 선금과 수수료를 제하더라도 엄청난 거금이었다.

"잘됐네요. 축하드립니다."

"감사합니다."

유디트는 품에서 양피지를 꺼냈다. 헤몬에게 속아서 작성했던 바로 그 각서였다.

그녀가 양피지를 단번에 찢어버렸다.

"……."

의외로, 유디트는 체포되는 헤몬을 보며 이상한 기분이 들었다. 마음이 싱숭생숭했다.

"사람은 발붙일 곳 없으면 살 수가 없다고. 네 아버지가 그랬단다. 유디트, 거기에 발붙이고 살아. 집이야 지으면 되니까…… 절대 팔지 말고. 응?"

세상은 어차피 혼자 사는 것이다.

혼자 태어나서, 혼자 살다가, 혼자 죽는다.

그게 세상이다.

하지만 좋은 의미로 그녀의 세상은 변하고 있었다.

앞으로 모르고 속을 사람들을 위해서라며, 기류는 헤몬을 구속하는 데 조력을 아끼지 않았다.

저편에서 거리로 나온 데샹이 그들을 발견하고 가볍게 손 인사를 하고 있었다.

비스타와는 어떤가. 남에게 약점을 들키면 곧바로 세상이 끝날 줄 알았지만, 그들은 사이좋게 병나발을 불고 있다.

유디트는 이런 세상을 한 번도 상상해 본 적이 없었다.

누군가가 이런 식으로 도움을 주고, 도움을 받게 될 거라곤 상상하지 못했다.

⋯⋯진작 흑기사단이 아닌 이곳을 선택했더라면 달랐을까?

'생각해 봤자 아무 의미 없는데.'

비스타와 유디트는 본격적으로 술을 들이붓기 시작했다. 술맛이 꿀맛이라 그런가.

술술 잘도 넘어갔다.

❋　✦　❋

"일어나, 유디트."

"⋯⋯오 분만⋯⋯."

"일어나라니까, 이 주정뱅이 아가씨야."

유디트는 침대 위에서 허우적거렸다.

조심스럽게 부르는 걸 보니 좀 더 무시하고 자도 될 것 같은데?

"내 목소리 들었잖아. 계속 무시할 거야?"

루이는 역시 눈썰미가 좋구나. ⋯⋯루이?

유디트는 눈을 게슴츠레하게 떴다.

정말 루이가 맞았다. 창문으로 들어오는 햇살에 루이의 금발이 반짝였다. 얼굴을 확인하자마자, 유디트는 숨이 턱 막혀 꿍얼거렸다.

"술 냄새⋯⋯."

"너한테서 나는 거야."

루이가 창문을 열었다. 그러자 찬 바람이 한 번에 확 들어왔다.

유디트는 추위에 오들오들 떨며 투덜거렸다.

"루이, 여기 있으면 어떡해……."

많은 의미가 담긴 말이었다.

문은 언제 땄냐. 여기 숙소 아니었냐. 우리가 아무리 친해도 그렇지 기별도 없이 대뜸 여자 방에 들어와 있으면 어떡하냐.

"여기 내 방이야."

"뭐……?"

유디트는 감기던 눈을 도로 떴다. 그러곤 무거운 몸을 간신히 일으켰다.

말마따나 방 안이 묘하게 달랐다. 비슷한 가구 배치와 똑같은 침대긴 했으나 특유 깔끔한 성격이 방 안에 고스란히 녹아들어 있었다.

상황을 파악한 유디트가 신음했다.

"……세상에……."

"잘 잤나 보네."

루이가 건네준 물 한 잔을 마시니 더욱 정신이 또렷해졌다.

"내가 여기서 잔 거야?"

"어젯밤 헤일리 경에게 업혀 왔잖아. 기억 안 나?"

"기억이 끊겨서……. 그나저나 헤일리 경? 비스타 경이 아니라?"

"기억 많이 끊겨 있구나. 하긴, 너 어제 열쇠도 흘렸어. 방금 분실물 찾아온 길이야."

루이가 손에 든 열쇠를 흔들었다.

유디트는 그게 자기 방 열쇠라는 걸 알아보았다.

대체 언제 흘렸던 거지?

"헤일리 경이 널 3층까지 옮기면서 쩔쩔매는 걸 내가 발견했어."

어렴풋이 헤일리 경이 합세해서 코가 삐뚤어질 때까지 마시자며 의기투합했던 건 기억났다.

"술 때문에 반쯤 실신한 사람, 혼자 놔둬도 걱정이라 일단 내 방에서 재웠고."

"……너는 어디서 자고?"

루이는 부드럽게 웃었다.

유디트는 그제야 상황을 완전히 파악했다. 그는 짐짝처럼 업혀 온 자신이 걱정돼서 밤새 방을 내준 것이다.

전후 사정을 파악하니 미안함이 파도처럼 몰려왔다.

"바닥에 던져두지 그랬어……."

"말이 되는 소리를 해. 숙녀에게 어떻게 그럴 수가 있어?"

"숙녀는 개뿔. 개털."

유디트의 노골적인 표현에 루이가 마구 웃었다.

그가 이불 끄트머리를 팡 소리 나게 쳤다.

"얼른 씻고 아침 먹으러 가! 꼴이 말이 아니야, 에테르 마스터님."

"에테르 마스터랑 이건 아무 상관 없잖아……."

"에테르 마스터는 간도 튼튼할 줄 알았지. 아닌가 보네."

침대에서 일어난 유디트는 제 몸에서 나는 꼬질꼬질한 술 냄새에 경악했다.

이런 사람을 자기 방에서 침대까지 내주며 재웠단 말인가?

갑자기 루이를 향한 존경심이 무럭무럭 솟아났다.

씻고 오니, 루이는 그녀가 덮고 잔 이불을 사각으로 접어 침대 한쪽에 밀어놓고 있었다.

유디트는 수건으로 물기를 훔치며 말했다.

"너도 참 성실하구나……. 어차피 오늘 밤이면 또 덮을 이불인데 접어두면 뭐 해."

"어떻게 레이먼이랑 똑같은 말을 하냐."

루이가 너털웃음을 터뜨렸다.

"매일 할 일인데 거르면 안 되지. 내일도 밥 먹을 거라고 오늘 굶을 거야?"

그렇게 말한 루이가 마침 잘됐다는 듯 화제를 바꿨다.

"그러고 보니 유디트, 요즘 레이먼이랑 나간 적 있어?"

"나가다니? 어딜?"

"그냥…… 이곳저곳?"

루이가 말하는 '이곳저곳'은 그가 모르는 세계를 의미했다. 예를 들면 슬럼가나, 암시장 같은 곳.

유디트가 고개를 저었다.

"같이 나간 적 없는데?"

유디트와 레이먼은 취향은 달라도 성향이 비슷했다. 특히 사소한 일탈은 서로 그러려니 넘기며 지내는 부분이 똑같았다.

"왜? 레이먼한테 무슨 일 있어?"

"무슨 일이 있는 건 아닌데……."

루이가 그녀를 향해 세탁 바구니를 들이밀었다.

"페온 경이 마셨다는 약물 말이야, 요즘 레이먼도 관심을 보이는 것 같아서."

"……뭐?"

수건을 쥔 유디트는 그대로 굳었다.

루이가 말했다.

"약물 찾아서 한몫 단단히 벌겠다던데?"

❄ ✦ ❄

황실 기사 레이먼에게는 비밀이 하나 있다. 그가 브렛 자작가의 사생아로 태어났다는 것이다.

그 비밀을 아는 황실 기사는 딱 네 명. 유디트, 비올레, 칼리파, 루이뿐이다.

그들은 훈련소 시절, 거나하게 취한 레이먼이 창밖으로 고함을 지르면 열심히 막은 사람들이었다.

하여간 그날따라 술이 원수였다. 레이먼은 술을 한 잔, 두 잔 털어 넣으며 과거도 털어놓았다.

사실은 자기 이름이 레이먼 브렛이라는 것.

귀족으로 인정받지 못해 평민으로 자랐다는 것.

젖동냥으로 키운 놈, 체력이 시원치 않아 목검을 쥐여준 게 여기까지 왔다는 것까지.

"그거 아냐? 배고플 땐 두더지가 먹다 버린 썩은 감자도 구워 볼까 싶어진다? ……너네는 그런 적 없지? 너네는…… 끄윽……."

유디트는 레이먼이 술에서 깨면 뱉었던 말을 후회할 거라고 직감했다.

술김이지만 그는 너무 깊은 속사정을 털어놓았고, 귀족인 루이랑 칼리파가 그의 눈치를 보았기 때문이다.

그래서 유디트는 친절한 마음에 깔때기를 찾아왔다. 그리고 그의 입에 깔때기를 꽂아 넣었다.

"이 자식은 왜 분위기를 초 치고 난리야?"

유디트는 타박하며 깔때기에 술을 부었다.

비올레가 말리지 않았더라면 카르나크 신 곁으로 한 놈 더 보냈을 것이다.

다음 날, 레이먼은 정신없이 토하며 참회했다.

"아…… 이럴 생각 없었는데…….."

"그러니까 작작 했어야지."

"말 좀 곱게…… 끄억……."

"더러우니 저쪽 보고 토해."

"괜히 말했다…… 괜히 말했어……. 꺼억…… 우웨에에엑…….."

훈련소 시절, 연병장 구석에서 등을 두드려 주던 사이.

서로가 술이 깨면 어떤 말에 후회할지 아는 사이.

그게 유디트와 레이먼이었다.

레이먼은 유디트가 돈 때문에 기사가 되었다는 걸 알면서도 그러려니 하는 사람이었다. 본인부터가 그리 유복한 환경에서 자라지 못했기 때문이다.

때문에 유디트도 그에게 도벽이 있다는 걸 모른 척했다.

생계를 위한 사소한 일탈은 일상에 도움이 된다. 둘은 그 사실을 누구보다도 잘 알았다.

그래서 유디트는 미칠 것 같았다.

"꼭 나같이 굴고 있어 그 자식이!"

연무장, 연병장, 식당, 자기 방. 모두 뒤져봐도 레이먼은 코빼기도 보이지 않았다.

외출 허가증을 받은 것도 아닌데 도대체 어딜 갔단 말인가?

한 시간 넘게 기사단을 뒤졌으나 모조리 헛물이었다.

결국, 유디트는 최후의 수단으로 비올레의 방문을 쾅 소리 나게 열어젖혔다.

"비올레! 레이먼 그 자식 어디 있어?! 오늘 못 봤어?! 같이 좀 찾아줘!"

비올레는 포크를 든 채 하늘이 무너진 표정을 짓고 있었다.

유디트는 바닥에 떨어진 딸기와 테이블 위의 케이크를 보며 사태를 파악했다.

"아아아악! 내 딸기!"

도로 문을 닫기도 전에 유디트를 향해 포크가 날아왔다.

그렇게 유디트는 딸기의 원수 취급받아 가며 비올레와 함께 기사단을 이 잡듯이 뒤졌다.

그러나 레이먼 본인은커녕 봤다는 사람 한 명 나오지 않았다.

레이먼의 행방은 온종일 묘연했다.

유디트는 끝내 그를 찾지 못했다.

'이건 진짜 위험한데…….'

용의 피는 돈이 된다. 신체와 에테르링이 눈에 띄게 강화되는 약물이다. 돈이 되지 않으면 그게 더 이상하다.

문제는 그걸 호기심으로라도 마셨을 때 생기는 일이다.

레이먼은 동기 중에서는 유디트 다음으로 강했다. 그리고 강한 사람일수록 더 강해지는 데 욕심을 부리는 법이다.

설마 그런 일이 생길까 싶다가도, 저와 비슷한 곳에서 반응하는 레이먼을 생각하니 아찔했다.

유디트의 등에 한줄기 식은땀이 흘렀다.

마시든, 팔든 일단 손에 넣고 보는 게 이득이다. 만약 아무것도 몰랐으면 자신 또한 눈을 벌겋게 뜨고 찾느라 혈안이었으리라.

'예감이 안 좋아.'

그리고 유디트의 싸한 예감은 제법 잘 들어맞는 편이었다.

이번에도 마찬가지였다.

레이먼의 목격 소식이 들려온 건 이틀 후. 수도 암시장에서였다.

✳　✴　✳

황궁 약사들은 문헌 조사를 통해 습격자들이 복용한 약물이 '용의 피'로 추정된다는 의견을 내놓았다.

유디트와 비스타에게 정식으로 임무가 하달됐다. 용의 피에 관한 정보는 무엇이든 가져오라는 임무였다.

마음 같아서는 레이먼의 목격 소식이 들려온 암시장부터 탈탈 털고 싶었다.

그러나 임무를 미룰 순 없었다.

그녀는 비스타와 짧은 회의를 시작했다.

"페온 말입니다만."

비스타가 가볍게 운을 뗐다.

"그 사람은 그래 봬도 기사단에 오래 말뚝을 박았습니다. 황실에 반감을 품었다면 진작 떠났을 겁니다."

"그러면……."

"더 나빠질 게 없으니 용의 피를 이용한 계획에 힘을 보탰다, 저는 그렇게 생각합니다."

습격자들이 용의 피를 사용했다는 건 이미 기정사실이다. 두 사람은 거기에 집중했다.

"지금껏 황궁 관계자가 갑작스럽게 급사했다는 소식은 들은 적이 없습니다."

"용의 피를 시험 삼아 마셔본 사람은 없었던 모양이네요."

"예, 전형적인 꼬리 자르기입니다."

유디트는 입을 다물었다.

사건의 주모자는 페온 한 명이 아니라, 이용한 사람 모두에게 용의 피를 나누어 주었다. 확실한 공급책이 있다는 소리다.

비슷한 지점에서 생각이 멈췄는지, 비스타의 안색이 어두워졌다.

일시적으로 에테르를 다룰 수 있게 만드는 약물이다. 만약 시중에 뿌려진다면 그 여파는 상상 이상으로 끔찍한 결과를 불러올 것이다.

"저는 좀 더 황궁 쪽을 조사하겠습니다."

"조사할 만한 게 있던가요?"

"예."

유디트는 비스타의 짧은 대답에 내심 놀랐다.

습격자들은 신분도, 가족 관계도, 전부 제각각이었다. 얼핏 보기에 그들에게 공통점이라곤 하나도 없었다.

"페온만큼은 아니지만, 저도 황궁에 오래 있었습니다. 그래서 감이 잡히는군요."

비스타가 조사 보고서의 어느 한 점을 손가락 끝으로 툭툭 쳤다.

"습격자는 근위대와 경비대에서 일한 적 있는 사람들입니다. 그리고 그들의 동선이 겹치는 곳이 딱 한 곳 있습니다."

"혹시 헤링시아 숲 말씀이십니까?"

"맞습니다."

비스타는 약간 놀란 눈치였다. 그는 유디트가 단번에 정답을 맞힌 게 신기하다는 듯 바라보았다.

"헤링시아 숲을 아시는 줄은 몰랐군요."

"예?"

"신입 기사 중에는 모르는 사람이 더 많은 곳이라서 말입니다."

유디트는 순간이지만 진땀을 흘렸다.

신입 기사인 척하고 있지만, 이런 세세한 부분에선 삐끗할 때가 있다.

"기사단에 배속될 때 지리를 외웠습니다."

"그렇군요. 그럼 헤링시아에 목조건물로 된 별장이 있다는 것도 아십니까?"

유디트는 냉큼 고개를 저었다. 이번에는 정말 아무것도 모르는 신입처럼 보이도록 애썼다.

비스타는 잔잔히 웃으며 말했다.

"헤링시아는 황궁 외곽의 가장 조용한 숲이죠. 그곳엔 황족이 쉴 수 있는 별장이 있습니다. 근위대와 경비대, 혹 기사단이 번갈아가며 출입을 통제하는 장소입니다."

비스타는 보고서를 코앞까지 끌어당겼다.

그리고 하나하나 유디트에게 설명했다.

"가령, 이 사람의 경우 407년에 근위대에서 경비대로 배속을 옮겼습니다. 407년이면 헤링시아는 경비대 담당이었습니다. 이 사람은 404년. 헤링시아가 근위대 담당이었을 때 근무했고, 이 사람은……."

설명이 끝났을 때, 유디트는 짧게 감탄했다.

"습격자들은 한때 헤링시아 숲을 통제하거나 관리했을 확률이 높았다는 말씀이시군요."

"추측은 그렇습니다. 더 자세하게 조사해 봐야겠지만."

"조사해 볼 가치는 충분한 것 같습니다. 추측에 그칠 것 같진 않네요."

비스타가 워낙 척척 말하긴 했으나, 서류만으로 거기까지 유추해 낸다는 건 쉬운 일이 아니었다.

유디트는 비스타의 명석한 판단에 놀랐다. 이든 황자는 비스타의 이런 점을 눈여겨본 것일까?

그가 보고서를 모으며 말했다.

"빨리 습격자와 숲을 조사해 봐야겠습니다. 황녀님께 불미스러운 일이라도 생기면 큰일이니……."

"황녀님이요?"

"아, 경은 아직 모르시겠군요."

비스타가 친절하게 말했다.

"헤링시아 숲 별장은 이세에피나 황녀 전하가 자주 이용하시는 곳입니다. 번잡한 궁을 떠나고 싶을 때 조용히 쉬다 오시지요."

여기서 나올 거라곤 생각해 보지 못한 이름이다. 너무 예상 밖의 인물이라, 유디트는 눈만 깜빡였다.

비스타는 굳어버린 그녀를 보고 차분하게 설명했다.

"이세에피나 황녀 전하께서는 정신적으로 연약하신 분입니다. 그 때문에 자주 휴양을 다니시죠."

"……습격 사건에 황녀님이 얽혀 있을 가능성은 없습니까?"

유디트는 당돌하게 물었다.

불경스러운 질문이었나, 유디트는 황족을 의심하는 데 별 주저가 없었다.

그녀의 질문에 비스타는 조심스레 주변부터 둘러보았다. 그는 회의실 문을 열어, 밖에서 엿듣는 사람이 없단 걸 확인하고서야 말했다.

"말을 가려서 하시는 게 좋겠습니다. 황녀 전하는 가여우신 분입니다."

"……."

유디트는 그제야 현실을 깨달았다.

6년 전인 지금, 이세에피나 황녀의 이미지는 '가여운 막내 황녀님'이다. 일찍 황후를 잃고, 황위 싸움은커녕 타국으로 언제 보내질지 모르는 막내 황녀. 유디트가 알고 있는 '인형 같은 이세에피나 황녀'와는 상당히 다른 사람.

비스타가 그녀를 타일렀다.

"이 일에 황녀 전하가 얽혀 있다는 말을 하기엔 너무 이릅니다."

"그렇군요. 죄송합니다, 제가 경솔했습니다."

"아닙니다. 모든 건 조사한다면 자연스레 알게 되겠죠."

유디트는 한발 물러서기로 했다.

비스타는 그녀의 말을 가벼운 실언으로 넘기며 자상하게 웃었다.

"제가 황궁을 조사할 테니, 유디트 경은 암시장 쪽을 조사해 주셨으면 합니다."

암시장.

유디트의 눈매가 가늘어졌다.

요 며칠 적기사단에 묘한 소문이 돌았다. 용의 피가 암시장을 나돈다는 소문이었다.

암시장에서 목격됐다는 레이먼에게 생각이 미치자 가슴이 조금 답답해졌다.

"알겠습니다. 맡겨두세요. 비스타 경 혼자서 괜찮으시겠습니까?"

"그건 제가 드릴 말씀입니다. 유디트 경 혼자서 괜찮겠어요?"

"저는 문제 없습니다."

비스타가 민망하다는 듯 웃었다.

"그럼 다행이지만요. 이 일로 두 사람이나 황궁을 들쑤시고 다닐 필요는 없습니다. 게다가 저는 암시장을 돌아다니기엔 눈에 띄는 편이라서요."

그의 말이 맞았다. 비스타의 연보라색 머리카락은 작약처럼 화려하고 우아해서, 은밀하게 정보를 캐러 다닐 때는 오히려 방해였다. 그는 한 번 보고 지나치기엔 어려울 정도로 눈에 띄었다.

"무리하지는 마십시오. 유디트 경의 실력을 의심하는 게 아니라, 걱정되어서 드리는 말씀입니다."

"예, 감사합니다. 명심하겠습니다."

두 사람은 짧은 회의를 마쳤다.

"그럼 어느 정도 정보가 모이면 다시 이야기하죠."

"알겠습니다."

유디트는 짧게 갈등했다.

용의 피. 헤링시아 숲. 이세에피나 황녀.

'우연이라고 하기엔, 너무 절묘해.'

유디트는 고민했다.

자신이 아는 걸 조금 더 터놓아야 하는 게 아닐까.

그러나 이 시점에서는 말하기 어려운 것들뿐이라, 결국 유디트는 시시한 인사밖에 할 수 없었다.

"비스타 경. 조심하세요."

자리를 뜨려던 비스타가 뒤를 돌아보았다.

"예, 유디트 경도 조심하십시오."

신입 기사의 걱정으로 여겼는지, 그가 흐뭇하게 웃으며 고개를 끄덕인 다음 회의실을 빠져나갔다.

"하……"

남겨진 유디트는 이마를 싸맸다.

비스타와 달리 그녀는 오랫동안 자리를 뜨지 못했다.

다가올 미래를 알고 있다면 어디까지 바꿀 수 있을까? 얼마나 바꿔도 되는 걸까?

유디트는 입술을 잘근잘근 씹으며 회의실을 나섰다.

황자 피습 사건의 범인은 꼬리 자르기로 이용할 상대에게도 용의 피를 나눠 줬다.

용의 피를 그만큼 확보할 수 있다는 소리다. 그리고 그 조건에 들어맞는 상대를 유디트는 딱 한 명 알고 있었다.

베리타스의 막내 황녀.

2황녀 이세에피나 오스카 베리타스.

그녀는 한때 유디트가 몹쓸 짓을 저지른 상대였다.

유디트는 유폐된 황녀의 시체를 직접 처리했다.

황녀가 왜 유폐되었는가?

6년 전인 지금은 가여운 막내 황녀로 평가받던 이가 왜 방치당하는 지경에 이르렀는가?

회귀한 유디트는 그 이유를 알고 있었다.

정확하게는 그런 취급을 받게 되는 사건의 전모를 알고 있다.

'골치 아프네.'

베리타스에서 막내 황녀가 광증을 앓고 있는 걸 모르는 사람은 없다.

그러나 황제는 그 사실을 좀처럼 인정하지 않았다.

황제는 아들들에게 박한 만큼 딸들에겐 자상한 아버지가 되고 싶어 했다. 황녀가 처음으로 오페라를 완창했을 때는 보란 듯이 축하하며 기념으로 티아라를 내렸을 정도였다.

그러나 한 사건으로 인해, 그녀를 향한 황제의 태도는 단번에 변했다.

'간도 컸지. 로제타에서 용을 주워 와 몰래 키우다니.'

황제는 막내 황녀의 광증이 나을 만한 장소라면 어디든 보내주었다.

설령 그곳이 인접국이자 장차 전쟁을 치를 로제타 왕국이라 해도 상관없었다.

로제타 왕국 또한 베리타스의 막내 황녀에게는 흥미가 있었다. 훗날 결혼 동맹의 주춧돌이 될 수도 있는 황녀였기 때문이다.

타국에서 요양하고 싶다는 다소 무리한 부탁에도, 로제타 왕국은 기꺼이 그녀를 국빈으로 대접했다.

그러나 베리타스도, 로제타도 그녀가 용 한 마리를 몰래 주워다 키울 걸 알았다면 결코 허락하지 않았으리라.

'앞으로 3년 후…… 황녀가 주워 온 용은 폭주한다.'

용을 몰래 키운다는 건 황녀가 아니라면 감히 상상조차 못 할 일이다. 그야말로 미친 짓이었다.

그러나 황녀는 사람들의 눈을 피해서 용을 키우는 데 성공했다.

이윽고 자랄 만큼 자란 용은 황녀의 통제를 벗어나 베르디 수도 동쪽을 브레스로 완전히 뭉개 버렸다.

수많은 부상자와 사망자가 생겼다.

이 엄청난 사건을 수습한 게 바로 기류였다.

기류는 직접 용을 잡아 불세출의 기사로 제국에 이름을 날렸다.

사실 잡지 못했다면 정말 제국이 망했을지도 모른다. 미친 용이 어디로 날아가 제국을 어떻게 박살 냈을지는 모르니까.

사건 당시 유디트는 제르멜의 명령으로 다른 지방에 있었다.

돌아온 그녀를 기다리고 있던 건 마지막으로 남은 친구이자 사이가 틀어질 대로 틀어져 버린 레이먼의 부고였다.

유디트는 그렇게 모든 친구를 잃었다.

가까운 사람을 잃은 건 그녀뿐만이 아니었다. 수많은 제국민이 고통과 원망에 몸부림쳤다. 황제는 황녀에게 책임을 물어 그녀를 유폐했고, 이 일로 트집을 잡아 로제타 왕국과의 전쟁을 일으켰다.

막내 황녀는 순식간에 황궁에서 잊혔다.

그 마지막을 처리한 게 유디트였다.

"하지만 황녀가 왜……?"

대체 왜 황녀가 용의 피를 뿌린단 말인가.

이세에피나 황녀는 정신이 온전치 못하다. 유디트가 아

는 한, 그녀는 황녀 궁을 두문불출하는 사람이었다. 피습 사건 같은 걸 일으킬 만한 동기가 없었다.

유디트는 숙소 건물로 돌아가는 길에도 생각에 골몰했다. 그러다 문득 걸음을 멈췄다.

숙소 2층, 익숙한 방 창문이 환한 빛을 내비치고 있었다. 레이먼의 방이었다.

유디트는 숙소 계단을 두셋씩 뛰어올랐다.

문을 두드리는 데는 5분도 필요 없었다. 돈 떼먹힌 사람처럼 그녀가 방문을 쾅쾅 두들겼다.

"레이먼! 문 좀 열어봐, 레이먼!"

근무 시간만 채우고 나면 소리 없이 사라져 버리던 레이먼이다.

게다가 마지막 목격 소식은 암시장 근처였다.

동료 기사인 그랑슈아 경이 하필 암시장 쪽에서 비슷한 사람을 봤다고 증언했을 땐, 안 좋은 생각이 끊임없이 들었다.

그래서 문 안쪽에서 신경질적인 대답이 들려오자, 유디트는 오히려 안심했다.

"야, 인마! 문 부서져!"

"부수기 전에 두드리는 거니까 좀 열어보라고!"

손으로 문을 두드리다 못해 발길질하기 직전이었다.

마침내 문이 열렸다.

햇빛 아래에서는 밝았던 갈색 머리가 물기를 머금으니

한층 어두웠다. 씻자마자 나온 건지, 레이먼은 윗옷을 벗은 채 목에 수건을 걸고 있었다.

"얘가 문짝값 무서운 줄 모르는 소리 하네. 왜 그래?"

"너 어딜 싸돌아다니다가……."

유디트의 말이 뚝 끊겼다.

레이먼의 몸은 탄탄한 근육이 훤히 드러나 있었다.

그러나 평소와 달랐다. 울긋불긋한 피멍 자국이며 군데군데 부어오른 몸, 수없이 많은 생채기까지. 맞은 흔적이었다.

"레이먼, 너 왜 이래? 왜 이렇게 다쳤어?"

유디트가 그를 다그쳤다.

"무슨 일을 하고 다니는 거야? 이게 다 뭐야?"

"어? 별거 아냐. 시비가 좀 붙어서 맞아준 거야."

"거짓말 마. 누가 널 이 지경으로 때려?"

레이먼은 실력이 좋다. 반사 신경, 반응속도 둘 다 훌륭해서 사각에서 주먹이 날아와도 순순히 맞아줄 위인이 아니었다.

유디트의 인내심은 거의 끊어질 지경이었다. 그녀는 무작정 추궁했다.

"요즘 뭘 하고 다니는 거야, 대체."

레이먼이 고개를 갸웃거렸다.

"내가 뭘?"

"요즘……."

"야, 문 덜컥대잖아. 이거 어떡할 거냐?"

레이먼은 하품을 내뱉으며 문을 흔들었다. 유디트는 걱정과 함께 치밀어 오르는 화를 꾹 참고 말했다.

"약물 찾아다닌다면서? 암시장에 갔단 소리 들었어."

레이먼의 표정이 잠시 찌푸려졌다.

그가 유디트를 빤히 보았다.

"용의 피를 쫓고 있다는 게 정말이야?"

"용의 피라니?"

"페온이 마셨다는 약물 말이야. 한몫 단단히 챙기겠다고 했다며."

"아…… 그 약물 이름이 용의 피였어?"

눈을 둥그렇게 뜬 레이먼이 곧 시시덕거렸다.

"걱정 마라, 내가 찾으면 혼자 잘 먹고 잘살겠냐? 네 몫도 어련히 챙겨줄 테니 걱정하지 말고. 좋은 건 나눠 먹어야……."

"먹긴 뭘 먹어! 꿈도 꾸지 마! 레이먼, 내가 걱정하는 건 그게 아니라……."

레이먼이 손을 휘저었다. 그러곤 유디트의 어깨에 양손을 올리더니, 복도 쪽으로 그녀의 몸을 반 바퀴 돌렸다.

"나 피곤하다? 그런 이야기 할 거면 내일 하자?"

"레이먼!"

"그래, 그래. 내가 레이먼이다. 나 좀 자야 하니까……."

"중요한 이야기야!"

"아니, 누가 도망이라도 간대? 내일 이야기하자고, 내일! 지금은 너무 졸려서 들을 수 있는 이야기도 못 듣는다고!"

레이먼이 신경질을 내며 그녀의 등을 떠밀었다.

그는 피곤한 기색을 팍팍 풍기며 말했다.

"나 한숨도 못 잤다. 내가 무슨 소릴 하는지도 모를 만큼 졸려 죽겠으니까, 자고 나서 보자고."

"용의……."

유디트는 몇 마디를 더 하려 했다.

그러나 소란을 피우듯 문을 두드린 탓에, 몇몇 기사가 복도를 지나가며 그들을 빤히 보았다. 바로 옆방을 쓰는 기사도 문을 빼꼼히 열어 두 사람을 보았다.

주제가 주제인 만큼 이목을 무시할 수는 없었다.

결국, 유디트는 이를 갈고 말했다.

"……내일 아침에 해 뜨자마자 찾아올 거야. 식당에도 가지 말고 기다리고 있어."

"알았다, 알았어."

"꼭 기다려. 알았지? 그리고 그 약물, 발견하더라도 절대 마시지 마."

"갑자기 웬 뜬금없는 소리를……."

"약속해, 당장!"

유디트가 이것만큼은 양보할 수 없다는 듯 으르렁댔다.

그녀가 무섭게 몰아붙이자, 레이먼은 항복하듯 두 손을

들었다. 유디트의 으름장은 그만큼 무시무시했다.

"알았어, 안 마실게. 뭔진 모르겠지만, 내일 얌전히 방에 있을게. 이제 됐지?"

그는 대답을 듣기도 전에 유디트를 향해 손을 흔들었다.

"그럼 잘 자라. 내 방문 또 두드리면 횟수당 2만 골드다."

"야! 이……!"

유디트가 무어라 하기도 전에 문이 쾅 닫혔다.

걱정이란 걱정은 다 시켜놓고선!

짜증이 확 치밀어 올랐다.

유디트는 별수 없이 방으로 돌아왔다.

'안 그래도 신경 쓰이는 게 많아서 죽겠는데……!'

방으로 돌아온 그녀는 무작정 죄 없는 베개부터 두들겨 팼다.

'사람 속도 모르고.'

만약 오늘도 레이먼이 안 보인다면, 조사를 핑계로 나갈 작정이었다. 그만큼 걱정되었다. 도저히 가만히 있을 수가 없을 만큼.

그래도 얼굴을 보니 조금이나마 안심됐다.

다친 몸과 문틈으로 얼핏 봤던 제복에 묻은 핏자국이 신경 쓰이지만, 내일 물어보면 알려줄 것이다. 레이먼은 그 정도는 말해줄 상대였다.

긴장이 풀리니 몸에서 힘이 쭉 빠졌다. 유디트는 침대에 드러누웠다.

"……."

레이먼과의 마지막은 최악이었다. 서로를 잘 이해한다고 생각한 만큼 배신감이 컸기 때문이다.

세상사는 그녀와 무관했었다.

어차피 남의 일.

모든 게 남의 일이었다.

하지만 지금은 달랐다. 신경 쓰이는 게 한둘이 아니다.

싹트기 시작한 의문점은 끝을 모르고 뻗어 나갔다.

과거, 유디트는 '용의 피'라는 이름을 크게 신경 쓰지 않았다. 하지만 지금 생각해 보니 그게 정말 용의 피인지 신경 쓰였다.

단순히 강화 약물에 붙인 이름이 아니었나? 설마 진짜 용의 혈액이었던 걸까?

후자라면 어떤 식으로든 이세에피나 황녀가 연루되어 있으리라. 진짜 용의 혈액을 그녀 말고 누가 구할 수 있겠는가.

베리타스 제국은 용을 신성시한다. 반인반수, 드래곤과 인간의 자식인 카르나크 신이 두 종족의 공존을 위해 제국을 건국했기 때문이다.

그러나 공존을 택했다고 해서 교류를 나누고 있다는 건 아니다.

살아 있는 용은 자취를 감췄다.

카르나크 신교와 황가에서 조심스럽게 접근하여 교류를 나누고 있다고만 알려져 있을 뿐, 용이 어디서 어떻게 살고 있는지는 알려진 바가 없다.

유디트 또한 한 번도 진짜 용을 본 적이 없었다. 그래서 용의 피 또한 받긴 했으나 주머니에 처박아 놓은 채 잊어버렸다.

설마 진짜 용의 혈액일 거란 상상은 해보지도 않았다.

그리고 여기까지 생각이 미치니, 유디트는 솔직하게 인정했다.

3황자를 죽이고 막내 황녀의 시체를 자살로 조작한 사람이 바로 자신이었다.

그러나 한 짓에 비하면 자신은…….

'정말 아는 게 없었어.'

용의 피가 진짜 혈액이었는지, 이세에피나 황녀가 누구에게 왜 죽었는지, 그녀가 용을 어디서 키우고 있었는지.

유디트는 아무것도 몰랐다.

그녀는 남에게도, 주변에도 아무 관심이 없었다.

눈과 귀를 닫은 채 살아왔다. 관심 있는 건 얼마를 벌수 있느냐 뿐.

회귀라는 기적이 없었더라면, 도구처럼 살다가 그대로 인생이 끝났으리라.

기분이 착잡했다.

'아냐, 안 좋은 생각 그만해. 레이먼도 죽지 않았고, 빚도 갚았잖아.'

유디트는 양손으로 뺨을 두드렸다.

혼자 있으면 자꾸 안 좋은 쪽으로 생각이 빠져서 문제다.

미래는 달라졌다. 이미 많은 게 바뀐 상황이다.

'더 바꾸자.'

미래를 어디까지, 얼마나 바꿀 수 있을지는 모르지만 여기서 만족할 생각은 없었다.

어둠 속에서 유디트의 호박색 눈동자가 빛났다.

이튿날 아침, 유디트는 또 허탕을 쳤다. 레이먼이 숙소를 비운 것이다.

돌아오지 않는 대답에 설마설마했던 그녀는 기어코 문을 걷어찼다.

덕분에 레이먼의 방문 경첩이 완전히 망가졌으나 알 게 뭔가. 이제 그가 돌아온다면 시도 때도 없이 들이닥쳐서 멱살을 쥐어주리라.

'미치겠네, 진짜⋯⋯!'

뒤늦게 레이먼을 본 사람을 찾아보았지만 헛수고였다.

하늘로 솟았는지, 땅으로 꺼졌는지. 이번에도 그를 본 사람이 없었다.

다시 보는 순간 땅에 메다꽂을지도 모르겠다.

유디트는 오후쯤 돼서야 분노를 삭일 수 있었다.

레이먼을 탈곡하듯 탈탈 터는 것도 중요하지만, 이제 밥값을 할 시간이었다.

"망할 놈. 잡히면 죽었어……!"

유디트는 이를 갈며 신발 끈을 묶었다. 곧 그녀는 준비를 마치고 황궁을 나섰다.

❄　✳　❄

베르디의 암시장은 모르는 사람은 상상도 못 할 정도로 규모가 컸다.

우선 공간적인 규모부터가 컸다.

황궁에서 떨어진 먼 남서쪽, 방치된 구빈원을 중심으로 시장까지 연결되는 뒷골목이 전부 그 영역이었다.

다루는 물건도 그만큼 다양했다.

연금술사가 만들었다는 현자의 돌부터 세계수의 가지까지.

취급하는 물건 대다수가 불법이지만, 어차피 속는 사람이 바보가 되는 시장이다. 여기서만 구할 수 있는 게 많다는 이유로 암시장에는 언제나 사람이 북적거렸다.

'오랜만에 와도 여전하네.'

유디트는 로브를 더욱 깊게 눌러썼다.

신나게 마수를 썰어대던 시절, 그리폰 발톱과 와이번 가죽을 가장 많이 팔아치웠던 게 그녀였다.

그 인맥이 한순간에 사라지는 건 아니었다.

자주 만났던 보부상, 발효 창고인 척 가게를 꾸린 양조장, 노름판을 겸하는 가죽 상인까지.

친근하게 말 걸어오는 사람 모두가 좋은 정보원이었다.

"오랜만이네, 유디트."

"이게 얼마 만이야?"

"하도 안 와서 죽은 줄 알았더니."

"죽긴 누가 죽었다고 그래?"

돈벼락을 맞기 전까지는 못 죽는다고 바락바락 대들던 시절부터 봐온 사람들이다. 설마 그녀가 황실 기사가 되어서, 그것도 임무 때문에 들렀을 거라곤 상상도 못 하는 눈치였다.

'인생을 영 헛산 건 아닌가……?'

하나같이 이런 식으로는 도움될 줄 몰랐던 인맥이다.

'그래 봤자 에테르 마스터라는 걸 밝힐 정도로 친한 사람은 없지만.'

탐문 아닌 탐문은 몇 시간 넘게 계속됐다. 유디트는 여러 가지 소문을 모았다.

그러나 대부분이 용의 피와 상관없는 소문이었다.

최근 빈번히 빈민이 납치되거나 전직 용병들이 자취를 감추는 사건이 일어나서인지, 정보를 쉽사리 공유하는 분위기가 아니었다.

'쓸 만한 정보가 없네.'

유디트와 알고 지내던 사람들은 당연히 그녀가 돈 되는 물건을 쫓는다고 생각하는 눈치였다.

"에테르를 다룰 줄 아는 약물?"

"그래. 뭐 좀 아는 거 있어? 소문이라든가……."

"알지. 요즘 그런 약물 찾는 놈들이 몇몇 있거든."

"……몇몇?"

단서를 제공한 건 정말 오랜만에 만나는 양조장 주인, 리즈였다.

그는 얼핏 푸근하고 순해 보이는 인상과는 달리, 빈말로도 인성이 좋다고 해줄 수가 없는 사람이었다.

리즈는 커다란 덩치에 어울리지 않게 어깨를 으쓱이며 말했다.

"하지만 재미는 못 봤을걸? 지금은 인생의 쓴맛이나 보고 있겠지."

"그게 무슨 소리야?"

"너도 구경해 볼래?"

그가 킬킬대며 기분 나쁜 미소를 지었다.

리즈는 마침 좋은 구경거리가 있다며, 그녀를 양조장 뒷문으로 이끌었다.

그가 지하실 문을 열었다.

어두컴컴하고 좁은 계단을 따라서 얼마나 걸어 내려갔을까.

햇불로 밝혀진 공간이 드넓었다. 안쪽에서는 소란스러운 환호성이 들려왔다.

벽을 짚고 마저 내려간 끝에, 유디트는 눈앞에 펼쳐진 공간을 한눈에 담았다.

"……지하 경기장?"

사람 수십 명은 충분히 들어갈 만한 지하 공간이었다.

정중앙에 원형으로 된 경기장에서, 사내들이 맨몸으로 주먹다짐하고 있었다.

맞고 때리는 육탄전.

피 섞인 침이 허공을 날고, 부러진 앞니가 경기장 바닥에서 지저분하게 구르고 있었다.

그리고 그 광경을 보며 대낮부터 취한 사람들이 고함을 질렀다.

"요즘 가장 인기 있는 볼거리지."

승패가 명백해질수록 사람들의 반응은 뜨거워졌다.

"……이런 게 유행인 줄은 몰랐네. 못 본 사이에 많이 야만적으로 변했어?"

유디트의 목소리가 절로 냉정해졌다.

리즈는 아랑곳하지 않고 답했다.

"주먹깨나 쓴다는 놈들이 모였으니 이런 경기 하나쯤은

있어야 돈이 모이지."

리즈는 수염을 쓰다듬으며 턱짓했다. 유디트의 시선이 돌아갔다.

리즈가 턱짓한 곳은 높은 단상 위였다. 화려한 테이블. 그 앞에 남자 두 명이 보란 듯이 서 있었다.

"에테르를 다룰 수 있는 약물을 찾았지?"

테이블에 놓인 화려한 유리병 하나가 시선을 끌었다. 리즈의 손가락이 그 병을 가리켰다.

"저거야. 저거 하나 때문에 요즘 난리도 아니야."

"……설마, 상품인 거야? 저게?"

"맞아."

"대체 누가 저런 걸 상품으로 내놓는 거지?"

"그거야 모르지. 원래 이 바닥은 그런 건 묻지도 따지지도 않잖아?"

유디트는 눈을 부라리며 단상 위에 있는 남자들을 보았다. 후드를 끝까지 뒤집어쓴 사내들이었다.

얼굴은 보이지 않았지만, 체격에서 느껴지는 위압감이 있었다.

"상품은? 진품이야?"

"진품이야. 내 눈으로 봤어. 저 두 사람이 진짜로 에테르를 다루는 걸 말이야. 굉장했지."

리즈가 좋은 구경을 했다며 웃었다.

"덕분에 경기장은 대박이야. 하나둘씩 이 판에 끼어들고 있거든? 다들 강해지고 싶어서 아우성이야."

이거구나. 레이먼의 몸에 생겼던 구타의 흔적이.

유디트의 표정이 절로 굳어졌다.

"가지고 싶으면 너도 참여할래?"

"사양하겠어."

"왜? 네 실력이라면 충분히……."

"죄다 터뜨려서 죽이지 않을 자신이 없거든."

리즈는 몸을 부르르 떨며 호들갑을 피웠다. 그만큼 유디트의 웃음은 싸늘했다.

"그럼 참가료 대신 참관료라도 내야겠어. 많이는 안 받을 테니……."

그때였다. 지하 경기장과 연결된 계단 입구 중 한 곳에서 소란이 일었다.

사내 두셋이 한데 얽혀 계단에서 데굴데굴 굴러떨어졌다.

비명과 함께 떨어진 사내들의 등을 밟고 한 명의 괴한이 지하 경기장에 들이닥쳤다.

경기장에 들이닥친 사람은 로브 차림새로도 모자라 까만 마스크로 입까지 가리고 있었다. 그러나 워낙 등장이 화려했기에 눈에 띌 수밖에 없었다.

침입자가 상대의 어깨를 밟고 순식간에 껑충 튀어 올랐다.

낯익은 몸짓에 유디트의 눈썹이 움찔거렸다.

침입자의 목표는 명확했다. 단상 위에 전시되듯 놓여 있는 용의 피였다.

"저, 저놈이⋯⋯!"

"난 이만 가보겠어."

"기다려! 참관료를⋯⋯ 아무나 당장 막지 못해!"

유디트를 잡으려던 리즈는 곧 게거품을 물며 그녀를 등졌다.

침입자는 엄청난 속도로 단상으로 올라가더니 용의 피가 담긴 병을 낚아챘다.

나이프를 던진 그가 테이블을 엎으며 용의 피를 지키던 두 사람과 거리를 벌렸다.

그가 퇴로를 물색하는 게 유디트의 눈에 보였다.

그사이 리즈를 비롯해 지하 경기장을 운영하는 사람 모두가 눈에 불을 켜고 달려들었다.

유디트는 습격자를 유심히 살피다 큰 소리로 엄한 사람을 가리킨 다음 소리쳤다.

"저쪽! 침입자가 또 있다!"

사람들의 시선이 분산된 순간, 대치하고 있던 침입자가 또 한 번 나이프를 뿌렸다.

침입자는 순식간에 사람들을 제치고 지상으로 올라가는 계단 통로로 들어섰다. 간발의 차로, 유디트도 침입자를 따라 통로에 들어갔다.

계단 통로는 길었다. 뒤따라오는 사람들의 성난 고함이 내부를 가득 메웠다.

어느새 계단을 다 올라간 습격자가 통로 문을 닫으려 하자, 유디트가 이를 갈며 외쳤다. 저 은혜도 모르는 놈이!

"레이…… 브렛!"

"……!"

"기다려!"

놀란 그가 엉거주춤하게 멈춰 섰다.

그걸로 충분했다. 쏜살같이 달려 나간 유디트가 계단을 빠져나왔다.

어찌나 정신없이 달렸는지, 지상으로 빠져나오기 무섭게 유디트는 균형을 잃고 엎어져 버렸다. 맨바닥에 무릎과 손바닥이 쓸리자 따끔했다.

보아하니 버려진 폐가촌으로 연결된 통로인 모양이다.

쿵, 뒤에서 통로 문 닫히는 소리가 났다.

통로를 빠져나온 두 사람은 그제야 서로를 똑바로 응시했다.

로브와 후드로 가렸다지만 유디트의 호박색 눈동자도, 레이먼의 갈색 눈동자도 잘못 볼 수 없을 만큼 서로에게 익숙했다.

목 졸린 사람처럼 레이먼이 신음했다.

"……네가 여길 왜……."

"지금 그게 문제야?!"

유디트가 일갈하는 것과 거의 동시에, 문에서 쿵 소리가 났다.

경첩과 걸쇠가 소름 끼칠 정도로 삐걱거렸다.

"젠장, 튀어!"

사색이 된 레이먼이 그녀에게 손을 내밀었다. 유디트는 그의 손을 잡고 벌떡 일어났다.

두 사람이 폐가를 빠져나온 직후, 통로 문짝이 박살 나는 소리가 들렸다.

"어디로 가지?"

"몰라! 나 혼자라면 빠져나올 자신 있었단 말이야!"

레이먼이 당황하며 외쳤다.

유디트는 저 얄미운 얼굴을 한 대만 치면 소원이 없겠다고 생각했다.

이윽고 두 사람은 무작정 폐가촌 거리를 달렸다.

"이쪽!"

레이먼이 먼저 그녀를 잡아끌었다.

폐가촌의 길은 복잡했다. 증축과 확장을 반복한 탓에 계단 위에 계단이라는 이상한 구조가 반복됐다.

막다른 길이 나올 때마다 레이먼은 날쌔게 담치기를 했다. 유디트도 이를 악물고 벽을 넘었다. 그러자 레이먼이 깜짝 놀랐다.

"너 벽 안 부수냐?! 웬일?!"

"못 넘으면 부술 거거든?!"

두 사람은 어느 민가의 닭장 지붕을 화려하게 부수며 착지했다.

레이먼은 중간부터 아는 길이 나왔다며 좋다고 히죽거렸다. 뜀박질 끝에 두 사람은 폐가촌을 빠져나왔다.

"와 씨, 죽는 줄 알았네!"

레이먼이 주변을 살폈다.

두 사람은 더 쫓아오는 사람이 없단 걸 알고 안도의 한숨을 내뱉었다.

그는 유디트를 보고 고개를 절레절레 저었으나, 곧 그녀의 등을 두들겨 주며 능글능글 웃었다.

"야, 엉아가 걱정돼서 따라왔냐? 그래, 나 챙겨주는 건 너밖에 없지."

"……."

"저놈들이 얼마나 치사한 줄 아냐? 우승했으면 당연히 상품을 줘야지, 사람이 피범벅이 되도록 맞아가며 이겼는데 모른 척 쫓아내기만 하고 말야. 내가 어지간하면 참으려 했는데……."

"너 미쳤어?"

유디트는 착각하지 말라는 듯 그를 쏘아붙였다.

"아무리 그래도 그렇지, 거기가 어딘 줄 알고 혼자 들어가!"

"뭘 또 그렇게 야멸차게 말하고 그러냐."

"못 빠져나왔으면 어쩌려고 그렇게 무모한 짓을 해!"

왜 걱정은 가끔 분노의 탈을 뒤집어쓰는 걸까. 다정하게 그를 걱정하고 싶었지만, 유디트는 그렇게 말하는 법을 몰랐다.

유디트가 버럭 소리쳤다.

"거긴 암시장이야! 사람 한 명 쥐도 새도 모르게 제거하는 데 하루도 안 걸린다고!"

"아, 얘는 또 왜 혼자 뚜껑 열려서 진짜……."

레이먼이 보란 듯이 귀를 막았다.

그가 자신의 말을 잔소리 취급하자, 유디트는 참지 못하고 더욱 화를 냈다.

"내 말이 우스워? 나 아니었으면 이렇게 빠져나오지도 못했어! 죽었을지도 모른다고!"

"그럼 이대로 살으리? 이렇게 빌빌대며 살아봤자 무슨 의미가 있다고 잔소리고 나발이야?"

"……."

순간, 유디트의 입이 턱 막혔다.

레이먼이 용의 피가 담긴 병을 꺼내 흔들었다.

"인마. 500만 골드란 말이다. 500만! 잘난 브렛 자작가 도련님께서 이거라도 마시고 강해지고 싶단다. 뭐 어쩌냐? 구해다 드리고 한몫 벌어야지."

"고작 그런 이유로……."

"고작이라니? 네가 그런 말 하면 안 되지."

레이먼의 갈색 눈동자가 그녀를 똑바로 응시했다. 잠깐이지만 유디트의 가슴이 차갑게 식었다.

그의 말에는 많은 의미가 담겨 있었다.

네가 그런 말 하면 안 되지.

내 친구라면, 내가 브렛 자작가의 사생아인 걸 아는 너라면, 똑같이 빌빌대며 살았던 너라면…….

"우리 같은 사람들은 이렇게라도 하면서 살아야 하잖아. 안 그래?"

"……."

"한몫 벌어서 나도 사업이나 좀 해보면 팔자 피지 않으려나……."

레이먼의 체념은 유디트에게 익숙하게 다가왔다. 그녀 또한 저런 생각을 참 많이도 하고 살았으니까.

하지만 그렇다고 그의 무모한 행동을 넘길 순 없었다. 유디트는 화를 꾹 참았다.

"그러니까 나한테 화 좀 그만 내고 너도……."

"나는 네가 걱정돼, 레이먼."

"……."

레이먼의 걸음이 뚝 멈췄다. 반보 앞서가던 그가 믿을 수 없다는 듯 그녀를 돌아보았다.

유디트는 잠시 말을 골랐다.

그녀는 자상하게 말하고 싶었다. 비올레처럼, 기류처럼, 듣는 것만으로도 힘이 되는 소리를 해주고 싶었다.

하지만 그건 어려운 일이었다.

정말이지 이렇게 칼 같은 말만 돌려주는 스스로가 미웠다.

"나도 알아. 우리 같은 사람들은 이렇게 위험을 무릅쓰지 않으면 팔자 못 고치지. 하지만 그러면 언제까지 이렇게 살 건데? 팔자를 고칠 때까지? 그러다 죽을 때까지?"

"……."

유디트는 있는 그대로의 감정을 말하기 위해 안간힘을 썼다.

"나는…… 네가 널 버렸다는 브렛 자작가와 인연을 끊지 못하는 것도, 암시장에서 목숨 걸고 위험한 행동을 하는 것도 싫어."

"왜?"

"너를 잃고 후회하긴 싫으니까."

레이먼은 이상한 얼굴을 했다. 그가 머리를 긁적였다.

"잃기는 무슨…… 누가 죽기라도 한대냐? 아니 그보다도, 우리가 이런 소리 주고받을 관계야?"

레이먼이 곧 유디트를 똑바로 응시했다.

"아이씨…… 너 진짜 이상하네. 안 그래도 요즘 좀 변한 거 같긴 했는데 이렇게 보니까 정말 이상해."

"시끄러워. 누가 이상하다는 거야? 네가 이렇게 위험한 짓 안 했으면 낯 팔리는 소리 하지도 않았어."

그녀가 부루퉁하게 덧붙였다.

"목숨보다 중요한 건 없어. 위험한 짓 하지 마. 말이 나와서 말인데, 그 용의 피가 얼마나 위험한……."

큰길가로 나가던 유디트는 하려던 말을 멈췄다. 순간적인 판단이었다. 머리 위에서 사람의 숨소리가 들렸다.

다음 순간, 나이프가 머리 위로 쏟아졌다.

빗줄기처럼 떨어진 나이프를 레이먼은 옆으로 구르며 피했고, 유디트는 로브를 힘껏 패대기치며 막아냈다.

나이프 한 개가 그녀의 팔뚝을 스치고 지나갔다.

"유디……!"

"닥치고 달려!"

유디트는 황급히 레이먼을 다그쳤다. 너무 방심했다. 이런 소릴 나눌 때가 아니었다.

정신 차린 레이먼이 꽁지 빠지게 좁은 골목을 달려 나갔다. 언제 봐도 끝내주는 속도였다.

그사이 두 명이 폐가 옥상에서 뛰어내렸다. 지하 경기장에 있던 남자들이다. 용의 피를 지키고 서 있던 그들이 쫓아온 것이다.

습격자들에게서 절그럭거리는 금속음이 났다. 그리고…….

'에테르!'

습격자가 칼을 뽑았다. 쇠꼬챙이보다 조금 짧은 숏소드

였다.

그러나 날붙이보다 더 무서운 건 그들의 검에 덧씌워진 까만 에테르였다.

그들이 유디트를 향해 달려들었다.

유디트는 칼을 뽑으려다 말았다. 장소가 글러먹었다. 롱소드를 자유롭게 휘두르기엔 운신의 폭이 너무 좁다.

"숙여! 유디트!"

그녀는 허리를 굽혔다. 곧바로 레이먼의 작은 단도가 날아왔다.

시간을 벌어준 틈을 타, 유디트는 뒤도 보지 않고 뛰었다.

오르막길을 주파하며 손에 집히는 대로 나무 궤짝을 쓰러뜨렸다. 길을 막았지만 습격자는 아랑곳하지 않고 장애물을 부수며 쫓아왔다.

아슬아슬하게 따라잡히기 직전, 유디트는 판단을 마치고 멈춰 섰다. 그녀는 더 이상 도망치지 않았다.

유디트는 빠르게 몸을 틀며 돌려차기를 날렸다. 곧장 묵직한 반동이 온몸을 강타했다.

"레이먼! 단검!"

따돌릴 수 없다.

차라리 깔끔하게 제압하고 당장 황궁으로 돌아가는 게 빠르다.

같은 결론에 도달했는지, 레이먼이 그녀에게 단검 한 자루를 던졌다.

유디트는 곧장 단검을 역수 자세로 뽑아 쥐었다. 새파란 칼날이 번뜩이더니, 곧 은은하게 에테르가 피어올랐다.

에테르는 옅은 황금빛이었다.

유디트는 자신의 에테르에서 묘한 위화감을 받았다.

그러나 탐구할 여유가 없었다. 단검과 숏소드가 맞부딪쳤다. 눈앞에서 불꽃이 튀다시피 했다.

상대의 숏소드 칼날이 부러져서 허공을 날았다. 유디트는 조금도 망설이지 않고 단검을 내리찍었다. 그녀는 고지를 점한 채로 상대를 걷어찼다. 순식간에 선혈이 낭자했다.

"다음."

습격자는 동료 한 명이 쓰러졌는데도 아무런 동요가 없었다. 분노도, 긴장도 없었다. 마치 감정과 생각을 거세당한 사람처럼 무덤덤했다.

습격자가 유디트에게 달려들었다. 그때, 레이먼이 소리쳤다.

"통 굴러간다!"

무슨 말인지는 금방 알았다.

레이먼이 굴린 술통이 다가오고 있었다.

유디트는 저만큼 높은 곳에서 데굴데굴 굴러오는 나무 술통을 간신히 뛰어넘었다. 그러나 습격자는 피하지 못하고 그대로 밀려 넘어졌다.

레이먼이 그 광경을 보며 자지러지게 웃었다.

유디트는 단검의 손잡이가 덜걱거리는 걸 깨달았다.

'이래서 싸구려는 못 써먹지!'

단검을 휙 내던지며 그녀가 외쳤다.

"레이먼! 단검 또 없어?!"

"너 나한테 단검 맡겨뒀냐?! 이제 하나밖에 없어, 짜샤!"

그렇게 일직선으로 쉴 새 없이 달린 끝에 마주친 건, 거대한 담벼락이었다.

유디트는 갈등했다.

차라리 습격자를 완전히 처리하는 게 확실하지 않을까?

하지만 칼부림으로 사망자라도 나왔다간 일이 소란스러워진다. 아무리 암시장 근처 폐가촌이라 해도 살인은 대사건이다.

그러나 레이먼은 고민할 틈이 아깝다는 듯 그녀를 향해 손짓했다.

유디트는 그의 뜻을 금방 알아차렸다.

그녀가 레이먼을 향해 달렸다. 그러곤 깍지 낀 레이먼의 손바닥을 발판 삼아 허공으로 도약했다.

훌쩍 담벼락 위까지 올라간 유디트가 이번에는 그를 향해 손을 뻗었다. 레이먼이 힘껏 뛰더니 그녀의 손을 잡았다.

'무거워……!'

유디트는 있는 힘을 다해 그를 끌어 올렸다.

그사이, 레이먼은 가지고 있던 마지막 단검 한 자루를
담벼락 갈라진 틈에 쑤셔 넣었다.

단검은 단단하게 벽에 박혔다. 레이먼은 단검 손잡이를
밟고 올라선 끝에, 담벼락을 넘었다.

두 사람은 더 이상 잡담하지 않고 그대로 대로변까지 뛰
었다.

레이먼은 폐가 터질 즈음까지 뛴 후에야 입을 열었다.

"휴, 진짜 죽는 줄 알았네……."

"왜 안 죽을 거라 생각해?"

유디트는 땀을 훔치며 싸늘하게 웃었다. 그녀가 도로를
향해 손을 흔들었다.

그녀의 탑승 신호를 발견하고 마차 한 대가 미끄러지듯
다가와서 멈췄다.

"나 죽을 이유 없잖아?"

"아침에 나를 따돌린 건 옆방 사는 루이였냐?"

유디트는 레이먼의 궁둥짝을 걷어찼다.

마차 안으로 철퍼덕 넘어진 레이먼이 꽥 소리를 질렀다.

그녀는 그길로 황궁까지 돌아갔다.

⁂　✳　⁂

황궁에 돌아온 유디트는 더 이상 레이먼을 믿고 놔두지

않았다.

덕분에 레이먼은 경첩이 망가진 문을 직접 여닫으며 방으로 들어와야 했다.

"야! 내 방문 왜 이러는데?"

"다 자업자득이야!"

레이먼은 구시렁거렸지만 찔리는 부분이 있는지 더는 아무 말도 하지 않았다.

유디트는 고민하다가 레이먼에게 임무 내용을 털어놓았다. 이렇게라도 하지 않으면 그가 믿을 것 같지 않아서였다.

예상은 적중했다.

"네가 그렇게 중요한 임무를 맡게 됐다고?"

레이먼은 믿기 어렵다는 눈으로 그녀를 보았다. 하지만 공작령에서 벌어진 피습 사건과 페온의 일을 털어놓자 천천히 믿어주는 눈치로 바뀌었다.

마침내 용의 피를 마시면 심장이 터져 죽는다는 말을 꺼내자 레이먼이 조용해졌다.

"레이먼. 브렛 자작가에서 직접 그런 말을 했어? 용의 피를 가져오면 500만 골드를 주겠다고?"

"……그래. 암시장이든 어디든 좋으니까 구해만 오면 준다고 했어."

유디트는 그를 유심하게 보다가 물었다.

"가문의 일원으로 인정해 준다고도 했고?"

"······시끄러."

유디트는 그가 돈만으로는 움직이지 않았을 거라 예상했다.

레이먼은 가문의 사생아로 자랐다. 브렛 자작가의 일원으로 인정받고 싶은 욕구가 강한 이였다.

가문과 인연을 끊고 싶어 하다가도, 누구보다도 인정받고 싶어 하는 모순적인 사람. 그게 레이먼이다.

돈만이라면 그런 권유에 흔들리지 않았으리라.

'오히려 화냈겠지. 날 뭐로 보는 거냐면서······.'

하지만 그는 믿을 건 너뿐이라고, 황실 기사가 된 너라면 찾을 수 있지 않냐는 말에는 휘둘릴 친구였다.

알 수 있다. 저와 비슷한 듯하면서도 똑같지는 않은 친구니까.

"운 좋게 두어 개쯤 손에 넣으면, 하나는 내가 꿀꺽! 하는 것도 나쁘지 않을 거 같길래······."

"야!"

"우리 같은 사람은 그렇게라도 강해지는 수밖에 없잖아!"

레이먼이 때리지 말라는 듯 조신하게 손을 모아 엑스 자를 만들었다. 유디트는 야무지게 말아 쥐었던 주먹을 도로 내렸다.

"절대, 절대 그런 생각 하지 마."

"알았어, 알았어······."

"건성으로 대답하지 말고! 심장이 터져서 죽는 약물이란 말이야!"

유디트가 호통쳤다.

레이먼은 아직도 그녀에게 약물을 넘길지 말지 고민하는 눈치였다.

지하 경기장에 난입할 정도로 무리해서 천신만고 끝에 얻은 물건이다. 쉽게 주지는 않으리라 예상했다.

그래서 유디트는 더욱 인내심을 가지고 그를 설득했다.

"브렛 자작가에 들고 가면 문제는 더 커질 거야. 자작가의 차기 후계자가 마시기라도 하면 너도 책임을 피하기 힘들어."

"……."

"심장이 터져서 죽는다니까? 페온도 그렇게 죽었어. 족보에 들어가긴커녕, 가장 먼저 머리채 잡혀 끌려갈 거야."

레이먼이 상황을 파악했는지, 표정이 어두워졌다.

시무룩해진 그가 간격을 두고 물었다.

"어떻게도 안 되는 거냐?"

"안 되는 거야."

"……잔인하네, 진짜……."

유디트의 칼 같은 확답에 레이먼이 무너졌다.

결국, 그는 유디트에게 용의 피가 담긴 병을 휙 던지더니 침대에 힘없이 널브러졌다.

긴 침묵이 이어졌다.

한참 후 그가 재차 물었다.

"진짜인 거지? 진짜로, 페온 그랑 그 자식이 그걸 마시고 널⋯⋯."

"내 전 재산을 다 걸고 말해줄 수 있어. 정말이야."

"어이구, 네가 전 재산을 걸어? 진짜인가 보네. 미친."

레이먼이 헛웃음을 마구 터뜨렸다.

그는 힘없이 킥킥대다가 유디트를 등지고 누워버렸다.

그가 얼마나 실망했을지는 어렵지 않게 짐작됐다.

에테르를 다룰 수 있는 약물. 손에 넣기만 하면 가문에서 인정받는 건 물론이요, 돈을 챙길 수도 있다.

그야말로 원하는 건 뭐든 코앞에서 이뤄지는 마법의 약물이다.

"너니까 주는 거다."

"⋯⋯."

"너라면⋯⋯ 네가 그걸 들고 자기 혼자 잘 먹고 잘살자고 내빼지 않을 사람이라는 걸 믿어서 주는 거야."

유디트는 가슴 한구석이 아파졌다.

그가 모르는 게 다행인 걸까?

과거의 자신은 그를 이런 식으로 속이는 것도 개의치 않는 사람이었다.

"⋯⋯고마워."

유디트는 고개를 애써 흔들었다.

이제 와 그게 다 무슨 소용인가. 중요한 건 현재인데.

"물어볼 게 있어, 레이먼."

"짧게 해라."

"용의 피에 대해 아는 대로 전부 말해줘."

"짧게 하라니까. 왜 이렇게 뻔뻔하게 긴 걸 요구한대?"

레이먼은 툴툴거렸으나 혀를 차며 침대에서 일어났다.

유디트는 아무래도 원하는 대답을 다 듣기 전까지는 저를 내버려 둘 생각이 없는 것 같았다.

아니나 다를까, 그녀가 냉큼 물었다.

"그 지하 경기장은 어떻게 알고 찾아간 거야?"

"……나도 소개받아서 간 거야."

레이먼은 큰 한숨을 쉬었다.

"예전부터 잘 아는 약재상이 있었어. 용의 피를 구할 수 있는지 알아보러 갔다가 어찌어찌 연결돼서 그대로 참가했을 뿐이야."

"뭐라고 말하며 알려줬는데?"

"마시면 에테르 능력이 생기는 약물이 있다고. 딱 이거구나 싶었지."

레이먼이 슬그머니 그녀를 바라보았다.

"말만으로는 못 믿어서 지하 경기장에 가봤는데, 진짜로 그걸 마시고 에테르를 다루는 사람을 봤단 말야? 장난 아니게 강해지던데……."

"우릴 쫓아온 사람들 말이야?"

"어. 체구로 보니 같은 사람은 아니었던 거 같은데, 하여간 새까만 에테르를 다루더라."

유디트의 얼굴이 곧장 굳었다.

역시 잘못 봤던 게 아니다. 새까만 에테르라니.

페온보다 다루는 게 한참 미숙하긴 했으나, 똑같은 용의 피를 마신 게 분명하다.

"그래서?"

"그래서는 뭐 그래서야. 참가하겠다고 했지. 근데 그 자식들 내가 몇 번 승승장구했다고 곧바로 반칙패를 선언하잖냐!"

레이먼이 짜증을 내며 이불을 퍽퍽 찼다.

유디트는 그의 짜증을 들어주는 척, 조금 더 떠보았다.

"레이먼. 그 에테르를 다뤘다는 사람은 뭐 없었어? 용의 피가 어떻게 지하 경기장에 그게 흘러들어 간 건지는?"

"글쎄? 내가 아는 건, 그 약물 좀 얻어보려고 사람이 엄청나게 몰렸던 거랑……."

레이먼은 잠시 말끝을 흐리다가 손가락을 튕겼다.

"아. 그러고 보니 신경 쓰이는 거 하나는 있다."

"뭔데?"

"지하 경기장에서 드래곤 문양이 찍힌 무릎 그리브를 찬 사람을 봤어."

"무릎 그리브?"

그것도 드래곤 문양이 새겨져 있다는 말에 유디트는 정색했다.

"황실 사람을 봤단 말이야?"

"제대로 본 게 맞는지 확신은 없는데, 일단은? 아마도?"

"……."

"우리가 차던 거랑 비슷했어. 나처럼 몰래 참여한 사람인 줄 알았지. 그런데 지금 보니 아니었나 봐?"

유디트는 손에 쥐고 있던 병을 쉴 새 없이 매만졌다.

무릎 보호를 위해 차는 그리브.

황실 기사, 혹은 친위대 소속 기사.

거기까지 생각을 좁히고 나니 유디트는 조금 더 합리적인 의심을 떠올렸다.

이세에피나 황녀는 암시장을 통해 용의 피를 뿌릴 이유가 없다.

하지만 꼭 황녀가 뿌렸다는 법은 없지 않나.

'이세에피나 황녀 말고도 누군가가 용의 피를 뿌렸을 확률도 있어.'

죽음조차도 조작된 사람이다. 철저하게 이용당했다고 생각하는 건 비약인가?

그쯤 되니, 온갖 상상이 들기 시작했다.

기사단원이 용의 피를 마시든 말든 내버려 두었던 흑기사단이 어떤 식으로든 이 일에 얽혀 있는 건 아닐까?

"그거 말곤? 더 아는 건 없어? 뭐든 좋아."

"글쎄다. 다시 한번 암시장에 가보면 뭐라도 알 수 있을까 싶은데, 내가 그 난리를 쳐놨으니 당분간은 힘들지 않을까."

레이먼은 그렇게 말하며 유디트의 등을 팔꿈치로 찔렀다.

"어쨌든 난 말할 거 다 말해줬다. 너한테 걸려서 며칠 개고생을 한 것도 물거품이야. 밑천 죄다 털렸으니 이제 가라."

유디트는 무슨 말이든 한마디라도 더 캐내고 싶었다.

하지만 레이먼은 정말 지친 기색이 역력했다. 묘하게 기운 빠져 보이기도 했다.

'그러고 보니 엄청나게 맞았지.'

레이먼의 멍 든 몸을 떠올리자 유디트는 조금 미안한 기분이 들었다.

"……훼방 놓을 생각은 아니었어."

"……."

"미안해."

"아니, 사과는 왜 하는데 또."

레이먼이 정색하며 손을 내저었다.

"진짜 죽을 때가 됐나? 유디트 씨, 누구세요?"

"레이먼."

유디트는 일부러 말을 돌리려는 그를 진지하게 불렀다.

"난 네가 위험한 일에 엮이지 않았으면 하는 마음으로 이러는 거야."

"알아, 알아. 왜 또 갑자기 이러냐."

"알면 다행이고."

"다행이긴. 남처럼 왜 그래?"

"……."

하고 싶은 말은 산처럼 쌓여 있었다. 그러나 하나같이 친구라고 해도 쉽게 꺼낼 수 없는 말이었다.

레이먼과 그녀는 친구들의 죽음이라는 아픔을 두고도 서로를 위로하지 못했다.

유디트 자신부터가 그럴 여유가 하나도 없었다.

그래서일까? 한 번 깨지고 부서진 탓에 더욱 조심스러웠다.

남과 나를 가르는 경계.

그 경계가 유독 선명했던 유디트는 자신을 돌아보며 입술을 씹었다.

레이먼은 남이다.

하지만 그녀를 위해서라면 용의 피를 흔쾌히 넘겨줄 수 있는 그런 남이었다.

이 각박한 세상에서, 자신의 이득을 포기하고 우리가 남이냐고 말해줄 사람을 만날 확률이란 희박하다.

어차피 남이라며 등을 돌리는 결과는 고립으로 돌아온다.

남과 나를 가르는 경계란, 서로가 있어야 그을 수 있다는 걸 고립되고서야 알았다.

"……혹시라도 뭔가 더 알게 되면 꼭 말해줘."

"알겠어. 그럴 일이 있겠냐 싶다만."

레이먼이 한숨을 후 내쉬었다. 숨 때문에 그의 머리카락이 잘게 흔들렸다.

"조심해라. 너도 내가 도울 일 있으면 말하고."

어차피 남이라고 생각했던 사람의 진심은 이토록 무거웠다.

다정한 사람들은 왜 이렇게 예고 없이 가슴을 따뜻하게 만들까.

크림색 보닛을 내밀던 비올레도, 수많은 사람 앞에서 대신 화를 내며 장갑을 던졌던 기류도.

정 많은 사람들은 언제나 이렇게 불현듯 그녀의 가슴을 두드린다.

너는 앞으로도 혼자가 아니라고 알려주는 것 같았다.

유디트는 문득 그런 사람들이 굉장히 사랑스럽다고 생각했다.

＊　＊　＊

"늦어져서 송구합니다. 폐하께서 오랜만에 황자님과 긴 대화를 나누시기에……."

"아닙니다. 마땅히 제가 기다려야지요."

기류는 시종장을 향해 고개 숙였다.

황제는 상당히 긴 시간 동안 황자를 알현 중이었다.

벌써 두 시간째 기다림이다.

느긋하게 기다리던 기류는 별생각이 없었다. 하지만 데 샹은 다른 것 같았다.

하긴, 두 시간이면 그가 볼 수 있는 서류가 얼마인가.

기류는 장난스럽게 데샹을 쿡쿡 찌르며 약 올렸다.

"오랜만의 문안 인사고 뭐고 그냥 단장실에 있을 걸 그 랬지? 후회 중이지?"

"……시끄러워요."

다 알면서 한 번씩 이렇게 속을 뒤집어놓는 게 기류였다.

데샹은 시종장이 보지 못하도록 슬그머니 팔을 뻗어 그 를 꼬집었다.

"애초에 폐하는 왜 부르신 거랍니까?"

"글쎄? 그걸 내가 알았으면 여기서 이러고 있겠어?"

짚이는 바가 전혀 없다는 듯 기류가 어깨를 으쓱였다.

데샹은 잠시 그를 미심쩍은 눈으로 바라보았으나, 의심 을 거뒀다. 이런 걸 감출 사람은 아니었다.

"일단 믿어드리죠."

"진짜라니까. 오히려 내가 궁금할 정도야."

기류가 픽 웃었다.

황제는 왜 저를 불렀을까.

황자 피습 사건에 대해 묻기 위해서?

'……섣부른 예측은 금물이다.'

황제는 기류의 예상을 뛰어넘을 때가 많았다. 그것도 안 좋은 쪽으로 뛰어넘곤 했다.

'오늘도 그렇지 않으면 좋으련만.'

기류는 황제에게 내놓을 수 있는 모범 답안을 다시 한 번 떠올렸다.

머잖아 알현실 앞이 부산스러워졌다.

문 열리는 소리를 듣고 기류가 시선을 던진 순간, 협실에 시종장이 아닌 다른 사람이 들어왔다.

"……2황자 전하?"

"기류 경."

2황자 에드워드였다.

기류는 먼저 허리를 굽혔다. 당혹스러운 표정을 감추기에는 이것만큼 좋은 게 없었다.

"미안하군. 나 때문에 오래 기다렸을 텐데."

"아닙니다."

기류는 고개를 저으며 짐짓 밝게 대답했다.

"어떤 대화를 나누셨는지 궁금하군요."

"머잖아 알게 될 거야. 폐하께서 이렇게 빨리 경을 부르신 걸 보니, 곧바로 물어보시겠군."

"……예?"

어긋난 대답에, 기류가 살짝 인상을 찌푸렸다.

그사이 시종장이 다가와 그들 앞에 섰다.

"가보도록. 경이라면 폐하의 질문에 바보 같은 대답을 내놓지는 않겠지."

"……실례하겠습니다."

기류는 최소한의 예의는 잊지 않았으나 묘한 불쾌함에 곧장 걸음을 돌렸다.

안타깝게도 기류의 인상은 쉽게 풀어지지 않았다.

그 간단한 인사조차 생략한 황제가 기류를 향해 대뜸 던진 질문이 너무나 의외였기 때문이다.

"이세에피나를 어떻게 생각하나."

"……예?"

기류는 안면을 걷어차인 사람처럼 멍청하게 되물었다.

이세에피나.

장황녀 올가가 칩거에 들어간 후, 유일하게 황제의 곁에 남은 황녀의 이름이다.

그걸 모를 리 없으나, 기류는 끝내 되물었다.

"저의 식견이 짧아, 무슨 말씀을 하시는지 모르겠습니다."

기류가 고개를 숙였다.

옆에 있는 데샹이 마른침을 삼키는 게 느껴졌다.

"황녀 전하의 건강에 관한 이야기라면……."

"둘러말할 필요 없다. 백작. 나는 그대가 이세에피나를 이성으로서 어떻게 보고 있는지 궁금한 게야."

황제의 입꼬리가 하늘을 찔렀다.

사람 목숨조차 한낱 개미 목숨으로 만들 수 있는 황제의 어전이다.

제자리를 뛰든, 무자비하게 짓밟든 개미에게는 사람의 발걸음이 위협적으로 느껴지는 법.

황제의 웃음도 그랬다.

"설마 모른다고 할 텐가? 제국의 별인 그대를 내가 이세에피나의 배필로, 나의 부마(駙馬)로 눈여겨보고 있었다는 걸?"

느물거리는 황제와는 반대로, 데샹과 기류의 표정은 눈에 띄게 어두워졌다.

특히 굳어버린 데샹의 표정은 심상치 않았다.

모른다고 하면 거짓말이다. 황제는 제국에 나타난 에테르 마스터를 탐냈다. 그가 강하기 때문에 본보기로 슬하에 두고 싶어 했으며 굴종을 원했다.

심지어 백작이라는 지위까지 완벽했다. 넘치지도 부족하지도 않은 지위는 광증을 앓는 막내 황녀와 조용히 엮기에 딱 좋은 위치였다.

"그대라면 짐이 이세에피나를 맡겨도 안심이 될 것 같구나. 에드워드 또한 짐과 의견이 같더군."

2황자가?

앞서 황자가 넌지시 이야기했던 말은 이것이었나.

"게다가 예전에 드래곤 레어에서 가져갔던 티아라 또한 이든을 통해 황녀에게 바쳤다고 들었다만."

"폐하, 그것은……."

그의 얼굴에 짧은 당혹이 스쳤다.

생각지도 못한 나비효과에 기류의 평정이 깨졌다.

"짐에게 받은 물건을 다시 짐에게 돌려주는 방법 또한 세련되었더구나. 이러니 그대를 높이 평가할 수밖에."

황제는 팔걸이를 툭툭 쳤다. 그 작은 행동에도 데샹은 현기증이 났다.

어떻게 거절한단 말인가.

상대는 황제다. 거절하는 방법이 있기는 한가?

"대답에 따라선 경사스러운 약혼이 생길지도 모르지. 이세에피나라면 기사인 백작이 검을 바치기에도 충분한 상대라고 본다."

"……."

기류는 침묵했다.

백금으로 만든 귀걸이. 금빛으로 반짝거리는 드레스를 입은 아름다운 황녀.

황후가 작고한 이후, 이세에피나 황녀는 올가 다음으로 제국에서 가장 고귀한 신분의 여인이다. 황제의 말마따나, 기사로서도 남자로서도 검을 바치기에 모자람이 없는 상대다.

그런데 어째서일까.

어째서 가장 고귀한 이름을 앞에 두고 다른 얼굴이 가장 먼저 떠오른 걸까.

달빛을 받으며 유유히 어둠 속을 걷던 밤. 가늘게 흔들리던 회색 머리카락. 은을 부어둔 것처럼 곱고 아름답던 뒷모습.

그 모습이 망막에 각인된 것처럼 어른거렸다.

"어떤가. 이세에피나를 그대의 배필로 맞이하는 건?"

"……."

기류의 입이 굳게 닫힌 채 떨어질 줄을 몰랐다.

데샹은 저도 모르게 기류의 눈치를 보았다. 예상 밖의 일이라곤 하나, 곧장 대답하지 못한 기류가 걱정되기 시작했다.

황제의 권력은 사람을 발밑에 두는 힘이다.

그리고 사람을 발밑에 두기 위해서는 나름대로 요령이 필요하다.

무자비하게 짓밟으면 반발하는 자가 나오게 마련이니, 희미하게나마 숨은 쉴 수 있도록 지그시 짓밟아둘 것.

언제든지 끊을 수 있는 숨통은 오히려 살려두고, 우위를 과시하는 수단으로 남겨두는 방식.

그게 지금의 황제가 금관을 쓰고 있는 방법이었다.

황제가 기류를 대하는 것도 그와 비슷했다.

기사단장이라는 권력은 쥐여주되, 결국 모든 결정권은 황제가 가지는 것처럼.

친근하게 대하지만 이름 아닌 작위로 부르며 공고한 신

분 관계를 못 박는 것처럼.

황제는 기류를 철저하게 짓밟지는 않았다. 그저 숨을 죽이며 권력자의 눈치를 볼 수밖에 없는 위치로 기류를 몰았다.

하지만 이 모든 행동은 결국 기류가 기사단장을 그만두고 영지로 내려가면 아무 소용이 없다는 단점이 있었다.

그래서 예상치 못했다.

'이렇게 갑자기 약혼 이야기를 꺼내다니.'

상대로 이세에피나 황녀를 내민 것도 황제의 머리에서 나온 이야기가 맞나 싶을 정도로 갑작스러웠다.

로제타와 살사노 왕국에 거절당했다고는 하나 여전히 황녀는 귀한 몸이다. 그런 황녀와 약혼이라니?

기류로서는 쉽게 거절할 수 있는 상대가 아니었다.

때문에 데상은 기류가 시간을 버는 대답을 내놓으리라 예상했다.

'무난한 대답부터 하면 된다. 기류는 백작이야.'

일단 황제의 사위가 된다면 풀 수 없는 권력관계를 맺게 된다.

그러니 한 가문을 책임지는 사람으로서는 당장 대답하기 어려운 문제라며, 정론에 가까운 대답을 꺼낼 것이다.

'핑계론 충분한 이유다.'

데상은 애써 속마음을 가다듬었다.

한데 대화는 예상치 못한 방향으로 흘렀다. 능글맞게

받아치리라 예상했던 기류가 담담하게 말했다.

"송구합니다. 폐하. 재고해 주십시오. 너무 갑작스러운 말씀이십니다."

그것은 확고한 거절이었다.

기류와 십 년 넘게 알고 지낸 데샹조차도 그가 이렇게 직설적으로 말하리라고는 생각지 못했다.

"헤아릴 수 없는 만큼 고귀한 황녀 전하십니다. 어찌 저 같은 촌부의 백작과 평생 의지하며 사시겠습니까."

데샹의 눈빛이 곧장 황제를 향했다.

예상대로 황제의 두꺼운 눈썹이 불쾌하다는 듯 떨리고 있었다.

"……마음을 준비하기에는 시간이 모자란다는 소리인가?"

"많은 시간이 있어도 마찬가지일 것입니다."

데샹은 너무 놀라서 상황도 잊고 기류의 입을 막아버릴 뻔했다.

그만큼 혼비백산할 소리였다.

하지만 기류의 태도는 변하지 않았다. 그는 3년 전 기사단장직을 받아들였던 그때처럼, 일단 마음을 먹자 자기 의견을 말하는 데 망설임이 없었다.

바닥을 짚은 길고 탄탄한 손가락에 힘이 들어갔다.

"폐하. 저는 제국의 검입니다. 힘이 닿는 곳까지, 필요하다면 핏방울 한 줌까지 모조리 긁어 제국에 바칠 것입니다. 저의 충성이 부족하여 황녀 전하를 앞세우셨다면, 폐하께 충분한 신뢰를 드리지 못한 점에 대해 사죄드립니다."

"……."

"부디 충성을 의심치 마소서. 앞으로도 르왈흐메이 백작이자 기사단장으로서 제국의 앞길을 다지도록 허락해 주시기를 바랄 뿐입니다."

기류는 그렇게 말하며 고개를 숙였다. 그리고 황제의 입이 떨어지기 전까지 고개를 들지 않았다.

함께 고개를 숙인 대샹은 황제의 숨소리 하나조차 놓치지 않도록 귀를 활짝 열었다.

……떨려서 죽을 것만 같았다.

"고개를 들어라. 괘씸하구나."

황제의 한쪽 눈은 미세하게 떨리고 있었다.

"짐은 백작의 충성을 의심한 적이 없다. 다만 황실의 일원이 될 기회를 주고자 했을 뿐이지."

"송구합니다."

"……."

기류가 짤막하게 사과하며 다시금 고개 숙였다.

그는 마지막까지 여지 하나 남기지 않았다.

황제는 원하는 대답을 뱉지 않은 기류를 못마땅하게 노려보았다.

마음먹는다면 작정하고 꼬투리를 잡고 괴롭힐 수도 있

겠으나, 콧김과 함께 손을 털었다.

"물러가라."

데샹은 남몰래 흘린 땀이 싸늘하게 식는 걸 느꼈다.

데샹과 기류는 빠르게 황궁을 빠져나왔다.

지나치며 인사하는 모든 이가 황제의 눈과 귀다. 가볍게 입을 놀렸다가는 언제 어떻게 말이 흘러갈지도 모른다.

두 사람은 빠르게 기사단 본부로 돌아왔다. 그리고 단장실 문을 닫자마자 기류는 소파에 드러누웠고, 데샹은 긴 한숨을 내쉬며 문을 기대고 주저앉았다.

오 분 남짓의 짧은 대화였으나 온몸의 피가 싹 빠져나가는 것 같았다.

긴 한숨을 세 번쯤 쉬었을까. 빙빙 돌던 하늘이 간신히 제자리를 찾았다.

데샹의 입에서 조그마한 원망이 나왔다.

"어쩔, 어쩔 생각이셨어요. 그렇게 단칼에 거절했다가 무슨 사달이 일어날 줄 알고……."

거기까지 말하는 게 전부였다. 머리가 아파진 데샹이 입을 다물었다.

기류는 소파에 엎어진 채 아무 말도 없었다. 그도 알고 있었다. 성급한 거절이었다는 걸.

'하지만 황녀와 약혼이라니.'

기류는 이세에피나 황녀에게 어떠한 감정도 없었다.

사냥 대회와 경호로 오가며 몇 번 만나고 모신 게 전부였다.

희미한 호의는 있었다.

하지만 그건 존중의 의미를 담은 호의였을 뿐이다. 그녀는 이든의 누이동생이며, 환자니까.

결혼은 가문의 권세를 결정할 중대사다. 귀족에게는 계약과 장사의 측면을 가진 가문의 사업이기도 했다. 그런 관점으로 보자면 백작가의 주인인 기류는 이 약혼을 받아들이는 게 맞다.

하지만 그러지 못했다.

받아들이기는커녕, 가장 좋지 못한 방법으로 거절했다. 황제의 면전에서 직언을 해버린 것이다.

기류는 제 행동을 돌이켜 보기 무섭게, 허탈한 웃음을 터뜨렸다.

하지만 어쩌란 말인가?

은을 부어둔 것처럼 아름다운 회색 머리카락이 눈앞에서 어른거렸는데.

약혼이라는 말을 들은 순간, 자신의 감정이 향하는 방향을 정확하게 깨달아 버렸다. 마냥 능청스럽게 넘기기에는 어려울 정도로 확실하게 알지 않았던가.

'유디트…….'

하필 그 순간, 감출 수 없는 감정이 칼날처럼 이성을 헤집고 튀어나왔다.

기류의 머릿속은 그 어느 때보다도 혼란스러웠다.

그는 소파를 뜯은 다음, 다시 한번 쿠션에 얼굴을 박았다.

진정 제국과 가문을 위해서라면 황제의 제안은 받는 척이라도 해야 했다.

황자 피습 사건이 일어난 지 얼마 되지도 않은 시점이다.

황제의 의도야 뻔했다. 그는 1황자와 2황자의 다툼에 누름돌이 될 만한 새로운 권력의 구심점을 원하는 것이다.

'그 기회에 걸리적거리는 황녀도 치워 버릴 수 있으면 좋고……. 딱 그 정도 생각이었겠지.'

고민해 보겠다며 여지를 남겨둘 수도 있었다.

하지만 그렇게 행동하고 싶지 않았다.

사람 죽인 일로 친위대에 들어가고 인정받는 게 싫었다는 유디트와 마찬가지로, 기류 또한 그런 방식으로 황제에게 고개를 숙이며 살고 싶지 않았다.

단순히 싫거나 기분 나빠서가 아니었다. 신념의 문제였다.

삶에는 수많은 고비가 찾아온다. 고비가 찾아올 때마다 무릎 꿇게 된다면, 이겨낼 수 있는 압력 앞에서도 움츠러들게 마련이다.

그런 비굴한 자세는 습관이 되고 삶이 된다.

기류는 그런 삶이 싫었다.

그렇게 비굴하게 당장 들이닥친 압력에 굴복하는 삶을 살아서 뭣 하나.

때문에 기류는 상대가 황제라고 해도 무릎과 신념을 굽힐 상황은 구별하고자 애썼다.

황제는 기류의 그런 점을 높게 사면서도 마뜩잖게 보았다.

오늘은 그 정점을 찍었으리라. 결과적으로 기류는 황제의 제안을 매몰차게 뿌리치고 말았으니까.

'머잖아 후폭풍이 있겠구나.'

기류도, 데샹도 말은 하지 않았지만 그걸 직감했다.

이래서 신념이 있는 삶이란 피곤한 것이다. 언제고 그 신념을 굽히게 될 때가 찾아오니까.

하지만 기류는 도저히 얼버무리며 그 자리를 모면하는 방식을 택할 수 없었다. 유디트의 얼굴이 떠오른 이상 더더욱 그랬다.

'……미쳤다, 정말!'

머리를 벌떡 치켜든 기류는 이제 소파 팔걸이에 머리를 쾅쾅 박았다.

기류는 탄식을 터뜨렸다. 눈물 나게 아팠다.

"기, 기류! 머리 박지 마세요!"

"난 미쳤어…….."

"괜, 괜찮을 겁니다. 예?"

"난 미쳤어!!"

"진정하세요! 방법이 있을 거예요!"

데샹이 어찌할 줄 모르며 그를 말리려 들었다. 그사이 기류의 넓은 이마가 빨갛게 부어올랐다.

눈물 나게 이마가 아픈 것과 별개로, 기류는 자신의 감정을 자각했다. 그리고 자각과 동시에 스스로를 이해하게 됐다.

매몰차게 황제의 제안을 뿌리치며, 르왈흐메이 백작으로서 행동하지 못한 이유.

무사하셔서 다행이라며 펑펑 우는 유디트를 보고, 가슴이 뜨겁고 콱 막혔던 이유.

노스카나 공작성으로 돌아온 그녀를 직접 안아서 옮긴 이유.

그녀가 나누어 준 마지막 캐러멜 한 조각을 차마 먹지 못하고 납작하게 눌어붙을 때까지 간직했던 이유.

이유는 끝없이 많았고, 그것은 신호와도 같았다.

신호 끝에 단 한 사람이 서 있었다.

'내가 미치지 않고서야⋯⋯!'

기류는 머리를 쥐어뜯었다.

정말로? 진짜로? 내가?

상대는 저와 다섯 살 차이다. 심지어 같은 기사단에 소속된 기사였다.

정이 가는 부하, 쭉 지켜보고 싶은 상대. 유디트는 딱 그 정도 선을 밟고 있는 사람이어야 했다.

그런데 이성적으로 끌리기 시작했다고?

그게 말이 되는 소리인가?

기류는 이마를 부여잡았다. 그러곤 얼마 못 가 제 손바닥을 가만 내려다보았다.

한때, 중요한 사실을 놓치고 텅 빈 것처럼 느껴지던 손이었다. 그런데 한번 자각하고 나니 이제 뭘 하고 싶은지 정확히 알겠다.

그녀에게 조용히 닿고 싶었다.

손을 잡고 싶었다. 웃는 얼굴을 보고 싶었다. 남이 아닌 존재가 되고 싶었다.

끝내, 기류는 손바닥에 얼굴을 파묻어 버렸다.

돌아버릴 것 같았다.

그는 간신히 정신을 붙잡았다. 어퍼컷을 얻어맞은 사람처럼 머리가 띵했지만, 어쨌든 정신은 차려야 했다.

'착각한 게 아닐까? 그럴 수도 있어……'

물론 유디트에게 눈이 가고, 신경이 쓰이는 건 인정한다. 하지만 그건 어디까지나 챙겨주고 싶은 부하를 향한 자연스러운 행동이었다.

'잠깐 혼란스러웠던 거겠지. 응? 안 그래?'

그렇게 작은 부정이 꼬리에 꼬리를 물었다.

마음은 폭풍을 만난 풍속계처럼 요란하게 흔들렸다.

기류가 마음을 진정하기까지는 또 한참의 시간이 걸렸다.

하지만 안타깝게도 노력은 금방 헛수고가 되었다.

호랑이도 제 말 하면 온다더니, 마음속으로 부른 이름이 들리기라도 한 걸까.

알현이 끝나고 한 시간쯤 지났을 때였다. 불쑥 유디트가 기사단장실로 찾아왔다.

"실례하겠습니다."

"유디트 경?!"

기류는 거의 기절할 만큼 놀랐다.

그가 자리에서 벌떡 일어났다. 동시에 잉크병이 처참하게 엎어졌다.

"……괜찮으십니까?"

"아냐 어, 괜찮아! 들어와, 들어와서 앉고!"

지켜보던 데샹은 탄식했다. 오늘 업무는 공쳤구나. 간신히 책상 앞에 앉혀놨는데.

허우적거리는 기류를 보며 데샹은 눈가를 쓸었다.

유디트는 살짝 당황한 눈치였다.

"바쁘신 와중에 죄송합니다. 드릴 말씀이 있어서요."

"뭔데? 들어와, 들어와!"

기류는 잉크가 튄 서류를 탈탈 털며 손짓했다. 정신이 하나도 없었다.

유디트는 일단 단장실에 들어왔으나, 소파에 앉지는 않았다. 그녀는 데샹을 흘끔 보았다.

"나중에 찾아올까요?"

"나 안 바빠!"

"……라고 말하시긴 하지만?"

기류는 좀 억울해졌다. 왜 내가 안 바쁘다고 했는데 데샹에게 물어보는 걸까?

데샹이 커다랗게 한숨을 쉬었다.

"그런 걸로 하겠습니다. 기류, 뒷정리는 제가 할 테니 나가보세요."

"나가라니? 어딜?"

"어디든 갈 곳이야 있겠지요."

걸레를 들고 다가온 데샹이 책상을 닦으며 유디트에게 눈짓했다.

"데리고 나가주세요. 어차피 제가 들으면 곤란할 이야기를 하려고 오신 것 아닙니까."

유디트는 새삼 그의 눈치에 감탄했다.

데샹은 기류의 손에 검은 잉크가 스며든 걸 보고 더욱 가차 없이 말했다.

"기류. 오늘 그 상태로 일하는 건 도움이 안 됩니다. 차라리 나가요."

"……이젠 단장실 주인도 쫓아내기냐."

"잉크를 엎자마자 종이로 닦으려 한 사람이 할 소립니까."

내가 종잇값으로 잔소리 못 할 거 같음?

데샹의 눈빛에, 기류는 전략적 후퇴를 선택했다.

"……나갔다 올게."

유디트는 평온한 얼굴로 기류를 응시했다.

기류는 정반대였다. 그는 사교계에 처음 나서던 날처럼 얼어붙었다.

그가 쭈뼛거리며 물었다.

"경, 식사는 했어?"

"아뇨. 아직입니다."

"그럼, 어, 같이 저녁이라도 먹으면서 이야기할까?"

"네, 좋습니다."

기류는 저도 모르게 주먹을 꽉 쥐었다. 동시에 입꼬리가 올라갈 뻔해서 열심히 입술을 씹었다.

정신 차려야 한다는 마음과는 반대로 자꾸 웃음이 실실 흘렀다.

'……난 망했다…….'

울어야 하느냐, 웃어야 하느냐. 그것이 문제로다.

그렇게 감정의 폭풍 속에 내던져진 남자의 풍향계가 쉴 새 없이 삐걱거렸다.

짝사랑을 자각한 남자가 다 그렇듯, 아주 훌륭하게 엉망진창이었다.

* ✦ *

손부터 씻어야겠다는 말에, 유디트는 10분 후에 정문에서 만날 것을 제안했다.

기류는 곧장 세면실로 달려갔다.

차가운 물에 잉크를 깨끗하게 씻어내길 몇 분. 비누로 손을 세 번 씻으니, 다음엔 얼굴이 신경 쓰였다.

기류는 곧장 얼굴도 박박 씻었다.

세수를 두 번 하고 나니 머리카락이 신경 쓰였다. 자연스레 옷도, 신발도 신경 쓰였다. 갈수록 점입가경이었다.

결국, 기류는 신음을 흘리며 벽에 머리를 박았다.

'나 지금 뭐 하는 거냐.'

대체 뭐 하는 거냐고, 기류 르왈흐메이.

그가 흐느끼듯 중얼거렸다.

"아냐, 청결…… 좋은 거지…… 청결하면…… 좋지…….'

참으로 의미 없는 변명이라 하겠다.

기류는 마음속으로 폭포 같은 눈물을 흘렸지만, 이 와중에도 물기를 훑어내는 건 잊지 않았다.

감정을 어찌 부정할 수 있겠느냐마는, 마냥 편하게 받아들이기는 힘들었다.

기류는 몇 번이고 스스로를 타일렀다.

'사적인 감정을 드러내서 유디트 경을 곤란하게 만들 셈이야? 정신 차려.'

드러냈다가는 그녀가 자신을 피할 수도 있다.

기류는 입술을 앙다물었다.

정신 차려! 할 수 있어! 해야 한다고!

기류는 눈치 없는 심장을 때리며 정문으로 향했다.

기사단 앞은 한산하다 못해 사람 한 명 없었다. 덕분에 기류가 잰걸음으로 달려오는 게 유디트의 눈에 아주 잘 보였다.

"오셨습니까."

"일단 배부터 채울까?"

"네."

그녀가 고개를 끄덕였다.

"멀리 나가긴 그렇고…… 어떻게 할까요?"

"내가 자주 가는 곳이 있으니 거기로 하지."

"알겠습니다."

기류의 머릿속에 자주 가던 식당 목록이 지도처럼 펼쳐졌다. 기류는 가장 비싼 곳과 가장 저렴한 곳을 제외했다. 그러곤 유디트를 보며 물었다.

"못 먹는 거 있어?"

"가리는 건 없습니다."

"그럼 좋아하는 건?"

"고기 좋아합니다."

유디트는 캐러멜과 고기를 좋아한다. 기류는 깨알 같은

정보를 곱씹으며 앞장섰다.

식당은 종종 다른 기사들과 온 적이 있는 곳이었다.

너무 심하게 격식을 차린 곳도 아니었으며, 테이블이 널찍한 게 특징이었다.

이야기를 나누기에 딱 좋은 백색소음이 두 사람을 반겼다.

두 사람이 먹기엔 좀 많은 양을 시켰으나, 상을 채우기에는 좋았다.

기류는 너무 들뜨지 않으려 노력했다. 그러나 음식이 기대된다며 웃는 유디트가 오늘따라 예뻐 보였다.

기류도 따라서 웃으려다가, 허벅지를 야무지게 꼬집었다.

'착각하지 말자.'

유디트는 쉽게 남에게 기대지 않는다. 그런 그녀가 직접 찾아올 만한 이야기라면 임무에 관한 일일 터.

마냥 얼굴을 봐서 좋긴 했으나 그 정도 판단력은 남아 있었다.

기류는 애써 평소처럼 물었다.

"오늘은 무슨 일로 온 거야?"

"큰일이 생겼거든요. 단장님이 절실하게 보고 싶어지던데요?"

"……"

기류의 심장이 쿵, 떨어졌다.

놀란 얼굴이 재밌었던 걸까. 유디트는 장난스럽게 웃으며 그의 심장을 자근자근 밟았다.

"걱정하지 마세요. 안 좋은 소식 아닙니다. 상담드리고 싶은 게 있어서 온 거예요."

"어…… 안 좋은 소식이 아니라면 다행이네. 어……."

기류는 떨리는 손으로 물컵을 쥐었다.

"이든 황자님께서 무슨 일이 있으면 단장님께 상담하라고 하셔서요. 매번 황자 궁에 드나들 순 없으니."

"응. 잘 왔어."

기류는 표정을 감추며 찬물을 들이켰다.

다행히 식사는 금방 나왔다.

두 사람은 일단 먹는 데 집중하기로 했으나, 실제로 야무지게 잘 먹는 건 유디트뿐이었다.

기류는 고기가 목으로 넘어가는지 코로 넘어가는지도 모르겠다고 생각했다.

"……임무는 어떻게 되어가?"

"순조롭다고는 말씀드리기 어렵습니다. 하지만 조사하는 보람은 있더군요."

유디트는 일에 보람을 느끼는 경우가 적었다.

하지만 용의 피에 대해서는 조사를 거듭할수록 확신과 보람이 생겼다.

미래를 바꿀 수 있다.

예전과는 다르게 분명 제힘으로 해낼 수 있는 게 하나라도 있을 것이다.

그런 생각이 유디트의 걸음을 움직이게 했다. 단장실 앞까지, 기류의 코앞까지.

느리지만 분명한 변화였다.

접시를 깨끗하게 비우자, 유디트는 드디어 본론을 꺼냈다.

"조사 도중입니다만, 황궁 쪽 사람이 약물을 흘린 건 확실한 것 같습니다. 드래곤 문양이 찍힌 그리브를 찬 사람을 봤다고 하더군요."

"드래곤 문양 그리브?"

"예."

기류가 눈썹을 모았다.

그의 턱이 순식간에 자갈 턱이 되었다.

"제가 아는 한 흑, 적, 백기사단, 그리고 친위대. 그 외에 드래곤 문양의 그리브를 차는 곳은 없습니다. ……조사 대상을 거기에 한정하는 게 맞을지."

"글쎄."

기류가 냅킨으로 입을 닦았다.

"무릇 그리브 자체는 생각보다 많은 곳에서 쓰일 거야. 황족이 드나드는 장소를 지킨다면 경비병도 사용할 수 있어. 베르디의 중앙 신전이라든가, 헤링시아 숲 별장의 경비병이라든가……"

"헤링시아 숲이요?"

유디트는 저도 모르게 목소리를 높였다.

헤링시아 숲. 황궁 외곽부터 북쪽 산과 이어지는 장소.

"거긴 근위대와 경비대가 출입을 통제하고 있지 않습니까?"

"이세에피나 황녀님께서 자주 들르고 계시니 완벽하게 통제가 되는 건 아니지. 출입 통제구역이라고 해도 별장까지는 길이 트여 있다. 그만큼 자주 드나드신 곳이야."

유디트는 입을 다물고 애써 침착하게 머리를 굴렸다.

이세에피나가 자주 드나드는 헤링시아 숲. 지하 경기장에 나타난 황궁 사람. 숨겨서 키우고 있을 드래곤까지.

'전부 깔끔하게 연결된다.'

성룡으로 자랄 용을 숨겨서 키울 만한 장소라곤 수도에서 헤링시아 숲뿐이다.

출입까지 통제하고 있다면?

마음 놓고 키우기에는 최적의 장소다.

'식료품을 옮기는 것도, 의사와 마법사를 부르기도 쉬워.'

황녀가 필요로 한다면 무엇이든 별장으로 가져올 수 있다.

이쯤 되니 의심하지 않는 게 더 이상할 정도였다.

황녀는 헤링시아 숲에서 용을 키우고 있을 것이다.

그리고 그녀가, 혹은 그녀가 용을 키우고 있다는 걸 아는 상대가 용의 피를 뿌렸겠지.

기류는 그녀를 지켜보다가 말했다.

"헤링시아 숲을 조사하고 싶어?"

"예, 하지만 쉽지 않을 것 같군요. 출입 허가는 받을 수 있을까요?"

"내주는 건 어렵지 않지."

하지만 그 뒤는 뻔했다.

기류도 유디트도 똑같은 생각을 했다.

출입 통제구역에 갑자기 조사랍시고 들이닥치면 누가 곱게 볼까. 호의적인 응대나 협력적인 증언은 더더욱 기대할 수 없다.

'차라리 이든 전하를 앞세워서 며칠 별장에 다녀오는 게 나을지도.'

하지만 그렇게 되면 이든의 경호로서 동행하게 될 유디트다.

3황자의 친위대 제안도 거절하고, 4황자와 급속도로 가까워지는 에테르 마스터라니.

곤란한 입장이 될 건 불 보듯 뻔했다.

따라간 후에도 골치 아픈 건 마찬가지다.

호위로 따라간 이상 호위에 충실해야 한다. 괜히 별장의 이곳저곳을 들쑤시고 조사한다면 수상하게 보일 테다.

'비스타 경과 이야기를 해봐야겠어.'

유디트는 침착하게 생각을 정리했다.

아직 시간이 있다.

이세에피나 황녀가 키운 용이 폭주하는 건 몇 년 후다.

용의 피도 확보했으니, 마법사에게 추적을 부탁하는 게 가능할지도 모른다.

그녀가 목숨을 구해주었던 로하스를 찾아가 볼 수도 있을 테고. 그렇게 용의 피를 뿌린 배후를 추적한 다음에는⋯⋯.

"⋯⋯."

그다음에는 어떻게 해야 할까?

후식용 와인이 든 잔이 허공에서 멈췄다.

유디트는 한 번도 생각해 본 적 없는 사실 앞에서 손을 멈췄다.

용의 피를 뿌린 배후를 찾아내고, 이세에피나 황녀가 키우고 있을 용을 밝혀내는 게 무슨 의미가 있을까.

미래를 바꿔서 뭐 하려고? 어차피 나랑 상관없는 일 아닌가?

습관적으로 튀어나오는 생각은 예전과 똑같았다.

그러나 달라진 것이 있다면 그녀의 판단력이었다.

'⋯⋯상관없는 일이 아니지.'

유디트는 단숨에 와인을 들이켰다.

레이먼이 용의 폭주에 휘말려 죽는 것도, 이세에피나가 유폐되는 것도 보고 싶지 않다.

그런 미래를 원하지 않는다. 그러니 의미는 있다.

유디트는 호불호가 명확한 자신의 성격에 처음으로 감사했다.

어차피 대단하고 거창한 의미를 두고 미래를 바꾸려고 한 게 아니지 않았나.

그저 싫으니까. 침묵과 방조는 암묵적인 묵인과 똑같으니까.

그 때문에 움직이는 걸 선택했다.

그리고…….

'적기사단장은 용을 잡으며 부관을 잃었다고 했어.'

어차피 남의 일이라고 생각했던 것들이, 그렇게 하나둘 떠올랐다.

이세에피나 황녀가 몰래 키운 용은 수도의 한쪽을 완전히 박살 냈다. 희생자는 신분을 가리지 않고 나왔고, 슬픔을 풀기 위한 화살이 황실로 향했다. 황제는 막내 황녀를 방패이자 과녁으로 내세웠다.

하지만 언제까지나 방패만 들고 있을 수는 없는 법이다. 화려한 깃발을 펄럭이며 상황을 반전시킬 영웅이 필요했고, 기류는 그렇게 선전용 깃발이 되었다.

황금상. 거대한 돌을 깎아서 만든 실물 크기의 용 모형. 미쳐 버린 용과의 혈투를 묘사한 조각.

제국의 슬픔을 몰아낼 영웅. 그 조건에 들어맞는 건 기류뿐이었다.

황제의 상찬이 적기사단의 단장에게 쏟아졌다.

하지만 그뿐이었다. 거기엔 기류 개인이 겪었을 아픔과 상실, 고통에 대한 공감은 없다시피 했다. 오직 추켜세우기만이 존재했을 뿐.

유디트도 마찬가지였다.

레이먼의 이름이 적힌 추모비 앞에서 유디트는 기류의 활약을 불편한 눈으로 봤으면 봤지, 아픔을 헤아릴 사람은 아니었다.

삶은 이토록 아이러니하구나.

기류가 마냥 남이었을 때는 당연하게 무시했던 아픔이, 이제는 상관없는 일이 아니게 됐다.

꼬장꼬장하게 잔소리하던 데샹은 어떤가. 청문회 때 나올 예상 질문과 답변을 함께 연습해 주던 부관 또한, 신경질적일지언정 나쁜 사람은 아니었다. 유디트는 자신이 완벽하게 대답하면 데샹의 녹색 눈이 제법 부드럽게 웃는 걸 여러 번 봤다.

남의 일과 내 일을 가르는 경계가 이토록 얄팍했다.

"유디트 경?"

"아."

유디트는 황급히 정신 차렸다.

"왜 멍하니 있어?"

"……배가 부르니 졸려서요."

"음식은 입에 좀 맞았어?"

"네, 아주 맛있었습니다. 네."

"다행이네."

기류의 얼굴이 환해졌다.

거의 동시에 식사를 끝낸 두 사람은 식당을 나섰다.

유디트는 뒤늦게 계산을 떠올렸으나 기류는 상황을 깔끔하게 정리했다.

"보통은 밥 먹자고 데리고 온 사람이 내는 게 맞아. 안 그래?"

"……한 끼 잘 얻어먹었습니다."

기류가 소리 높여 웃었다.

보통이라면 서로 계산하겠다는 실랑이가 벌어질 법도 했으나, 유디트는 예의상 하는 거절은 한 번만 하자는 주의였다.

애초에 저보다 잘사는 사람이 사주는 공짜 밥이다. 목숨 걸고 계산하겠다며 자존심을 세울 필요가 있나.

그녀에게 기류는 밥 한 끼 편하게 얻어먹을 수 있는 사람이었다.

식당 밖은 한창 해가 지고 있는 저녁이었다.

길거리는 북적거렸다. 집으로 돌아가는 사람들과 저녁 배달을 끝내려는 사람들이 사방에서 쏟아졌다.

기류는 이제 그녀보다 한 발 뒤에서 걷지 않았다.

지나치는 행인을 배려해서 잠시 멀어질 때는 있었지만, 가능한 유디트의 옆에 딱 붙어서 걸었다.

'단장과 함께 있는 것도 꽤 익숙해졌네.'

친구도 가족도 스승도 아닌 사람과 이만큼 거리를 좁혀 본 게 얼마 만일까?

그녀는 기류의 옆얼굴을 물끄러미 응시했다. 번듯한 이목구비와 유려한 외모가 석양에 비치니 더욱 잘 드러났다.

착각일까. 기류의 얼굴이 조금 붉었다. 그리고…….

'기분 좋다.'

그럴 상황이 아닌데도 유디트는 마음이 편안해지는 걸 느꼈다.

그와 걷는 시간은 그렇게 지루하지도 않았고, 불편하지도 않았다.

기류는 묵묵히 앞만 보고 걸었다. 하지만 얼마 안 가, 눈을 바닥으로 깔며 기어가는 목소리로 물었다.

"그…… 왜 그렇게 빤히 봐?"

"단장님 눈, 코, 입 배치가 참 잘되어 있다 싶어서?"

"……."

"너무 대놓고 구경해서 죄송합니다?"

"괜찮아. 신경 안 써."

그런 것치고는 기류의 귀 끝이 새빨갛게 달아올라 있었다.

귀엽기는. 유디트는 픽 웃고 말았다.

'귀엽다라……'

기사단에서 만난 사람에게 이렇게 감상을 품게 된 건 오랜만이다.

흑기사 시절의 유디트는 하루라도 빨리 상급 기사가 되기 위해 남을 발로 차서 떨어뜨리던 사람이었다.

에테르 마스터라는 수식마저 '괴물같이' 강하다며 존경보다는 경계를 불렀다.

때문에 그녀는 다른 사람의 질시나 경계에 민감했다.

하지만 기류는 그녀를 경계하지 않았다.

애초에 그녀가 치고 올라간다 해도 기류는 위협으로 받아들일 사람이 아니었다. 그도 놀라울 만큼 강했기 때문이다.

적기사단에 들어온 이후 줄곧 기류는 그녀를 편하게 대했다.

덕분에 그녀도 기류에게 이 정도로 거리를 좁힐 수 있었다. 유디트는 이제 그의 말을 믿고 먼저 다가가서 귀를 열 수 있었다.

마음은 소리 없이, 조심스럽게 움직이기 시작했다.

'내가 어떻게 해야 할까.'

어떻게 해야 아무것도 잃지 않을 수 있을까?

용을 잡은 이후, 기류는 황제의 허락을 받아 일 년간 영지로 돌아갔던 걸로 기억한다. 아마 데샹을 잃은 여파였으리라.

"……."

유디트는 기류가 사라진 적기사단을 상상하고 싶지 않았다. 고작 1년이라고 할 수도 있겠지만, 유디트는 그 1년이 아쉬웠다.

이건 과욕인 걸까?

아직은 조금 더 그가 남아 있길 원했다. 기사단에, 이 옆자리에.

"……너무 빤히 보는 거 아닌가."

"신경 안 쓰신다고 하셨으면서."

"어떻게 안 써…… 거짓말이지."

유디트의 시선이 어찌나 끈질겼는지, 기류는 자신의 피부가 종이로 되어 있었다면 진작 뚫렸겠다고 생각했다.

기류는 이제 목덜미까지 벌겋게 달아올라 있었다. 한쪽 뺨을 힘껏 쓸며 고개를 돌리는 모습이 덩치에 어울리지 않게 귀엽다는 감상을 다시금 불러일으켰다.

새삼스레 느낀다. 기류는 좋은 사람이고, 좋은 남자기도 했다.

'언젠가는 내게도 이런 사람이 나타날까.'

슬그머니 떠오른 생각은 낯설었다.

하지만 유디트는 곧 웃으며 고개를 저었다.

사랑이니 연애니 하는 것들은 지금의 저에겐 모두 사치

와 똑같다.

'허튼 생각 하지 말자.'

유디트는 상념을 꾹꾹 밟은 다음 걸음을 늦췄다.

함께 돌아가는 길이 조금이라도 길어지기를 바라면서.

※　＊　※

이세에피나 황녀가 기거하는 히아신스궁.

하얗고 환한 꽃의 이름과는 달리, 황녀 궁에는 특유의 음울함이 서려 있었다.

창문이란 창문은 전부 가리는 커튼. 어두운 실내.

황족이 기거한다기엔 믿을 수 없을 만큼 음산한 분위기를 풍겼다.

어쩔 수 없었다. 이세에피나는 올해 들어 세 번이나 창문 밖으로 뛰어내리려 했다. 가림판을 덧대어두면 도자기를 집어 던져 창문을 깨버렸고, 울부짖으며 이곳에서 나갈 거라고 소리쳤다.

"갑갑해, 갑갑하다고……!"

누구도 황녀의 외출을 막지 않건만, 그녀는 궁에 머무르는 걸 답답해했다.

"나는, 난, 갇혀 있는 게 너무 싫어……."

그녀는 궁전을 동굴처럼 어둡게 꾸미는 데 집착하는 건

물론, 갇혀 있다는 말을 몇 번이고 꺼냈다.

황궁 시종이 아무리 말리고 달래도 소용없었다. 그녀는 마음이 병든 사람이었다.

시종을 할퀴고 무작정 머리채를 잡으며 화를 낼 때도 있었다.

그러다가도 돌연 정신이 들면, 시종을 끌어안은 채 미안하다고 울었다.

차라리 창문이 내 눈에 들어오지 않도록 커튼을 치고 모두 막아버리라고 명령하기도 했다.

황녀는 감정을 제대로 통제하지 못했다. 하염없이 웃다가도 어느 순간 폭포 같은 눈물을 쏟아냈다.

그녀는 궁에서 두문불출했고, 그 때문에 칩거를 선언한 올가와 함께 조롱의 대상이 될 때도 있었다. 황녀라는 자들은 고귀한 핏줄이 지닌 책임을 모른다며.

"아쉽게 되었구나."

"오라버니……."

"르왈흐메이 백작이 너와의 결혼을 받아들였다면, 너도 황족으로서 책임을 다할 수 있었을 텐데."

황족의 책임.

고귀한 핏줄을 이어받은 만큼, 제국을 위해 헌신할 것.

황족의 혼사가 국가의 대소사가 되는 이유다.

퍽 오랜만에 히아신스궁을 방문한 2황자는 느긋하게 이

세에피나를 흘겨보다 말했다.

"유감이다."

"……."

기류 르왈흐메이는 에테르 마스터면서 확고한 신념을 가지고 제국에 충성하는 자였다.

그에게 목줄을 제대로 채울 수 있다면, 로제타와 살사노에서 반품당한 황녀 정도는 싸게 먹힌다. 황제도 에드워드의 생각에 동의했다.

"폐하께서도 네가 활약할 마지막 기회라고 생각하셨겠지."

"……."

이세에피나의 얼굴이 하얗게 질렸다. 푸른 눈에 공포가 서렸다.

"어떻게 해도 안 되는 건가요?"

"……."

"백작 같은 사람이라면, 저도 잘 지낼 수 있어요……. 그러니까……."

그녀는 초췌한 얼굴로 손을 떨었다.

"죽은 듯이 지낼 수 있어요. 정말이에요. 절대, 누구, 누구에게도, 피해 주지 않을게요, 백작과 조용히 살게요……. 그러니까, 그분과 결혼할 수 있게 한 번만 도와주시면……."

"나는 이미 너를 도와줬다만."

에드워드가 그녀의 말을 끊었다. 모락모락 올라오는 찻

잔의 김을 불며, 그가 여동생을 재차 흘겨보았다.

"황녀인 너를 일개 백작에게 보내는 건 어떠냐며 폐하께 직접 진언드리기까지 했다. 뭘 어디까지 도와주길 바라지? 널 위해 백작에게 사랑의 묘약이라도 먹여달란 소리냐?"

"그런 게 아니에요!"

황녀의 입술과 턱이 파르르 떨렸다.

"아니에요, 그냥, 저는……."

이세에피나는 주먹을 꽉 쥔 채 자신의 가슴을 퍽퍽 두들겼다.

주먹질에 그녀의 가슴팍이 벌겋게 달아올랐다. 숨이 막혔다.

"내가, 제가 백작에게 잘 말해볼게요……. 한 번만, 만날 기회를 주선해 주세요…… 제발……."

이세에피나의 푸른 눈동자에 눈물이 가득 차올랐다.

마침내 가득 고인 눈물이 툭툭 떨어지자, 에드워드는 눈살을 찌푸렸다.

"도와줘요, 에디. 제발……."

어둡고 축축한 기억이 그를 엄습했다.

반짝이던 백금발을 축 늘어뜨린 채 울던 여자의 모습

이, 잔혹하게 그를 덮쳤다.

에드워드는 그 기억을 털어내려는 듯 고개를 흔들었다.

"그만. 울지 마라."

그의 목소리가 성대를 긁은 것처럼 거칠었다.

"흐흑…… 으…….."

"울지 말라고 했잖아."

그가 세게 찻잔을 내려놓았다. 몸을 잘게 떨던 이세에피나는 공포에 질린 채 그를 바라보았다.

"눈물을 그치지 않는다면 당장 돌아가겠다."

"……죄송, 합니다."

"그래. 그렇게 그쳐야지."

이세에피나가 손등으로 정신없이 눈가를 문질렀다.

그녀가 눈물을 그치고 나서야, 에드워드는 등받이에 도로 등을 기대고 앉았다.

몇 년 전만 해도 스물이면 결혼하던 제국의 풍습은 빠르게 변했다. 열여덟부터 결혼 준비를 했으며, 열아홉에 한방을 썼다.

스물두 살인 이세에피나는 제국에서 신부로 맞이하기에는 나이가 많았다.

제국 밖도 사정은 마찬가지였다. 로제타와 살사노, 어느 쪽도 하자 있는 그녀를 받아들이지 않았다.

황가의 애물단지. 가엾고 한심한 막내 황녀.

이세에피나는 사람들이 자신을 뭐라 부르는지 알고 있었다.

자신이 그다지 존귀하지 않다는 것도. 선망받는 아름다운 황녀가 아니라는 것도. 적선하듯 내밀어지는 동정에 몸을 기댈 수밖에 없다는 것도.

"제발…… 저를, 가엽게 여기셨다면……."

"……."

"한 번만, 도와주세요……."

이세에피나는 소파에 앉은 채로 바들바들 떨며 고개를 숙였다.

에드워드는 그녀를 불쾌하다는 듯 내려다보다가, 눈을 돌려 버렸다.

"황녀가 그리 쉽게 고개를 숙이는 사람인 것 같으냐."

"……."

"하긴, 모자란 네게 말해 무엇하겠냐만."

빈정거림 하나 없는 담백한 말은 더욱 큰 상처로 다가왔다. 이세에피나는 손톱이 살을 파고들 때까지 주먹을 쥐었다. 매일 밤 물어뜯은 손톱은 더욱 아프게 그녀를 찔러왔다.

에드워드는 내키지 않는다는 듯 입을 열었다.

"도와주마. 하지만 이번에도 그냥 도와줄 수는 없구나."

"그럼……."

이세에피나의 불안한 눈동자가 에드워드를 훑었다.

에드워드는 마치 깜빡 잊고 있었던 사실을 기억해 낸 것처럼 태연하게 물었다.

"아딧사는 잘 지내고 있느냐?"

"……네."

"자주, 잘 챙기도록 해라. 어렵게 거처도 옮겼으니."

이세에피나는 오라버니인 그를 한 번도 마음 편하게 대한 적이 없었다. 그는 언제나 원하는 게 확실했고, 마지막의 마지막에야 제 속내를 드러냈다.

오늘도 분명 그럴 것이라 예상했고, 그 예상은 빗나가지 않았다.

"에피나."

"……."

"아딧사의 피를 언제까지 가져올 수 있지?"

황녀는 거미줄에 붙잡힌 나비처럼 무력하게 에드워드를 바라보았다.

Chapter 7
광룡 폭주

조사 보고 당일.

이든은 적기사단의 기사단장실로 찾아가겠다며 먼저 알려왔다. 기류는 황당했다. 졸지에 단장실이 만남의 광장이 되고 난리였다.

하지만 불만도 잠시뿐.

유디트가 온다!

기류는 곧바로 캐러멜을 세 봉지 사 왔다.

실제로는 그가 사 온 게 아니라 데샹이 사 온 것이지만 아무렴 어떤가.

기류는 손님용 테이블에 캐러멜이 한가득 담긴 바구니를 떡하니 올려놓았다.

기사단장실과 캐러멜이라는 퍽 생뚱맞은 조합에 데샹의

눈썹이 기괴하게 일그러졌다.

"갑자기 웬 손님용 간식이에요?"

"어느 날 갑자기 캐러멜을 한 움큼 쥐어 갈 손님이 올지도 모르잖아."

"뭐라는 거야."

기류는 타박을 들어도 아랑곳하지 않았다.

그는 캐러멜 바구니의 위치 선정에 열중했다.

그렇게 시간이 다 됐다. 유디트는 레이먼과 함께, 비스타는 여동생인 헤일리와 함께 단장실에 들어왔다.

이든은 가장 마지막에 도착했다.

보고는 차근차근 이루어졌다. 암시장에서 용의 피가 유포될 뻔했고, 유포자들이 까만 에테르를 다뤘다는 점까지.

습격자와의 충돌은 비교적 가볍게 설명했다. 이든의 얼굴이 생각보다 심각해졌기 때문이다.

습격자가 드래곤 문양이 새겨진 무릎 그리브를 차고 있었다는 말을 듣자 이든의 얼굴은 더욱 흙빛이 되었다.

유디트는 호주머니에서 용의 피가 담긴 병을 꺼내 내려놓곤 레이먼에게 눈짓했다.

"협력자인 레이먼 경과 함께 확보한 물건입니다. 자세한 정황이 궁금하시다면 그에게 물어보시면 됩니다."

"알겠네. 비스타 경은?"

"저 또한 헤일리 경의 도움을 받아서 진행했습니다."

비스타가 한 발자국 앞서 나왔다.

"용의 피를 마셨던 습격자는 대부분 헤링시아 숲의 별장에서 근무했던 전적이 있습니다. 별장에서 이목을 피해 용의 피를 나눠 받았으리라 예상합니다."

그의 조사 결과는 그리 놀랍진 않았다. 적어도 유디트에게는.

"헤링시아 숲 근처에서 텔레포트용 마석 조각도 여러 개 발견되었습니다. 마석과 용의 피는 현재 궁정 마법사인 로하스 님께 감정을 부탁드린 상황입니다."

"헤링시아 별장이라니……."

이든은 생각지도 못한 장소가 튀어나온 탓에 당황한 눈치였다.

그도 그럴 게, 헤링시아 숲 별장은 워낙 안쪽에 있어서 위치를 정확하게 아는 자가 드물었다.

종종 방문하는 이세에피나가 조용하고 적막한 장소를 좋아하기 때문에 출입을 엄하게 통제해 왔다.

이든은 말없이 턱 끝을 매만지다가 기류에게 물었다.

"페온 그랑 경도 헤링시아 숲에서 근무한 적이 있나?"

"경비대 인력이 부족했을 때 몇 번 지원으로 나간 적 있을 겁니다."

"위치를 안다는 소리군."

"그렇습니다."

이든은 그대로 입을 다물어 버렸다.

헤링시아 숲의 별장을 가장 자주 이용하는 건 이세에피나다. 그녀는 궁에 틀어박혀 있을 때보다 별장에서 안정을 찾을 때가 더 많았다.

정서적으로 불안정한 여동생이 유독 밝아지고 마음 편하게 지내는 장소. 그렇기에, 이세에피나가 자신의 궁을 비우고 그곳에 머물러도 누구도 수상하게 여기지 않는다.

'정확히는 누구도 신경을 안 쓴다, 지만……'

이든은 이세에피나를 가엽게 생각했다. 하지만 아이처럼 아무것도 모르는 순진무구한 사람이라고는 생각하지 않았다.

일 년 전, 그녀는 이든에게 황궁을 나가고 싶으니 기류경을 소개해 달라는 부탁을 했다. 더불어 누구와 결혼해도 좋으니 여길 벗어나고 싶단 말도 덧붙였다.

이세에피나의 이상형은 강한 사람이었다. 정신적으로 불안한 그녀는 자신을 내맡겨도 받아줄 수 있는 사람을 남편으로 들이고 싶어 했다.

생각이 거기까지 미치자, 이든은 스멀스멀 가슴속에서 피어오르는 나쁜 상상의 정체를 파악했다.

황실 기사가 쓰는 무릎 그리브. 인적 드문 헤링시아 숲과 피습 사건에 얽힌 별장.

'에피나가 이 사건에 얽혀 있을지도 모른다.'

마냥 막내 황녀인 동생은 아무것도 모른다며 감쌀 때가 아니다.

만약 이세에피나가 어떤 식으로든 이 일에 얽혀 있다면, 그는 오빠로서 얽힌 매듭을 푸는 데 최선을 다해야 했다.

이든은 처참한 기분이 들었으나 티 내지는 않았다. 대신 고개를 들어 꼿꼿하게 대기 중인 레이먼을 바라보았다.

"용의 피를 뿌린 자를 봤다고 했나?"

"그렇습니다."

"나중에 황자 궁으로 오게. 자세한 이야기를 들어보고 싶군."

"알겠습니다."

유디트는 레이먼이 그답지 않게 바짝 얼어 있다는 걸 알았다.

이든은 애써 표정을 풀고 단장실을 훑어보았다.

"고생이 많았네. 이번 조사로 배후를 추적해 낸다면 두 사람의 노고는 절대로 잊지 않을 테니 조금만 더 힘써주게."

한마디로 좀 더 일하란 소리였다.

받아먹은 게 크다 보니 잠자코 일해야 할 처지였다. 유디트는 일단 끄덕이고 봤다.

"이 일은 절대 바깥으로 새어 나가선 안 되네. 여기 있는 사람들 외엔 모르는 일이야. 꼭 함구해 주게."

"알겠습니다."

첫 번째 보고는 그렇게 끝났다.

그리고 누구도 이것이 마지막 보고가 되리라고는 생각지 못했다.

❈　✴　❈

신입 기사의 일과는 단조로운 편이다.

신입 딱지를 떼기 전까지는 따로 개인 임무가 없으며, 토벌 임무를 자원할 자격도 없다.

한마디로 할 일이 적단 소리다.

유디트가 이 시기에 비올레를 죽어라 훈련시키는 이유였다.

계절이 바뀌고, 다음 분기가 오면 비올레는 무조건 토벌을 자원할 것이다. 그녀는 곧 죽어도 실전만을 고집하는 타입이니까.

그러니 지금 훈련해야 했다.

"더 깊이 찔러!"

유디트가 일갈했다.

검만 들면 최연소 에테르 마스터로 각성하는 친구를 앞에 두고, 비올레가 새된 비명을 질렀다.

"더 들어갔으면 네가 찔렸단 말이야!"

"찌르라고! 실전처럼 해!"

"못 해! 안 해!"

두 사람의 훈련은 대개 이런 식이었다.

유디트는 인정사정없었고, 비올레는 인정사정 **빼면** 시체였다.

비올레는 도무지 이해가 안 됐다. 어떻게 친구를 앞에 두고 사람 죽이는 실전처럼 연습하라는 건가.

강해지고 싶다고 한 건 저였다지만, 유디트는 정말 피도 눈물도 없는 훈련을 시켰다.

특히 왼쪽 상단 베기를 가르칠 때면 지옥에서 올라온 훈련 교관이 따로 없었다. 케르베로스쯤은 발끝으로 부릴 것 같았다.

유디트의 검이 바람을 가르며 날아왔다. 소름 끼치는 소리에 비올레는 검을 곧장 치켜들었다.

요 몇 주간 거의 반사적으로 몸에 익힌 동작이었다.

"이거 못 막으면 넌 죽었어!"

"안 죽어!"

"죽어!"

"야 이 나쁜 놈아!"

그렇게 단호하게 죽는다고 말할 필요는 없잖아!

비올레는 빼액 소리치고 말았다.

사실 동기에게 훈련을 받는다는 것은 퍽 자존심이 상하는 일이다.

그마저도 상대가 유디트기 때문에 받아들인 거지, 다른 사람이면 어림도 없다.

그 와중에 죽는다니?

저주가 따로 없었다.

비올레는 원망 섞인 외침을 마음껏 내질렀다.

"좀만 더 다정하게 가르쳐 주면 덧나냐!"

"덧나!"

"진짜 나빠악!"

비올레는 눈물 섞인 비명을 지르며 검을 피했다.

유디트의 검이 파도처럼 쉴 새 없이 들이닥쳤다. 그런 주제에 일격, 일격이 창끝처럼 매섭고 아찔했다.

몸통으로 날아온 검이 잔상처럼 흩어지더니 마수의 발톱처럼 세 갈래로 나뉘며 번뜩였다.

비올레는 어느 것이 허상인지 구별할 수 없었다. 그래서 무작정 몸을 날려 피했다.

하지만 계속 피할 수만은 없었다. 비올레도 반격을 위해 검을 쥐었다. 그러고는 특기였던 올려치기로 유디트의 하반신을 노렸다.

그러나 유디트가 더욱 빨랐다.

사선으로 휘두른 유디트의 검이 비올레의 코끝 앞을 지나갔다.

혼비백산한 비올레는 저도 모르게 손에서 힘을 뺐다. 손목 힘으로 올려치던 검이 도로 힘없이 내려왔다.

자세가 무너진 걸 확인하기 무섭게 유디트가 호통쳤다.

"집중해!"

당근과 채찍이 가르침의 기본이라는데, 유디트는 채찍밖에 몰랐다. 그런 점에서 유디트는 가르치는 데 재능이 없었다.

'있어도 없다! 오늘부터 내가 그렇게 정했다!'

비올레는 그렇게 삼십 분을 더 굴렀다.

유디트의 지독한 점은 정말 죽을 만큼 노력하면 할 수 있는 목표치를 정해서 굴린다는 거였다.

손끝이 저리다 못해 감각이 없어질 때쯤에는 놔주었고, 좀 살 만해지면 휴식 종료를 선언했다.

오늘도 마찬가지였다.

비올레는 파김치가 됐다. 땀이 비 오듯 흘렀다. 온몸의 수분이 쪽 빠져나간 것 같다고 생각했을 때, 유디트는 물통을 던져주며 훈련을 종료했다.

"천천히 마셔. 물 마시다가 체해."

병 주고 약 주는 소리가 따로 없었다.

비올레는 물통을 모조리 비운 후 연무장에 드러누웠다.

"너무 힘들어. 진짜 힘들어. 힘들어서 꼴까닥 죽을 것 같아⋯⋯."

유디트는 사람은 그렇게 쉽게 안 죽는다고 말해주려다

가 관뒀다.

"그냥 칼리파한테 배울걸⋯⋯."

"칼리파랑 만날 틈이 있어야 배우지."

둔탁한 팩트 폭행이었다.

흑기사단에 들어간 칼리파는 부쩍 사적인 시간이 줄었다. 숙소를 찾아갈 수도 없다 보니 마냥 놀러 오는 걸 기다려야 하는 상황이었다.

비올레가 한숨을 푹 쉬더니 몸을 일으켰다.

피곤은 잠깐이었다. 실컷 징징거리고 나니 한심한 자괴감이 밀려왔다.

그녀가 씁쓸하게 웃었다.

"나 기사 말고 다른 거나 할 걸 그랬나 봐."

"⋯⋯."

"훈련 힘들다고 징징대는 거, 보기 안 좋지?"

"훈련도 안 하고 징징대는 애들보단 네가 백배 낫지."

유디트는 재빨리 그녀를 격려했다.

비올레는 그 말에 조금의 위안을 얻었으나, 자괴감이 전부 가시는 건 아니었다.

비올레는 애써 삐진 척을 했다.

"남들은 어떻게 버티는지 모르겠다. 황실 기사만 되면 다 잘될 줄 알았는데⋯⋯. 나만 힘든가?"

힘든 건 나쁜일까? 나만 유난 떠는 걸까?

그런 생각이 들자, 비올레는 고개를 돌려 물었다.

"유디트. 너는 힘들지 않아?"

"뭐가?"

"기사로 사는 거 말이야. 솔직히 편하고 만만한 일은 아니잖아."

생각도 못 해본 질문에 유디트가 눈만 깜빡였다.

힘들지 않냐고?

"……밥벌이에 이유가 어딨어. 그냥 하는 거지……."

대답은 금방 나왔다. 애초에 쉬운 일이 뭐가 있겠나.

유디트가 태어난 시대는 기사의 덕목조차 변한 시대다.

옛 기사가 익혔던 궁정 예절이나 인성 수련, 기도문, 악기 연주 같은 교양은 점차 쓸모없어졌다.

귀부인을 섬기는 기사는 낡아빠진 자로 치부됐다. 기사도는 로망이 되었다. 현실에선 기대하기 힘든, 그런 로망.

카르나크는 드래곤과의 공존을 거부한 왕국을 모조리 무너뜨리고 제국을 건국했다.

망해 버린 왕국의 기사들은 익혔던 궁정 예법을 고스란히 썩히게 됐다. 전장에서의 불안함을 달래기 위한 악기 연주도 사정은 마찬가지였다. 식은 빵 한 쪼가리 얻어먹기 어려운 재주가 됐다.

적군에게 베풀 너그러운 인품 또한 드러낼 기회가 사라졌다.

시대가 변했다.

용맹함은 무모함이 되었고, 정직함은 멍청함이 되었다. 정의로움은 고집스러움이, 희생은 허무함이 되었다. 그런 시대였다.

시간은 빠르게 흘렀고, 가치 있는 덕목은 순식간에 변했다.

약자를 앞장서서 지키고 충성을 다해 적을 쓰러뜨린다는 기사의 명예, 덕목, 소명 의식. 그런 것들이 밥 먹여주던 시대는 지났다.

때문에 유디트는 그런 것을 존귀하게 여기는 기사가 아니었다.

"결국, 돈 때문에 일하는 건데 뭘."

"그럼 돈 많이 주는 다른 직업이 있으면?"

"……."

"그러면 기사 때려치울 거야?"

유디트는 쉽사리 대답하지 못했다.

때려치운다고 해야겠지.

하지만 그것이 기사로서 얼마나 부끄러운 대답인지 알고 있다.

기사의 덕목과 소명 의식이 땅에 떨어졌다고는 하나, 유디트에게는 면세 혜택과 함께 따라오는 책임과 의무가 있다.

막말로 뒤집힌 배에서 어린이와 노약자를 먼저 건져줘

야 하는 의무를 가진 게 기사라는 건 변함이 없단 소리다.

그래서 유디트는 침묵을 택했다.

이것은 비겁한 침묵이었다.

기사가 가장 중요하게 여겨야 할 가치는 따로 있다. 하지만 유디트는 그런 것을 위해 검을 휘두르는 기사가 아니었다.

변해 버린 시대를 살고 있다. 자신은 밥벌이를 위해 검을 잡은 기사에 불과했다.

돈은 유디트에게 여전히 중요한 가치였다. 그저 무엇보다도 중요했던 가치에서 한 단계 내려왔을 뿐이다.

그래서 유디트는 일부러 어깨를 으쓱였다. 그녀는 비올레에게 손을 내밀며 익살맞게 덧붙였다.

"기사 때려치워도 나랑은 친구 해줘."

"몰라. 너 하는 거 봐서."

비올레는 그녀의 손을 잡고 껑충 뛰어오르듯 자리에서 일어났다.

❋　✦　❋

데샹은 기류를 노려보았다. 눈치는 있다고, 기류는 슬그머니 눈을 피했다.

데샹은 길게 돌려 말하지 않았다.

"기류. 요즘 집중력이 엄청나게 떨어진 건 알고 계시죠?"

십 분이면 다 보았을 서류를 2시간 동안 붙잡고 한숨만 푹푹 쉬고 있는 기류였다.

이해가 안 됐다. 대체 요즘 왜 저러는 걸까?

'피습 사건이 문제였나?'

하지만 그가 생각하기에 피습 사건 자체는 기류에게 좋은 영향을 미쳤다.

요즘 기류는 신입 기사의 훈련도 직접 참여했고, 기사단 분위기는 점차 좋아지고 있었다.

문제가 된 건 요 며칠이다. 그는 꼭 정신이 다른 곳에 있는 사람처럼 굴었다.

"왜 이렇게 산만하세요? 고민 있으면 제가 들어드린다니까요?"

"고민은 아니야…… 고민은 절대 아닌데……."

"그럼 뭔데요."

"그걸 말하는 게 좀……."

"아, 뭔."

데샹의 관자놀이에 파랗게 핏줄이 돋아났다.

부글부글 끓어오르는 마음을 다스리며, 데샹은 자신을 타일렀다.

참자. 나는 데샹 리츠다. 기류가 여덟 살 때 나무를 타다가 꼬리뼈 박살 나서 울던 것도 봤었잖아.

"말씀해 보세요, 눈 딱 감고. 대나무 숲 역할 해드릴게요."

"……."

기류는 또 데샹의 눈치를 보았다. 약간 갈등하는 듯했다.

그러나 그에게 대나무 숲 역할을 자처하겠다는 사람은 데샹뿐이었다. 이런 건 이든에게도 털어놓을 수 없었다.

기류는 겨우 입을 열 용기가 생겼다.

곧 두 사람은 마주 보고 앉았다.

캐러멜의 단내가 진동하는 테이블 앞. 데샹은 지친 코를 쉬게 해주는 차 한 잔을 입으로 옮기며 기류를 관찰했다.

기류는 손님용 테이블의 캐러멜 바구니를 애잔한 눈빛으로 보고 있었다. 그는 바구니에 가득 담긴 캐러멜이 하나도 줄지 않았다는 사실에 허탈함을 넘어 슬픔을 느끼는 것 같았다.

'……왜 저래?'

속사정을 알 리 없는 데샹은 지극히 당연한 의문을 가졌다.

"실은 말이야……."

긴 침묵을 깨고 기류가 말했다.

"네."

"그, 좀 신경 쓰이는 사람이 생겼거든."

데샹이 눈을 깜빡였다. 그렇게 3초가 흐르고.

"신경 쓰이는 사람이요? 여성?"

"그래."

"그래서 일이 손에 안 잡힌……?"

"맞아."

데샹은 입을 쩍 벌렸다.

기류가 일에 집중을 못 할 정도로 신경 쓰이는 여성이라고?!

그 순간 데샹의 머릿속에 떠오른 사람은 한 명이었다.

'……설마 이세에피나 황녀님?!'

데샹은 생각만으로도 화들짝 놀랐다.

기류는 살짝 울상이 되었다.

"그렇게 놀랄 일이야?"

"그, 아니, 그게, 죄송해요. 이런 이야기일 줄 몰라서……. 제대로 딱 듣겠습니다. 넵."

데샹은 황급히 손을 내저으며 놀란 가슴을 수습했다.

얼마 전 황제가 건넨 제안은 갑작스럽기는 했으나 영 터무니없는 건 아니었다.

이세에피나 황녀는 지지 기반이랄 게 없다. 황녀 본인이 사교 활동조차 싫어했기에, 혈통이 아니라면 내세울 게 없는 자였다.

하지만 그 혈통이 어디 보통 혈통이던가?

황녀는 황녀다. 황후가 죽고 장황녀 올가가 칩거한 이후, 연례행사와 무도회에서 가장 고귀한 여인으로 꼽히며 상석에 앉는 것은 그녀였다.

사교계를 주름잡는다는 세도가의 부인들조차 황녀를 무시할 수는 없었다.

황제는 본인이 막내 황녀를 무시할지언정 남들에게 무시당하는 것은 참지 않았으니까.

아름답게 치장한, 비쩍 마른 황녀.

거기까지 생각하니, 요 며칠 기류가 집중도 못 하고 끙끙대던 게 이해됐다.

심지어 황제의 사위. 부마(駙馬)라는 위치 또한 르왈흐메이 가문에 위세를 더했으면 더했지, 방해될 리 없다.

'일이 손에 잡히지 않을 정도로 신경 쓰게 된 건 의외지만…….'

거절한 다음에 신경이 쓰이게 됐을 수도 있다. 데샹은 순간적인 판단을 마쳤다.

기류는 바닥이 꺼지도록 한숨을 쉬었다.

"네가 놀라는 것도 이상한 건 아니야. 나도 당황스러운데 넌 오죽할까."

"아니에요. 전 정말 이해해요."

"고맙다."

데샹은 그의 눈치를 보며 뒷말을 기다렸다.

하지만 기류는 그 말을 끝으로 입을 다물어 버렸다.

'……정말 보통 일이 아니구나.'

이렇게 의기소침한 기류는 오랜만이었다.

페온의 구타 사건 때만 해도 이를 갈았으면 갈았지, 이렇게 기운 빠진 사람처럼 굴지는 않았는데.

데샹은 기류가 어떤 말을 꺼내도 함께 고민하고 격려해 주기로 마음먹었다.

"데샹."

"네."

"나 기사단장 그만둘까?"

"……네?"

데샹이 눈을 깜빡였다.

기류는 힘없이 웃으며 말했다.

"어떨 거 같아? 영지로 내려가서 다시 백수처럼 사는 것도 나쁘지는 않을 거 같은데."

"……."

"괜찮을 거 같지 않냐?"

데샹은 가만히 기류를 보았다.

요 삼 년간, 기류가 기사단장직을 내려놓느니 마느니 했던 건 전부 흘려들을 수 있는 농담이었다.

하지만 이번엔 아니라는 게 느껴졌다.

이해는 갔다.

거절한 기류의 마음이 편할 리 없을 테고, 황제는 더욱 그를 불편하게 하겠지.

"……."

그럴까요, 라는 말로 달래주는 건 쉽다.

하지만 데샹은 기류의 곁에서 어려운 말을 하며 살기로 했다. 아주 예전부터 말이다.

데샹은 제 역할을 다하기로 했다. 가족으로서든, 부관으로서든 그게 자신에게 주어진 역할이었다.

"기류. 제 앞에서는 괜찮지만, 부하들 앞에서는 그런 소리 하지 마세요."

"왜?"

"당신은 지금 기사단장이라는 자리를 잃어도 아쉬울 게 없는 거죠? 그러니까 그렇게 쉽게 그만둘까 하는 거잖아요."

"……."

기류의 눈이 살짝 흔들렸다.

데샹은 기류에게 그가 앉은 자리를 다시 상기시키듯 말했다.

"절실하지 않은 사람만이 자기 자리를 두고 고민합니다. 보통은요, 아무리 더럽고 힘들고 치사해도 자기 자리는 악착같이 지키려고 하거든요?"

데샹이 부드럽게 말했다.

"기류 당신이 기사단장직을 받아들였던 각오가 그렇게 가벼웠던가요? 마음이 어지러우면 금방 내려놓을 만큼?"

"……아니."

"그렇죠?"

기류가 살며시 고개를 끄덕였다. 보라색 눈동자는 민망하다는 듯 바닥에서 떨어질 줄을 몰랐다.

"그러니까 이런 소리는 제 앞에서만 하세요. 당신을 믿고 따르는 부하 앞이나 이든 황자님 같은 분들 앞에서는 함부로 하시면 안 됩니다."

"……알겠어."

데샹은 꼬박꼬박 돌아오는 기류의 대답이 기특하다는 듯 웃었다.

기류는 한참 말이 없었다. 바닥만 보다 이번에는 소파 등받이에 기댄 채 천장만 바라보았다.

용과 기사가 그려진 천장화를 얼마나 뜯어보았을까.

기류는 문득, 움트기 시작한 이 감정이 무섭다고 생각했다.

자신을 조금씩 바꾸기 시작하는 마음이 낯설고 불안했다. 하지만 설명하기 힘든 설렘 또한 안겨주었다.

착각이었다며 외면하려 들수록 더욱 커지는 기분이었다.

그는 다섯 살배기 아기가 아니었다. 가슴속에 심은 감정이 어떻게 자라나는지 정도는 파악할 수 있었다. 마찬가지로 자라선 안 될 마음이라면 뽑아낼 각오도 되어 있었다.

'어떡하지. 보고 싶다.'

유디트가 자꾸 보고 싶었다. 구실이 없으면 만나러 갈

수 없다는 게 이렇게 답답한 일일 줄이야.

자꾸만 그녀가 생각났고, 뭘 하고 있을지 궁금했다. 이런 경험은 처음이었다.

호박색 눈동자를 다시 마주한다면 분명해지리라. 감정도, 마음도, 모든 걸 잡초처럼 뽑아낼 수 있을지도⋯⋯.

"기운 내세요. 당신은 이런 쪽으로 머리 굴려본 적이 없었잖아요. 좋은 기회일지도 몰라요."

"기회는 무슨⋯⋯."

"말라비틀어진 연애 감각을 되살릴 기회라고요."

"가만 보면, 너 참 악담도 고루고루 잘한단 말이지."

"칭찬으로 듣겠습니다."

데샹은 뿌듯한 얼굴로 따박따박 말대꾸를 했다. 기류는 저걸 누가 말리겠냐는 얼굴로 그를 보았다.

'그래⋯⋯. 머리만 쥐어뜯어서 뭐 하냐.'

어쩔 것인가. 정작 자신의 혼을 쑥 빼놓은 유디트는 알지도 못할 텐데.

그렇게 생각하고 나니, 이런 유난을 떠는 게 우스웠다.

기류는 고개를 붕붕 흔들었다. 그러곤 몇 번이나 뺨을 찰싹찰싹 때렸다.

신기하게도 삐걱거리던 마음의 풍향계가 조금 잠잠해진 기분이다.

역시 오래된 친구만큼 좋은 건 없는 걸까. 기분이 후련했다.

"좋아. 이제 집중해서 일할게. 그동안 못했던 만큼 더한다!"

"그래요. 바로 그겁니다."

데샹이 가만 웃으며 그를 격려했다.

대나무 숲을 자처한 보람이 있었다. 기류는 금세 기분을 가다듬고 책상 앞을 지켰다.

두 사람이 주어가 완전히 어긋난 대화를 나눴음을 깨닫게 되는 건 조금 더 훗날의 일이다.

❋　✳　❋

"진짜 용의 피가 맞네. 순도가 상당한데."

로하스는 그렇게 말하며 외알 안경을 벗었다.

그가 머리를 벅벅 긁을 때마다 산만하게 뻗힌 갈색 머리카락이 엉망이 됐다.

"처음에는 합성수의 피인 줄 알았는데, 점성이 달라."

"그렇군요."

유디트는 로하스의 개인 연구실을 구경하는 걸 관두고 돌아왔다. 조사하는 걸 빤히 바라보는 것도 민망하여 연구실이나 둘러본다는 게 생각보다 푹 빠져서 구경하고 말았다.

그녀가 구경을 끝내자 로하스가 기다렸다는 듯 설명했다.

"마법을 걸어보려 했지만 역시 통하지 않는군. 애초에 마력이 잘 섞이질 않아."

그가 유디트 쪽으로 용의 피가 담긴 병을 슥 밀었다.

로하스는 아무렇지 않은 척하고 있었지만, 이만한 연구 재료를 순순히 놓아주는 게 아깝다는 얼굴은 숨기지 못했다.

"대체 어디서 이런 걸 구했나?"

"암시장입니다. 쉽진 않았죠."

"허어, 역시 실력이 대단하네. 그런 곳에서……."

유디트는 병을 쥔 채 물었다.

"혹시 용의 피가 시중에 풀릴 만한 일은 없었습니까? 죽은 용의 사체가 발견되었다든가 마법사들 사이에 풀린 적이 있다든가."

"없네. 있었다면 마법사들이 가장 먼저 달려들었을 거야. 자네도 조사를 해봤으니 알 것 아닌가."

로하스의 말이 맞았다.

죽은 용이 있었다면, 용의 피뿐만 아니라 가죽이나 뼈 같은 고급 재료가 암시장에서 가장 먼저 나돌아 다녔을 것이다.

로하스는 욕심 서린 눈으로 용의 피가 담긴 병을 곁눈질했다.

"그러면…… 살아 있는 용에게서 피를 뽑아냈단 거군요. 이건."

"그러니까 신기한 걸세. 대체 어떤 용이 순순히 자기 피를 뽑아서 인간 세상에 나돌도록 내버려 두겠나."

용은 그런 생물이 아니라는 게 로하스의 의견이었다.

로하스가 볼 장 다 봤다는 듯 고개를 저었다.

"용이 순순히 채혈을 허락한다? 미쳐 버린 용이 아닌 이상 그런 걸 허락하진 않을 걸세."

"하지만 현실만 봤을 땐 그런 미친 용이 있다는 소리 아닙니까."

"그렇지. 그래서 무섭고 난처한 건데……."

"강제적으로는 어렵겠습니까?"

"뭘? 용에게서 피를 뽑는 걸?"

"예."

로하스가 질색했다.

"예끼, 말도 안 되는 소리! 누가 용에게서 피를 뽑아오겠나? 목숨이 두 개라도 되는가?"

그가 손부터 저었다. 더 들을 필요도 없다는 태도였다.

"하지만 혹시 모르잖아요? 용을 설득하거나…… 테이밍을 했을 수도 있고?"

"말도 안 되는 소리라니까. 테이밍은 쉬운 게 아니야. 어릴 적부터 용을 강제로 가둬놓고 금제 마법이라도 걸어두었다면 모를까."

무심코 뒷걸음질 치다 쥐 잡은 기분이 이럴까. 유디트는 자신의 귀를 의심했다.

"……방금 뭐라고 하셨죠?"

그녀가 잡아먹을 기세로 되물었다.

로하스는 순간 뭘 잘못 말했나 싶었다. 죄인이 된 기분이었다.

"금제 마법이라뇨?"

"마…… 말 그대로지. 강제로 행동이나 정신을 묶어놓고 조종하는 마법일세."

"더 자세히 설명해 주세요."

로하스는 잠시 기가 죽었다.

유디트는 그의 딸뻘이었으나, 눈매가 몹시 날카롭고 사나워서 당장에라도 베일 것 같았다.

"아니, 설명하고 자시고……."

"알려주세요!"

"……."

유디트는 막무가내였다. 결국 로하스가 백기를 들었다.

"자기보다 강한 생물을 조종하는 방법이 몇 가지 있네. 가장 좋은 건 어릴 적부터 키우는 거야. 보호 대상으로 인식시키는 것. 테이밍의 기본이지."

"어미 닭으로 인식시킨다는 거군요. 그리고?"

"그다음이 금제 마법일세. 제대로만 걸면 상대의 정신과 행동을 통제할 수 있거든."

로하스는 안경을 뽀득뽀득 소리 나게 닦으며 설명했다.

"하지만 용 같은 고등 생물에겐 힘들지. 용이 가지고 있는 안티 매직, 그러니까 반발력이라고 하는 게 있는데 이건 마력과 마력이 충돌하는 항마력과도 밀접한 관계가 있어서 테이밍을 하려면……."

"로하스 님, 요약해 주세요. 못 알아듣겠습니다."

"……."

로하스는 막막한 눈으로 그녀를 보았다.

설명 맡겨둔 것처럼 구는 생명의 은인은 둘째 치고, 어디서부터 설명해야 할지 감도 잡히질 않았다.

결국 로하스는 뇌를 쥐어짜다시피 했다. 그는 비전문가를 위해 최대한 쉬운 표현을 긁어모았다.

"함부로 테이밍을 하겠답시고 마법을 걸었다간 오히려 역풍을 맞는단 소리야. 마법 시전자가 정신적으로 불안정해진다네."

"……!"

"금제 마법의 핵심은 정신의 끈을 잇는 거야. 어떻게든 서로에게 영향을 주지. 마법을 건 사람도, 용도 멀쩡할 수 없어. 사람이라면 미쳐 버릴 테고, 용은…… 사실상 거대한 마수에 가깝겠지. 마법도 제대로 못 쓰는 마수."

유디트가 눈을 크게 떴다.

설명하는 사람은 로하스인데, 왜 그녀 목이 바싹 타는

걸까. 유디트는 떨리는 목소리로 물었다.

"……마법을 풀 수는 없나요?"

"모르네. 다만 강제적으로 풀릴 수는 있어. 마법 시전자가 큰 정신적 충격을 받으면 마법이 유지되기 힘들거든."

로하스는 잠시 말을 끊었다.

"금제 마법은 섣불리 걸지도, 풀지도 않는 게 좋아. 길들인 생물이 무슨 짓을 벌일지는 아무도 모르니까."

유디트의 낯빛이 하얗게 질렸다.

로하스는 그런 위험 부담을 무릅쓰고 용에게 금제 마법을 걸 사람은 아무도 없을 거라고 단언했다. 애초에 금제 마법은 푸는 게 어려운 만큼, 제대로 걸기도 어려우니 고려할 가치도 없다는 게 그의 주장이었다.

아무것도 모르니 하는 소리다.

'황녀가 용에게 금제 마법을 걸었어.'

유디트는 확신에 찬 채 연구실을 뒤로했다.

황녀가 어릴 적 주워 온 용에게 금제 마법을 걸어서 키웠고, 그 용이 폭주한 결과 수도가 날아갔다.

그렇게 가정하니 모든 게 딱딱 들어맞았다.

암담한 이야기지만, 그나마 위로가 되는 건 시간이 유디트의 편이라는 점이다.

'삼 년 후의 사건이야. 그 전까지 막으면 된다. 어떻게든.'

하지만 이성이 소리쳤다. 막는다니 뭘 어떻게 막아?

유디트는 일개 기사 나부랭이였다.

그에 비하면 이세에피나는 하자품 취급을 받을지언정 황가 적통의 핏줄을 타고난 황녀.

황녀를 데려와서 용에게 건 금제 마법을 풀라고 겁박이라도 할 텐가?

물론 자신이 직접 할 일은 아니다.

윌리엄 황자든, 이든 황자든 누군가가 알아서 할 일이다. 하지만 그러다가 충격받은 황녀가 쓰러지기라도 한다면?

황녀가 정신적으로 큰 충격을 받아서 금제 마법이 풀리기라도 한다면?

유디트가 가지고 있는 건 3년이라는 시간적 여유뿐이었다. 잘 풀린다는 보장은 어디에도 없었다. 때문에 유디트는 오랜만에 막막한 기분을 맛보았다.

'어떡하지.'

어떻게 해야 용의 폭주를 막을 수 있을까.

증거는 차근차근 모으고 있다지만 그게 무슨 소용이지?

황녀가 용을 키우고 있다는 것도, 몇 년 안에 용이 폭주한다는 것도 그녀가 회귀했기 때문에 알고 있는 사실이다.

언제 그 사실을 만천하에 다 밝히고 폭주를 막아내는가.

용을 찾아낸다 한들 황녀와 용의 상관관계는 어떻게 밝히고?

헤링시아 숲에 용이 있다는 건 확실하다. 하지만 혼자서 숲을 다 뒤져 용을 찾아낼 자신은 없었다.

비스타가 그녀와 함께 조사하고 있다지만, 그도 결국 남이었다. 그리고 남에게는 큰 기대를 할 수 없는 법이다.

모든 게 막막했다.

'이럴 바엔 차라리……'

차라리 친구들에게 시기를 봐서 수도에서 도망치라고 말해두는 건 어떨까?

'차라리…… 애들을 미리 설득하는 거야. 같이 수도 아닌 다른 근무지로 떠나 있자고……'

용의 폭주를 반드시 막을 수 있다는 보장은 없다.

데샹 경이 죽는다면 결국 그것도 자기 운명 아닐까?

그에게는 미안한 말이지만, 어쨌거나 내 사람부터 지키고 볼 일이 아니겠는가.

용이야 어차피 기류가 잡겠지. 괜히 내가 힘쓸 필요가 없다.

'게다가 기류는 용을 잡아서 더 유명해질 텐데 내가 그 공을 없애는 것도 좀……'

땅도 되돌려 받았겠다. 적당히 조사한 다음 모르는 척하는 건 쉽다. 무엇이 어렵겠는가.

그렇게 비겁하고 한심한 생각이 하나둘 고개를 치켜들었다.

"……."

기사답지 못한, 염치를 모르는 생각은 스스로를 초라하게 만들었다.

유디트는 입술을 꽉 깨문 채 걸음을 멈췄다.

그녀가 주먹을 움켜쥔 채 얼마나 서 있었을까. 저편에서 목검이 허공을 가르는 소리가 들렸다.

유디트는 고개를 돌렸다.

"……."

루이였다.

기사단 숙소로 가는 길에 있는 자유 연습장. 그곳에서 루이가 진지한 얼굴로 수련하고 있었다.

후리기와 내려치기를 벌써 몇 번이나 반복했는지, 땀방울이 그의 뺨을 타고 흘러내렸다.

그의 금발은 땀에 젖은 채 몇 가닥 삐죽 튀어나와 있었다.

평범하디평범한 수련이다. 끝없는 반복 수련, 지겨운 동작.

기사의 훈련이란 보통 저렇게 볼품없고 지루했다. 하지만 그 볼품없는 광경이 유디트의 눈에 유독 잘 들어왔다.

"뭐 하는 거야……."

유디트는 가시에 찔린 사람처럼 가만히 서서 그 광경을 바라보았다.

루이의 실력은 그리 뛰어난 편이 아니다. 순서로 치자면 비올레 바로 앞. 뒤에서 두 번째다.

타고난 실력이 모자라 그 차이를 메꾸기 위해 전술을 익혔고 조용한 노력을 아끼지 않았다. 바로 지금처럼.

유디트는 그게 신기했다.

루이는 좋은 집안에서 태어난 귀족이다. 가만히 앉아만 있어도 발 씻겨주는 사람들이 찾아오는 백작가의 장남이다.

대체 왜 땀내 나는 기사단까지 들어와서, 저렇게 고생하며 수련을 한단 말인가.

그가 태어난 마리골드 백작가는 선대 황제에게 한평생 오렌지색 꽃과 보석을 바침으로써 엄청난 권리를 얻었다. 제국에서 사용되는 오렌지색을 백 년간 독점할 권리다.

독점은 지금까지 이어지고 있었고, 그는 어마어마한 부를 축적한 집안의 장남이었다.

유디트는 가만 입을 다물고 그를 보았다.

친구에게 느껴서는 안 될 미묘한 부러움과 한심함이 동시에 생겨났다.

시선을 느꼈던 것일까. 루이가 목검을 멈췄다.

"유디트?"

루이는 그녀를 발견하곤 허겁지겁 땀을 닦았다. 그가 웃으며 목검을 내려놓고 다가왔다.

"말이라도 걸지, 왜 보고만 있어. 어디 다녀오는 길……."

"루이. 너는 왜 기사가 됐어?"

유디트는 연못에 돌멩이를 던지듯, 질문을 툭 던졌다.

어린아이처럼 자기 할 말만 하는 꼴은 우습다. 그러나 지금이 아니라면 영원히 물을 수 없을 것만 같았다.

"응?"

"넌 밥벌이 때문에 기사가 될 필요가 없었잖아. 왜…… 뭐 하러 노력을 해."

루이의 실력은 그리 좋지 않다. 그 사실은 아마 본인이 가장 잘 알 것이다.

그렇다면 빨리 포기하면 되지 않나.

사람의 열정과 노력은 한정된 자산이다. 시간이든 돈이든 퍼부을 가치가 없는 건 빠르게 포기하는 게 낫다.

유디트는 사치와 부유함을 갈구했다. 그녀는 보란 듯이 더 잘살고 싶어서 기사가 되었다.

그렇다면 루이는?

이미 보란 듯이 잘살고 있던 그는 무엇을 갈구했기에 노력했던 걸까?

갑작스러운 질문에 루이는 황당한 얼굴을 했다.

"……이상한 걸 물어보네?"

"싫으면 대답 안 해도 되고."

"이미 물어봐 놓고 그럴래?"

루이는 누굴 말리냐는 얼굴로 헛웃음을 터뜨렸다. 그가

살짝 고개를 비틀며 대답했다.

"굳이 이유를 꼽으라면 내가 하고 싶은 일이라서?"

"……하고 싶은 일?"

"나는 명예로운 삶을 동경하거든."

"동경……."

루이는 도장을 찍듯 확실하게 말했다.

"나는 어릴 적부터 명예로운 사람이 되고 싶었거든. 기사로서 황실을 지키고, 제국민을 지키며 가문과 내 이름을 널리 알린다면 더 바랄 게 없어."

"한마디로…… 명예로운 기사가 되고 싶단 거야?"

"맞아."

명예로운 기사라니.

유디트는 표정을 구길 뻔했다.

명예는 유디트의 현실에서 가장 멀리 떨어진 가치였다. 한 없이 허울만 좋고 밥벌이에는 요만큼의 쓸모도 없는 그런 가치였다.

"나는 명예로운 기사가 되고 싶어서 황실 기사를 택한 거야. 약자를 지키고, 제국을 위해 헌신하는 그런 기사가 되고 싶어."

"……유명세가 좋으시다?"

유디트가 퉁명스레 덧붙이자 그가 입꼬리를 비틀었다.

"그거랑 좀 다르지. 삐딱하게 듣지 마. 갑자기 이런 건 왜 물어봐?"

"그냥 물어봤어. 얼마 전에 비올레랑 비슷한 이야기를
한 적이 있는데, 궁금해서."

"그래?"

루이는 그녀의 안색을 살폈다.

그는 유독 부루퉁해 보이는 유디트의 얼굴이 신경 쓰였다.

"······유디트. 밥은 먹었어? 잠은? 좀 잤어?"

"잘 먹고 잘 잤어. 걱정 마."

"그럼 왜 이렇게 기분이 안 좋아 보이지?"

"내가 기분 안 좋아 보이면 뭐 큰일이라도 생기나."

"생기지, 그럼. 나는 큰일이라고 보는데?"

"······."

유디트는 새삼 자각했다.

역시 루이는 좋은 사람이다. 그리고 저와는 천지 차이다.

그녀는 목 끝까지 치밀어 오른 한마디를 꾹 눌렀다. 루
이를 상처 입히고 싶지 않으니까.

'내가 너라면 그렇겐 안 살 텐데.'

기사직은 밥벌이다.

제군을 위해, 주군을 위해, 약자를 위해 검을 드는 명
예. 그런 건 운 좋게 따라오면 좋은 거고 아니면 마는 거다.

유디트는 명예라는 가치가 퍽 쓸모없다고 생각했다.

하지만 한편으로는 부러웠다. 그 쓸모없는 것을 가치 있

다고 말할 수 있는 상황이.

"……내가 너였다면 하루 종일 침대에 누워서 캐러멜이나 까먹고 시종들을 발끝으로 부렸을 거야. 가끔은 쇼핑이나 하면서. 돈 세는 재미로 살았을 텐데."

"그렇게 살면 질릴걸."

"안 질릴걸."

루이는 유디트와는 달리 명예의 가치를 아는 사람이었다.

알고 있기 때문에 그걸 동경한다고도 말할 수 있는 거고, 기사로 살다가 죽은 것이다.

유디트는 자꾸만 못된 생각이 들었다.

루이는 자기가 어떻게 죽었는지 알게 되어도 기사직을 계속할까?

비올레를 등지고 도망치다가, 과다 출혈로 죽었다는 걸 알게 되어도 명예를 좇을까?

유디트는 무어라 표현하기 어려운 눈빛으로 그를 바라보았다.

"넌 기사를 계속할 생각이구나."

"응. 집안을 상속받으려면 멀었거든."

"빨리 그만둘 생각은 없으시다?"

"없으시다, 그래."

"……."

유디트는 입을 콱 다물어 버렸다.

"왜? 내가 생고생하는 게 바보 같아 보여?"

"몰라. 사는 건 각자 노선이니까. 그러다 죽어도 난 책임 안 질래."

"너 오늘 이상하게 퉁명스럽다? 레이먼이 속이라도 뒤집 었어?"

"그런 거 아니야. 난 숙소로 갈래. 너는?"

"아, 같이 가자. 정리하고 올게."

"……그래."

유디트는 루이가 황급히 짐을 챙기는 사이 자신의 이마 를 퍽퍽 때렸다.

왜 이런 걸로 모나게 굴고 있을까.

황실 기사가 된 이유는 제각각이다.

칼리파는 복수를 위해서, 비올레는 가족에게 공적을 인 정받기 위해서, 루이는 명예를 위해서, 레이먼은 생활고 때문에.

각자 원하는 삶이 있기 때문에 고른 기사의 길이다.

유디트는 돈 때문에 기사가 되었다. 그 과거는 변하지 않 으리라.

하지만 앞으로는 다르다.

어떤 기사로 살 것인가.

내 마음이 움직이는 방향은 어느 쪽이지?

황실 기사의 신분을 증명하는 금속 패용증이 조금 무겁게 느껴졌다.

유디트는 다가올 3년 후를 머릿속에 그려보았다.

어쩐지 잘 상상이 되질 않았다. 희뿌연 안개가 낀 것처럼 모든 게 아득하기만 했다.

❋　✳　❋

수도 베르디의 카르나크 중앙 신전.

오랜만에 신전을 방문한 이세에피나는 거대한 용의 석상을 올려다봤다.

구불거리는 검은색 머리카락은 평소보다도 윤기 있게 빛났다. 살짝 보랏빛을 띠는 벽안 또한 맑았다.

하지만 정신은 반대였다. 흐린 날처럼 무겁고 개운하질 않았다.

"혼자 있게 해주세요."

"황녀님?"

"괜찮으니까……."

황녀는 사제를 향해 눈짓했다.

함께 기도를 끝낸 사제는 잠시 당황했으나, 순순히 그녀가 원하는 대로 자리를 비켜주었다.

곧 이세에피나는 커다란 기도실에 혼자 남게 되었다.

적막함이 그녀를 감쌌다. 시린 공기가 피부에 닿아서인지, 유독 옛 생각이 났다.

"……."

이세에피나가 이곳에서 용의 알을 건네받은 건 아주 어릴 때였다.

황후였던 어머니가 죽고, 아버지는 가끔씩 그녀를 찾아와 얼러주다가 인사 없이 사라지던 시절. 사랑받을 수 없다면 사랑할 수 있는 상대라도 생기기를 얼마나 바랐던가.

마법처럼 에드워드가 그녀의 바람을 이루어주었다.

에드워드는 용의 알과 마법 스크롤을 건네주며 말했다.

"이름은 직접 지어보는 게 어떠냐."

"이름이요?"

"그래. 영원히 네 곁에 있어줄 친구의 이름이다."

"……친구……."

이세에피나는 아홉 밤의 고민 끝에 좋아하던 노래를 잔뜩 지은 음유시인에게서 이름을 따왔다.

아딧사. 어디로든 훌훌 털고 떠난다는 방랑 시인.

이세에피나도 그가 지은 노랫가락처럼 황궁을 떠나고 싶었다. 황궁엔 그녀를 동정하면서도 한심하게 여기는 사람 천지였으니까.

아딧사는 깨어 있는 시간보다 잠들어 있는 시간이 많았다. 의사소통은 불가능했으며, 먹고 자는 것만을 반복했다.

하지만 상관없었다. 이세에피나는 아딧사의 체온이 좋았다.

은빛 용이 그녀에게 특별해지는 데는 얼마 걸리지 않았다.

아딧사는 금방 자랐다. 도무지 숨겨서 키우는 게 불가능할 정도로 까마득한 크기가 되었다.

"아디. 아딧사를 숨겨주세요. 에드워드 오라버니라면…… 도와줄 수 있잖아요. 오라버니가, 도와주셔야 하잖아요."

"나더러 책임을 나눠서 져달라?"

"그런 건, 아니지만……"

"어렵지는 않지. 그 대신 너도 날 도와라."

그게 정말 돕는 것이었을까.

그녀가 한 것이라곤 잠든 아딧사에게 다가가 비늘을 떼어내고, 살점을 작게 갈라 피를 뽑아내는 것뿐이었는데.

'모르겠어.'

날이 갈수록 이세에피나는 자신에게 정신착란 증세가 일어나기 시작한다는 걸 깨달았다. 이따금 무의식 속에서 아딧사로 추정되는 존재와 만난 것도 그쯤부터였다.

"아딧사? 아딧사, 가지 마……!"

"……."

"나, 나를 원망하는구나? 마법이 너무 강해서, 널 묶어두고 있어서……."

"허튼소리. 이까짓 마법을 깨지 못해서 붙잡혀 있는 줄 아느냐."

"……그러면?"

"기껏해야 백 년. 너라는 미물이 죽거나 충격을 받으면 알아서 풀릴 마법이니 가만히 있어주는 것이다."

"……."

"인간의 집착이란 가련하고 멍청하구나."

꿈속의 아딧사 또한 그녀를 측은하게 여기면서도 한심하게 보고 있었다. 황궁 사람들과 다를 바 없이.

"착각하지 마라. 이 모든 금제가 풀리면 너 따위는 뒤도 돌아보지 않고 떠날 것이다!"

이것은 광증이고 망상일까?

모를 일이다.

하지만 광증을 앓는다 해도 금제 마법을 풀 수는 없었다. 이 마법만이 아딧사와 그녀를 이어주는 유일한 끈이었으니까.

이제 그녀는 새로운 타협을 할 차례였다. 황궁을 나가더라도 베리타스 제국에 남아 있기 위한 타협을.

기도실 문이 열렸다. 문을 열고 들어온 것은 그녀가 내내 기다려 온 상대였다.

"……이세에피나 황녀님?"

"르왈흐메이 경."

"왜 여기에……."

"나예요. 내가, 내가 부른 거예요. 에드워드 오라버니가 아니라."

"……."

기류와 이세에피나는 둘 다 주목을 받는 사람이다. 우연을 가장해서 자연스레 마주칠 장소는 여기뿐이었다.

기류가 난처함을 드러냈다.

그가 붉은 머리카락을 가다듬으며 한 발자국 멀어졌다.

이세에피나는 오늘따라 그의 감정이 선명하게 읽혔기에 조금 괴로워졌다.

"황녀 전하께서 왜 이런 곳에 혼자 계십니까?"

"……그게 중요한가요? 내가 불렀는데?"

"중요합니다. 전하의 안전이 가장 중요하지 않겠습니까."

기류는 퍽 둥글게 상황을 넘겼다.

그는 이세에피나가 오빠를 사칭했다는 것도, 바쁜 와중에 신전이라는 먼 곳까지 불러낸 것도 따지지 않았다.

"황녀 전하. 호위 기사를 밖에 두시면 안 됩니다."

"할 말은 그뿐이군요? ……르왈흐메이 경의 그런, 그런 부분을, 제가 정말 좋아해요. 뭐든 시원시원하게 넘겨 버리니까……."

"전하."

"내가 아무 잘못도 안 한 거 같아서…… 그렇게, 만들어 줘서."

기류는 한발 늦게 상황을 파악했다.

화려한 드레스를 입은 황녀는 기도하러 온 사람이라기보다는, 사교계에 나서는 사람 같았다.

그녀가 기류 쪽으로 한 발자국 더 다가왔다.

"소, 소식 들었어요. 저와의 약혼을 단칼에 거절하셨단 거……."

"……."

"제가, 저를, 저는……."

"황녀 전하."

"내 말 막지 마!"

이세에피나는 신경질적으로 소리쳤다. 그러곤 스스로 놀라서 양손으로 입을 막았다.

기류는 이세에피나가 진정하도록 다시 한 발자국 뒤로 물러났다. 양 끝에서 실을 붙잡고 잡아당기듯, 팽팽한 분위기가 이어졌다.

머잖아 이세에피나가 얼굴을 일그러뜨린 채 힘겹게 뒷말을 꺼냈다.

"미안, 해요. 난…… 나는 말을 꺼내는 게 너무, 힘들어서……."

"아닙니다. 제가 무례했습니다."

"말을 막지 말아줘요. 부탁이에요."

"그렇게 하겠습니다."

기류가 고개를 숙였다.

한참 후에야 그녀가 다시 입을 뗐다.

"난, 직접 물어보고 싶었어요. 정말, 저를 거절했나요?"

"……예. 죄송합니다."

"왜죠? 나는 황, 황녀예요."

썩어도 준치라고 그녀는 황제의 핏줄이다. 오늘 죽으면 묻힐 자리조차 황족의 땅이다.

자존심이 상했고 한편으로는 이렇게 말하는 게 비참했다.

"나는…… 당신을, 제법, 좋, 좋아해요."

"예?"

"르왈흐메이 경 같은 사람이라면, 같이, 살 수 있을 것 같아서……."

이세에피나는 말끝을 흐렸다.

"그래서 약혼, 이야기를 들었을 때 싫지 않았어요……."

"……."

"왜…… 날 거절하, 했나요?"

기류는 대답을 망설였다.

황녀 앞에서 당신의 아버지가 내민 목줄을 거절한 것뿐이라는 말을 어떻게 할 수 있겠는가.

동시에 그는 목격했다. 이세에피나 황녀는 그녀의 치맛자락을 구명줄인 양 꽉 쥐고 있었다.

저 말이 진심이 아니라면, 저토록 필사적으로 말을 꺼낼 이유가 없다.

황녀는 지금 이 순간 남김없이 제 속내를 드러내고 있었다.

"지금이라도 생각을 바꿀 수는 없나요?"

"황녀님."

"전 많은 걸 가지고 갈 수 있어요. 땅도, 지참금도……."

그리고 원한다면 용의 피까지도.

이세에피나는 차마 꺼내지 못하는 마지막 단어를 삼켰다.

그녀는 기류라는 사람이 참 타협하기 적당한 상대라고 생각했다. 백작이라는 지위도, 황제의 신뢰도 그 정도면 괜찮다. 뭣보다 수도를 떠날 일이 없는 사람이다. 기사단장 아닌가.

기사단장인 그가 황성을 드나든다면 이세에피나 또한 자연스럽게 결혼 후에도 황궁을 드나들며 아딧사를 보러 갈 수 있을 것이다.

인품 또한 나쁜 사람은 아니었다.

그거면 되지 않나.

"다시 한번 생각해 보세요……."

"황녀 전하께서는 저로 타협하셨군요."

"……."

이세에피나는 저도 모르게 입술을 꽉 씹었다. 그녀는 울먹이는 목소리로 힐난했다.

"그래요. 그래서 싫다는 건가요? 경은?"

"……."

"사랑 없이 사는 부부들은 얼마든지 있어요. 타협으로 만나는 남녀는 더욱 많고요. 우리가, 그렇, 그렇게 되지 말란 법, 없잖아요?"

황녀의 말은 지극히 옳다.

결혼은 가문의 권세를 결정하는 중대사다. 당사자가 원치 않는 결합은 밤하늘의 별처럼 많다. 결혼이라는 장사는 퍽 많은 걸 남겨먹는 판이니까.

"……황녀 전하."

다만 그녀가 고려하지 못한 것은, 기류라는 사내는 장사꾼이 아니었다는 점이다.

그는 기사였다.

기류는 덤덤하지만 어딘지 모르게 서글픈 눈으로 이세에피나를 바라보았다.

"저 또한 약혼 상대를 사업 상대처럼 여긴 적이 있었습니다. 감히 전하의 타협을 이해합니다."

"그러면! 날 이해한다면……!"

"계속 들어주십시오. 지금은 그렇지 않습니다."

이세에피나의 눈동자가 당혹으로 일그러졌다.

기류는 그녀의 벽안을 들여다보았다. 황녀가 너를 연모하노라고 말했다면 감히 꺼내지 못할 말이었다.

"타협으로 만난 상대를 반려로 삼는다는 것은, 평생 상대를 사랑하려고 노력해야 하는 것과 같습니다. 저에게는 그럴 각오가 없습니다."

"왜죠?"

"노력에는 한계가 있기 때문입니다. 저희는 그런 세상을 살고 있습니다."

이세에피나는 상상도 못 한 대답에 입을 벌렸다.

"무엇보다, 저는 이미 마음에 품은 사람이 있습니다."

기류는 기어코 그녀가 듣고 싶지 않았던 말을 입에 올렸다. 그녀의 마지막 희망을 쳐내는 한마디였다.

"그러니 생각은 바뀌지 않을 것입니다. 오늘 저를 불러내서 하신 말씀은 전부 잊겠습니다."

이세에피나는 자기도 모르게 멈췄던 숨을 천천히 쉬었다.

너무나도 조용해서 오히려 귀가 아플 정도로 침묵이 이어졌다. 기류의 한숨이 무겁게 와닿았다.

"2황자 전하의 이름으로 저를 불러내신 것까지 모두 잊어버리겠습니다."

"……."

"궁까지 모셔다드리지 못하는 걸 용서하십시오."

기류가 고개를 숙였다.

그의 표정은 어두웠으나, 떠나는 발걸음은 들어왔을 때처럼 한 점의 흔들림이 없었다.

"나를!"

그때였다. 돌아서는 기류를 향해 이세에피나가 소리를 질렀다.

"나를, 나를 기사로서 섬기라고 하면요?"

"……."

"나를 한평생 섬겨요! 사랑이 없어도 기사로서 결혼한다고 말하면 돼! 그럴 수 있잖아요, 당신은 기사니까! 옛날 기사들은 그렇게 했잖아!"

이세에피나는 악을 쓰며 억지를 부렸다. 평생 동화 속 공주님을 지켜주는 기사를 바라던 사람처럼.

이세에피나의 고집에, 이윽고 기류는 가장 잔인하고 정직한 대답으로 거절했다.

"죄송하지만 전하를 섬길 생각은 더더욱 없습니다. 저는 황가와 제국을 위해 검을 휘두르는 필부일 뿐입니다."

기도실의 문이 닫혔다.

황녀는 홀로 남겨졌다.

온몸이 채찍질 당하면 이런 기분일까. 아니면 꽁꽁 묶인 몸을 송곳이 꿰뚫고 간다면 이토록 아플까.

아무리 애써봐도 몸을 움직일 수가 없었다. 손에는 힘이 들어가지 않았고, 어떻게 서 있는지도 모를 지경이었다.

"인간의 집착이란 가련하고 멍청하구나."

황가의 애물단지. 가엽고 한심한 막내 황녀.

벼랑 끝까지 마음을 몰아세우던 말들을 뒤로한 결과가 이것이었나.

"노력에는 한계가 있기 때문입니다. 저희는 그런 세상을 살고 있습니다."

기류의 거절을 떠올린 순간, 그녀는 힘없는 목소리로 허탈하게 되뇌었다.

"……그런 세상이라니? 그게 뭐야?"

이세에피나는 많은 실망과 절망을 만났다. 하지만 원망은 만나지 않았다.

거지의 딸이 아닌 황제의 딸로 태어난 이상, 그녀는 세상을 함부로 원망할 처지가 아니었다.

하지만 이 순간, 이세에피나는 태어나서 처음으로 세상

이 원망스러워졌다.

"……아아아…… 아아아아아악!!"

그녀의 푸른 눈동자가 조금씩 가라앉았다. 호수처럼 티 없이 맑았던 눈동자는 점차 검게 물들었다.

감겨진 눈꺼풀은 세상을 거부하듯 파르르 떨렸다. 이세에피나의 몸은 힘없이 나동그라졌다. 황녀는 그대로 정신을 잃었다.

그로부터 한 시간 후.

황성 한복판에 나타난 은빛 용은 제국의 운명을 송두리째 뒤바꾼다.

후대 호사가의 입에서 입으로 구전되는 전설.

광룡 폭주의 시작이었다.

※　✳　※

기류가 이세에피나와 마주친 그쯤, 유디트는 4황자 궁에 있었다.

그녀는 레이먼을 기다리느라 벌써 삼십 분째 팔짱을 끼고 있었다.

'요즘 성에 안 맞는 짓 여러 번 하네.'

시간은 금 다음으로 소중하건만.

이렇게 무작정 죽치고 있자니 답답했다.

오늘은 레이먼이 헤링시아 숲 별장에서 돌아오는 날이다.

얼마 전, 이든이 직접 별장을 살펴보겠다며 떠났고 레이먼은 거기에 동행했다.

'설마 레이먼이 이든 황자의 눈에 들 줄이야.'

다시 생각해 봐도 기가 막힌 조합이다.

유디트는 고개를 절레절레 저었다.

암시장 사건의 증언을 위해 4황자 궁에 돌처럼 굴러들어 간 레이먼은 거기에 그대로 박혀 버렸다. 대화를 나눠 본 이든이 레이먼을 대단히 마음에 들어 하며, 수행원으로서 차출했기 때문이다.

'의외지만…… 조합 자체는 나쁘지 않지.'

레이먼은 뒷배가 없다. 하지만 자작가의 사생아로 태어나서인지 귀족적인 예법에는 민감했다. 실력에 비해 신입 기사라 잘 알려지지도 않았다.

'확실히 4황자는 사람 보는 눈이 있단 말이지.'

레이먼은 메티스 가문을 이끌 비스타나 에테르 마스터인 유디트와는 다르다. 가까이 두어도 세력을 불려 나간다는 인상을 주지 않는 상대다.

유디트에게도 나쁘지 않은 일이었다.

"뭐? 별장을 조사해 보라니?"

"별장의 지하나, 멀지 않은 숲, 동굴 위주로 찾아봐. 분명 수상한 흔적이 나올 거야."

"수상한 흔적?"

"마수의 발톱 자국 같은 거 말이야."

유디트는 콕 집어서 용의 흔적이라고는 말하지 않았다.

하지만 눈치가 빠른 레이먼이다. 어떤 정보든 알아내 오겠지.

무언가를 부탁했을 때 '왜'가 아닌 '뭘' 해야 하냐고 물어보는 친구는 편했다. 다만…….

"맨입으로 도와달라고?"

"……뭘 원하는데?"

"술!"

없는 살림에 낸 술값이 얼마였던가.

유디트는 저도 모르게 눈을 질끈 감았다.

'빈둥거렸다고 하기만 해봐…….'

비 오는 날에 먼지가 나도록 패줄 자신이 있었다.

유디트가 폭력적인 생각을 하고 있을 때였다. 그녀가 목을 빼고 기다린 사람이 그녀를 향해 소리쳤다.

"형아 기다리고 있었냐!"

"⋯⋯고막 떨어지는 줄 알았네."

"케케케."

"이상한 웃음소리 좀 내지 마."

레이먼은 건들거리며 다가왔다.

유디트는 그가 다가오자마자 팔과 몸, 허리를 구석구석 살폈다. 레이먼은 기겁하며 떨어지려 했다.

"야! 어딜 만지려 들어!"

"다친 곳은 없나 보네? 그 부리만 꿰매면 될 것 같은데."

"사람한테 부리가 뭐야? 내가 새냐?"

"새 되기 싫으면 입 다물어."

레이먼을 안내했던 황자 궁 사용인이 오가는 말싸움을 듣다가 픽 웃으며 멀어졌다.

레이먼은 유디트의 어깨에 팔을 둘렀다.

"황자 전하는 들어가셨어. 자, 우리도 가자!"

"이것 좀 놓고⋯⋯."

"흔적 있었어. 네 말대로."

유디트는 그 한 마디에 몸이 굳어버렸다.

레이먼은 우스꽝스럽게 웃으며 주변 사람들에게 손을 흔들었다.

그는 마치 남들도 들으라는 듯 크게 말했다.

"피곤해서 못 살겠다! 잠부터 좀 자고 이야기하자, 응?"

그가 유디트의 등을 탁탁 두드렸다.

피곤하다고 툴툴거리는 레이먼을 앞장세운 채, 유디트는 태연히 황자 궁을 빠져나왔다.

얼마 후 레이먼이 유디트의 어깨에서 손을 내렸다. 사람들의 시선이 없어졌을 때였다.

"흔적을 찾은 거야?"

"그래. 꽤 적나라하던데?"

레이먼이 목소리를 낮추며 말했다. 그가 주머니에서 작은 유리 조각 같은 것을 꺼냈다.

"이런 비늘 조각 본 적 있어? 난 처음 봐. 이런 게 별장 지하와 근처 동굴에서 나왔어. 엄청나게 큰 발톱 자국도 있었고."

유디트는 곧바로 그게 용의 비늘임을 눈치챘다.

레이먼이 주변에 아무도 없다는 걸 확인하자마자 작은 주머니칼을 빼 들어서 비늘을 찔렀다.

그러나 은색 비늘은 멀쩡했다. 부서지기는커녕 흠집 하나도 없었다.

"보다시피, 엄청 튼튼해."

"그러네."

설마 긁은 자국조차 안 날 줄이야.

이걸로 이세에피나 황녀가 헤링시아 숲에 용을 숨겨놓고 키운 게 확실해졌다.

"그리고 마법진의 흔적도 있었어."

"뭐?"

턱 끝을 매만지고 있던 유디트는 깜짝 놀랐다.

마법진이라니?

레이먼이 그녀를 보며 양팔로 커다랗게 원을 그렸다.

"모양이 훼손되긴 했지만, 이 정도? 제법 크더라고."

유디트가 그의 말에 귀를 쫑긋 세웠다.

"로하스 님의 소견에 따르면 굉장히 실험적으로 만들어진 거래. 장거리 이동이 가능한 텔레포트 마법……."

땅땅땅! 땅땅땅!

땅땅땅! 땅땅땅!

땅땅땅! 땅땅땅!

엄청난 경종 소리가 울렸다.

난데없는 소리에 레이먼도 유디트도 눈만 끔뻑거렸다.

"어……."

잘못 들었다기엔 너무 선명했다.

다급함이 느껴지는 종소리에 솜털까지 곤두서는 것 같았다.

땅땅땅! 땅땅땅!

땅땅땅! 땅땅땅!

땅땅땅! 땅땅땅!

경종 소리는 습격을 의미한다.

마수 습격. 혹은 적습.

유디트와 레이먼은 거의 동시에 지면을 박차고 뛰었다.

레이먼은 훈련소에서, 유디트는 그간의 경험에서 비롯된 반사적인 행동이었다.

가장 가까운 지휘 체계는 적기사단이다. 두 사람은 오분도 안 되어 기사단 부지로 들어섰다.

"뭐야! 뭔데 이거?!"

"물어봐도 소용없어 보이는데?"

말마따나 그랬다.

도착한 기사단 본부는 그들과 마찬가지로 혼란스러웠다.

기사 몇 명도 이런 소리는 처음 들었다는 얼굴로 우왕좌왕했다. 그들이 서로를 향해 아우성쳤다.

"황궁 쪽이야! 아직도 안 모여 있어?! 다들 뭘 하는 거야!"

"단장님은 어딜 가셨지?"

"집합부터 시켜! 지금 이럴 때가 아니라……."

"용이다!"

기사 한 명이 비명을 질렀다.

그 직후, 어마어마한 크기의 그림자가 기사단을 뒤덮었다.

은색 비늘을 가진 용이 하늘을 날았다. 낮은 비행이었다.

유디트와 레이먼은 물론, 자리에 있던 모든 사람이 입을 떡 벌렸다.

카아아아아아아악!

용이 괴성을 내지르는 순간 모두 동시에 알았다. 갑작스러운 타종 소리는 이 때문이었다.

경악이 들불처럼 번졌다.

"용이다!"

"미, 미친, 미친······!"

"우아아아악!"

거대한 그림자가 태양조차 가렸다.

유디트의 눈이 똑똑히 용을 담았다. 보는 것만으로도 전의를 상실케 하는 크기였다.

털썩 소리가 났다.

고개를 돌리니 옆에 서 있던 레이먼이 엉덩방아를 찧으며 넘어진 게 보였다.

활짝 펼쳐진 용의 날개는 압도적인 존재감을 자랑했다. 발톱은 유디트의 허벅지보다도 컸으며, 쭉 뻗은 목과 꼬리가 은색 비늘로 번쩍였다.

기사단원 모두가 용의 저공비행을 지켜보았다.

유유히 날아가는 모습은 한 폭의 그림 같았다. 다만 가끔 몽유병에 걸린 사람처럼 어딘지 모르게 휘청거렸다.

용은 우아하게 날갯짓하며 수도의 동쪽, 시가지를 향해 날았다.

이윽고 용이 저편으로 사라졌다.

"유디트!"

그녀를 현실로 불러낸 건 레이먼이었다. 그가 소리쳤다.

"난 간다! 일단 넌 비올레랑 루이부터 챙겨서……."

"간다니? 어딜?"

"어디긴 어디야! 황자 궁이지!"

"뭐?!"

유디트가 경악했다.

"이 상황에서 왜 가!"

"괜찮아! 난 오늘까지는 4황자 전하를 호위하는 걸로 되어 있어! 복귀가 좀 늦어져도……."

"너부터 살고 봐야지 무슨 소리냐고!!"

유디트가 소리 질렀다.

레이먼은 눈을 끔뻑거리더니 허, 하고 웃었다.

"참 나, 내가 죽으러 간다고 그랬냐? 전하만 모시고 피신할 거니 걱정할 필요 없어."

"용이 나타났는데 안전한 곳이 어딨어! 너부터 피해! 무조건 북쪽으로, 오늘 하루만 버티면 아마 어떻게든 되니까……!"

"야, 씨. 유디트."

소란스러운 본부에서 그의 목소리가 유독 또렷하게 들린 이유는 무엇일까. 항상 장난스럽기만 했던 갈색 눈이 어른스럽게 보였다.

"나 혼자서는 못 피해. 안 피해."

"……."

"알잖냐, 나 미련한 거."

차라리 몰랐으면 얼마나 좋을까?

레이먼은 희미하게 떨고 있었다. 고요한 갈색 눈동자 속에는 희미한 공포와 꼭 그만큼의 의연함이 깃들어 있었다. 책임감과 사명감까지도.

"루이랑 비올레 좀 부탁한다. 나중에 보자."

"야 이 미친놈아!"

유디트가 고함쳤다.

"레이먼! 돌아오라고! 레이먼 브렛! 야!"

유디트는 목이 터져라 소리를 질렀다. 그녀가 손을 쭉 뻗어 레이먼의 소매를 잡았다.

그러나 레이먼은 단호하게 유디트를 뿌리쳤다. 그는 더 말릴 새도 없이 기사단 본부 안으로 쏜살같이 들어갔다. 장비를 챙기러 간 것이다.

쫓아서 달려가던 유디트는 결국 그를 놓쳤다. 레이먼을 놓친 손이 파르르 떨렸다.

"미친 자식…… 미친 자식!"

유디트는 막연히 용의 폭주는 3년 후에나 생길 일이라고 생각했다.

대체 무슨 자신감으로 그렇게 굳게 믿었던 걸까?

이미 미래는 달라졌건만!

숨이 턱턱 막혔다. 레이먼을 놓치고 나니 눈앞이 까맣게 변하는 것 같았다.

그렇게 얼마나 있었을까.

"거기 너! 멍청하게 서 있지 말고…… 이봐!"

유디트는 부르는 소리를 무시하고 숙소까지 뛰었다. 어영부영 붙잡혔다간 낭패를 볼 게 뻔했다.

그녀는 마음속으로 쉴 새 없이 레이먼을 욕했다. 그리고 정신없이 달렸다.

멍청한 놈. 천하의 미련한 자식. 바보 천치 같은 놈!

그 많은 황실 기사가 이럴 때 제일 먼저 지키러 가는 게 황족이다. 군이 우리 같은 신입 기사가 자진해서 목숨을 내놓으러 갈 필요가 있나?

용이 콧김 한 번 내뿜으면 개미처럼 뭉개지는 게 사람이다. 혼자서는 못 피한다니, 그게 무슨 말 같지도 않은 소리냐고!

방패로는 해일을 막을 수 없다. 해일이 몰려올 때는 자기 한 몸부터 피해야 사는 법이다.

"비올레! 루이!"

도망치는 게 현명하다.

가까운 내 사람만 챙겨서, 내 친구만 데리고.

이게 맞다. 이게 옳다.

유디트는 쉴 새 없이 자신에게 되뇌며 두 사람의 이름

을 외쳤다.

그사이 숙소에서는 제복을 갖춰 입은 기사가 속속들이 밖으로 나서고 있었다. 유디트는 혹시라도 그 속에 비올레와 루이가 섞여 있을까 싶어 가슴을 졸였다.

그녀는 연어처럼 인파를 거슬러 올랐다.

"유디트!"

그때 몸의 중심이 뒤로 확 쏠렸다. 누군가가 그녀를 잡아끌었다.

"루이! 비올레!"

루이는 씻던 도중에 나왔는지, 머리카락에서 물방울이 뚝뚝 떨어지고 있었다. 그 옆에는 비올레도 함께 있었다.

"유디트! 마침 잘됐다! 밖에 무슨 소란이야?"

"이게 무슨 일이야? 아까 그 용은 대체⋯⋯."

"길게 설명할 시간 없어. 따라와!"

유디트는 무작정 두 사람을 잡아끌었다.

그녀는 황성의 지도를 머릿속으로 그리며 신전 쪽으로 달렸다.

신전 쪽이 가장 나을 것이다. 방어 결계가 있다면 최소한 브레스 한 방에 죽어 나가는 일은 없을 테고, 사제들도 근처에 있으니 안전하리라.

'어영부영 내몰렸다가 개죽음을 당하는 것보다는 탈주가 백배 나아!'

영문도 모른 채 따라 달리던 루이는 주변의 소란스러운 이야기 속에서 맥락을 파악했는지 얼굴을 굳혔다.

"유디트? 우리 지금 어디로 가는 거야? 타종 소리가 났는데 집합해야……."

"무시해. 지금은 그런 걸 신경 쓸 때가 아니야."

"유디트 경!"

흙먼지를 가르고 날아온 목소리가 그녀를 멈춰 세웠다.

평소라면 반가웠을 테지만, 오늘만큼은 달랐다. 유디트는 표정을 굳힌 채 고개를 돌렸다.

기류였다. 그가 신전 쪽에서 내려오고 있었다.

하필이면.

유디트는 기류의 얼굴을 보자마자 그 말부터 중얼거렸다. 하필이면.

기류가 말에서 내렸으나, 유디트는 그를 보지 않고 몸을 틀었다. 그녀는 두 사람의 등부터 떠밀었다.

"루이, 비올레. 신전으로 가."

"뭐?"

"유디트, 지금 그럴 때가……."

"가도 돼. 안 그래도 신전 쪽에서 인력을 보내달라고 한 상태야."

이 거짓말은 어엿한 파면감이다.

그럼에도 유디트는 주저하지 않았다. 겁에 질린 비올레

가 눈치를 보고 있었으니까.

"신전이 가장 안전해. 루이, 내 말 알아듣지?"

"……유디트."

신학에 조예가 깊은 루이다. 신전에 결계가 쳐 있다는 것 정도는 알겠지.

유디트는 그를 향해 눈짓했다.

기사의 명예, 덕목, 소명 의식. 그런 게 다 무슨 소용인가. 어차피 다 먹고살자고 하는 일인 것을.

하지만 그런 논리가 통하지 않는 사람도 있다. 유디트는 애타게 루이를 바라보았다.

"루이."

"……."

"내 말 들어. 제발, 응?"

유디트는 밥벌이를 위해 검을 잡았고 황실 기사가 되었다.

하지만 돈을 버는 이유는 결국 잘 먹고 잘살기 위해서다. 관 속에서는 위로금도 못 센다. 일단 살고 봐야 하지 않겠는가.

루이의 붉은 눈동자가 흔들렸다.

그는 이렇게 빤히 보이는 얕은 거짓말에 속을 만큼 바보가 아니다. 그의 눈에는 유디트가 무엇을 바라고 이렇게 행동하는지 빤히 보였다.

집합을 알리는 타종 소리와 하늘을 날던 용.

루이의 얼굴이 일그러졌다.

"유디트, 이러면……."

넘어가선 안 된다.

이럴 때, 이런 순간에 누구보다도 용맹하게 앞장설 수 있도록 지금껏 스스로를 갈고닦지 않았나.

그러나 루이의 갈등은 곧 멈췄다. 동쪽에서 거대한 짐 승의 울음소리가 하늘을 뒤덮으며 울렸다.

카아아아아악!

쿵!

잇달아 건물이 무너지는 소리도 들렸다. 꽈르릉 소리와 함께 지면이 울렸다.

세 사람의 얼굴이 동시에 굳었다. 루이와 비올레의 얼굴 위로 공포가 스몄다.

"이러면……."

루이는 저도 모르게 가족을 떠올렸다. 세 여동생이 기사 단에 가지 말라며 무릎에 달라붙어 엉엉 울던 광경이, 백 작가의 미래는 너에게 달렸다는 아버지의 말이 머릿속을 스쳤다. 마치 주마등 같았다.

그렇게, 결국 그는 비올레의 팔목을 잡았다.

"……가자, 비올레."

"루, 루이?"

"어서 가, 빨리!"

유디트는 루이의 등을 때렸다. 마지막 재촉이었다.

그렇게 루이는 빠르게 멀어졌다. 유디트에게서, 적기사단에게서, 무엇보다도 자신이 목표로 삼아왔던 모습에서 멀어져 갔다.

유디트는 그의 비굴함이 기뻤다. 그녀는 안도의 숨을 내쉬었다.

"유디트 경."

"상황 보고드립니다."

그녀는 다가온 기류의 앞을 가로막다시피 했다.

눈은 마주치지 않았다. 오직 차가운 목소리로 태연하게 입을 열었다.

"조사 중 헤링시아 숲에서 용의 비늘이 나왔습니다. 조금 전 은색 용 한 마리가 날아갔는데, 그 흔적이라 여겨집니다. 용은 동쪽의 시가지로 이동한 것 같으며……."

쿠우웅!

낙석 떨어지는 소리가 다시 한번 들렸다. 유디트는 설명을 더욱 압축했다.

"대단히 위험한 상황입니다."

"상황은 알겠다."

기류는 굉음이 들리는 곳으로 고개를 틀었다.

일분일초가 아까운 상황. 데샹이 잘 대처하고 있겠지만

기류도 한시바삐 기사단으로 복귀해야 했다.

기류는 동쪽 하늘을 바라보며 말했다.

"……경. 이럴 때 미안하지만 대장간에 다녀와 주겠나?"

유디트의 눈썹이 작게 움직였다.

"대장간 말씀이십니까?"

"그래. 오리온에게 가서 내가 부탁한 검을 달라고 해. 아무래도 직접 다녀올 시간이 없을 것 같다."

기류가 부탁한 검.

아마 그가 말하는 건 황궁 대장간 수석 장인 오리온이 만든 용살검을 의미하리라.

그녀가 재빨리 고개를 끄덕였다.

"알겠습니다. 가져다드리겠습니다."

도망치자.

유디트는 본심을 삼키고 대답했다.

"고마워. 그럼 부탁하겠다."

"……"

기류는 그녀의 눈을 피하며 부탁했다.

유디트는 어딘지 모르게 석연치 못한 느낌을 받았다. 마치 셔츠의 단추를 잘못 끼워 넣고 있는 기분이었다.

왜 이런 기분이 드는 걸까. 설명하기 어려웠다.

그동안 보라색 눈동자가 그녀를 한 번 훑었다.

기류는 보급용 검을 찬 유디트의 허리를 흘끔 보다가 체념한 사람처럼 다시 고개를 돌렸다.

"……단장님?"

"아무것도 아니야. 나중에 보자."

기류는 마지막으로 보는 사람처럼 그녀를 응시했다. 그러곤 금방 말에 올랐다.

곧 기류는 안장 아래를 걷어차며 떠나 버렸다.

발굽 소리와 함께 남겨진 유디트는 오도카니 서서 그가 사라진 쪽을 바라보았다.

……방금 그건 뭐였지?

가슴이 이상하게 울렁거렸다.

유디트는 손가락 관절이 뻐근한 사람처럼 주먹을 쥐었다.

"……."

뭐가 뭔지는 모르겠지만 잘된 일이다. 이대로 신전까지 도망치면 된다.

유디트는 등을 돌리고 빠르게 뛰었다.

황성에 심어진 나무를 순식간에 획획 지나치며, 지면을 박차고 달려 나갔다.

대장간에서 검을 가져다 달라는 부탁 따윈 듣자마자 잊어버렸다는 듯 머뭇거림이 없었다.

명령 불복종으로 기류에게 질책 받는다면?

변명하면 그만이다. 대장간에 아무도 없었다든가, 황성이 혼란스러워서 출입이 통제되었다든가.

원래 변명이라는 건 상황에 맞춰서 짜 맞추기만 하면 되지 않던가.

기사직은 밥벌이다. 제군을 위해, 주군을 위해, 약자를 위해 검을 드는 시대는 지났다.

돈보다도 중요한 게 목숨이다. 그러니 도망치는 건 이상한 일이 아니다. 욕먹을 일도 아닐 것이다.

원래 사람은 다 이렇게 살지 않던가. 이렇게 뻔뻔하게, 앞뒤를 재면서, 상황을 보면서.

그런데 이상하게도 잇새에서 흐느낌 같은 게 흘러나왔다.

"……흐으…… "

유디트는 이제 천천히 뛰었다.

시야 끝이 일그러지고, 가슴이 턱턱 막혔다. 울퉁불퉁한 도보를 따라 뛰는 걸음이 이상하게 무거웠다.

강자가 약자를 지킨다고 해서 동전 한 푼이라도 더 떨어지는 세상이라면 그녀도 기류처럼 살았을 터다. 레이먼처럼 망설이지도 않았겠지. 루이도 그걸 아니 도망친 것이다.

기사의 소명 의식이 금덩이를 부르던가?

기사에게 요구되는 명예와 덕목은 밥을 먹여주지 않는다.

인생은 각자 책임이다. 알량한 정의감으로 걸음을 멈춰도 그녀를 칭찬해 줄 심사 위원은 없다.

그러니까 그냥 도망치자.

이대로 도망쳐서 루이와 비올레부터 챙기는 거다.

내 사람부터 챙기고 보자.

그러면…….

"……."

그러면 나는 평생 그렇게 살겠지.

염치없는 생각 속에 스스로를 가두고 끊임없이 변명하면서…….

에테르 마스터라는 찬란한 재능을 가진 채 예전처럼 칼잡이로 사는 것이다.

유디트는 이제 천천히 걸었다. 목덜미를 타고 흐르는 땀한 방울이 차게 식었다.

세상은 약육강식이다. 강자에게는 핏값을 지불하라고 요구할 수 없는 세상이다.

그러나 이 순간, 유디트는 두 가지 사실을 깨달았다.

첫 번째는 그런 녹록지 않은 세상에서도 어떤 기사는 사람을 지킨다는 점.

두 번째는 기류의 부탁에 석연치 않은 구석이 있었다는 점이다.

"하……."

기류는 그녀에게 검을 가져다 달라고 부탁했다. 그런데 '어디로' 가지고 와야 하는지는 말하지 않았다.

그것이 무엇을 의미하는가?

마침내, 유디트의 걸음이 멈췄다.

＊　✳　＊

기사단장 관두자, 정말로.

기류는 진심으로 그렇게 생각했다. 상황에 맞지 않는
웃음이 한참이나 터져 나왔다.

정말 이 빌어먹을 사태만 정리되면 곧바로 관두고 영지
로 내려가서 배나 긁으며 살 의욕이 충만하게 넘쳤다.

물론 이러한 마음과는 별개로, 기류는 착실하게 보고를
받고 명령을 내렸다.

"발리스타 준비되었습니다!"

"대형 소형 가릴 것 없이 모조리 긁어모아서 동쪽 시가
지로 보내. 투석기는?"

"준비하겠습니다. 하지만 시내에서 투석기를 사용하는
건……."

"사용할지는 나중에 결정한다. 준비만 시켜놔."

기류는 방호 마법이 걸린 코트에 팔을 쑤셔 넣으며 달
렸다.

적기사단의 절반을 황궁으로 보냈다. 나머지는 민간인
의 피해를 최소한으로 줄이기 위해 동쪽 시가지로 투입해
서 피난을 돕게 했다.

"단장님! 신전 측에서 용에 대한 공격을 자제해 달라고 전령이……."

"개소리하지 말고 셴더러 백기사 끌고 잽싸게 튀어 오라고 해. 환자가 산더미처럼 생길 거니까."

기류가 무릎 그리브를 차며 대꾸했다.

그의 허리에는 이미 세 자루의 검이 걸려 있었다. 거기에 화살통과 활을 더하니 몸이 무거웠다.

기류는 말에 오르며, 깜빡했던 명령을 내렸다.

"불화살도 준비해. 기름 먹인 종이가 아니라도 상관없으니 십오 분 내로."

"정말 용을 퇴치하실 생각입니까?"

부하 한 명이 어두운 안색으로 물었다.

"필요하다면 해야지."

"재고하심이……."

"손가락만 빨다간 사람이 죽어."

기류는 더 고민할 필요도 없다는 듯 말을 끊었다.

황족과 황궁의 사람들을 대피시키고 동쪽 시가지에서 민간인을 빼내기 위해 인력 대부분을 쪼갰다.

남은 전력은 그야말로 한 줌이다. 역대급 참사를 수습하기엔 턱없이 적은 숫자였다.

곧 일사불란한 말발굽 소리가 요란하게 성문을 통과했다.

선두에 선 기류는 몸을 바짝 숙인 채 이를 물었다.

어떻게 해야 하나.

적기사는 용종계의 마수인 와이번을 비롯한 혼혈 마수나 순혈 마수 또한 상대해 본 경험이 있다.

그런데 상대는 용이다.

대적하는 것 자체를 꺼림칙하게 여기는 신성의 상징.

제국을 세운 카르나크 신은 인간과 용의 피를 반반씩 지녔다.

용은 공존이라면 모를까, 퇴치할 상대가 아니었다. 신앙심이 깊은 자들은 용을 퇴치하는 것 자체를 꺼림칙하게 여기고 있었다.

하지만 그래도 해야 했다.

가만히 놔두면, 이렇게 사람이 죽지 않나.

동쪽 시가지에 도착한 기류는 말에서 내리기 무섭게 발끝에 닿는 바닥의 핏물을 보며 희미한 현기증을 느꼈다.

"맙소사……."

"중앙 경비대 400명이 순식간에……."

참혹한 흔적에 모두가 신음을 흘렸다.

낙석에 깔린 시체도 있었다. 피 냄새는 빠르게 코끝을 잠식했다.

"생존자를 찾고 궁수를 배치해라. 발리스타를 중심으로 대응한다."

"예!"

"더는 피해를 늘릴 수 없다."

용은 동쪽 시가지의 지붕 위에 내려앉았다.

날카로운 발톱이 서까래를 헤집었다. 엄청난 먼지와 함께 목재가 성냥개비처럼 간단히 부서졌다.

기류는 부하들의 파랗게 질린 안색을 뒤로한 채 검을 챙겼다.

'……잡을 수 있을까.'

모르겠다.

피난 유도를 마치고 부하들이 합류한다 해도 막막한 상태인 건 마찬가지다.

상대해야 하는 건 평범한 병장기는 통하지 않는 용이니까.

저 비늘에 흠집이라도 낼 수 있는 건 에테르 마스터뿐이다.

그리고 기류가 판단하기에, 이런 상황에서 도움이 될 만한 담력과 재능, 경력을 가진 인물은 퍽 소수였다.

'최소한 단장급…… 셴이나 제르멜 정도가 아니면 도움이 안 돼.'

아니, 사실 도움이 될 만한 사람은 한 명 더 있다. 이 막막한 전투에서 그의 짐을 덜어줄 상대.

'유디트.'

그녀는 이럴 때 가장 큰 힘이 되어줄 능력을 가진 사람이다.

……하지만 그녀는 오지 않을지도 모른다.

"대기한다. 신호에 맞춰서 공격해."

유디트는 수동적인 부하가 아니었다. 오히려 판단이 빠르고 기민했다. 그런 그녀가 황궁도 아닌 신전 쪽으로 뛰어가고 있었다는 게 무슨 의미일까.

심지어 그녀는 허리춤에 검을 찬 채였다. 무장 상태였단 소리다.

어쩌면, 그녀는 오지 않는다.

담담한 확신이 파문처럼 마음속에 퍼졌다. 넓게, 멀리 퍼지더니 서글픔이 그의 가슴을 시리게 했다.

별안간 은빛 용이 허우적거리며 시가지의 종탑 건물 벽을 타고 오르기 시작했다.

기류가 검을 뽑아 들었다.

붉은색 에테르가 넘실거리며 피어올랐다.

그가 빠른 판단을 마쳤다.

"용이 이곳을 벗어나게 해선 안 된다. 날개를 중점적으로 공격한다!"

"발사 준비! 날개를 찢는 데 집중해라!"

"준비됐습니다!"

은빛 용은 잠에서 일어나 허우적거리듯 종탑을 기어올랐다.

표적이 빗나갈 일은 없으리라. 그만큼 어마어마한 크기

였다.

"준비."

공기가 무겁다. 가라앉은 분위기는 차가웠으며 희미한 공포에 젖어 있었다.

"발사!"

기류가 손을 내렸다.

사격이 시작됐다. 바퀴 달린 대형 발리스타에서 어린아이의 손목만 한 굵기의 화살이 날아갔다.

화살은 허공을 가르며 목표물을 정확하게 노렸다.

몇 발은 용의 날개를 맞췄다. 그러나 오래가지 못했다. 사태를 파악한 용이 날개를 한 바퀴 휘저었다. 일대에 거센 돌풍이 불자 궤도가 비틀린 화살이 허공만 갈랐다.

용은 그사이 종탑 벽을 타고 오르는 걸 멈추고 내려왔다.

"재장전!"

데샹의 구령에 맞춰 기사들이 준비하는 동안, 기류는 힘껏 긁어모은 에테르를 날렸다.

붉은 에테르가 종탑 건물의 벽돌을 산산조각 냈다.

곧 천지가 흔들리는 소리에 이어 종탑의 끄트머리가 무너졌다. 커다란 종이 기둥째 떨어졌다.

케아아악!

벽을 타고 내려오던 용이 고통스러운 비명을 질렀다. 용은 떨어지는 종과 기둥의 무게를 견디지 못하고 함께 지면으로 곤두박질쳤다.

쿵!

무릎이 떨릴 만큼 심한 진동이 일었다.

자욱한 먼지가 피어올랐다. 흐려진 시야 사이로 용이 고개를 치켜들며 몸통을 바로 세우는 게 보였다.

"발사!"

또다시 화살 비가 허공을 수놓았다.

동시에 수도 한복판에서 화살 꽂이가 된 용이 기어코 브레스를 내뿜었다.

기사 몇 명이 재빨리 방패를 들었다. 그러나 막지 못한 이가 대부분이었다.

"아아아악!"

화염이 주변을 뒤덮었다. 동시에 지면을 내려친 용의 꼬리가 무참하게 기사를 짓밟았다.

콧속이 화끈거릴 정도로 뜨거운 화염. 살 타는 냄새, 역한 피 냄새가 사방에서 났다.

쩌정!

대형 바리스타와 대기 중이던 투석기 몇 대가 힘없이 부서졌다.

"대열을 정비해! 거리를 유지해야 한다!"

"활이 없는 자들은 창을 들어!"

"마법사가 올 때까지만 버텨!"

카아아아아아아악!

은빛 용은 또다시 난동을 피우기 시작했다.

날개가 마음처럼 펴지지 않아서인지 더욱 분노에 찬 하울링이었다.

발톱에 뜯긴 지붕이 허공을 날았다. 기류가 어떻게 해볼 새도 없이, 몇 명의 기사가 건물 잔해에 그대로 깔렸다.

"단장님!"

임시 전령사 역할을 맡았던 기사가 말 같지도 않은 소식을 가지고 온 건 그때였다.

"흑, 흑기사단 일부가 한 시간 안에 도착하겠다고⋯⋯!"

"그때쯤이면 다 죽고 아무도 없다고요!"

저편에 있던 데샹이 악에 받쳐 소리를 질렀다.

머리 위로 또다시 뜨거운 브레스가 쏟아졌다. 기류는 간발의 차로 부하의 뒷덜미를 잡아끌어 담벼락 뒤로 엎어졌다.

용이 브레스를 멈추고 재차 울부짖었다. 괴성에 고막이 터질 것 같았다.

기류는 욕지거리를 내뱉으며 일어섰다.

겁에 질린 부하가 벌벌 떨며 그를 올려다보고 있었다.

"백기사단은 언제 오지?"

"모⋯⋯ 모르겠⋯⋯."

엉거주춤하게 일어나려던 기사는 불에 탄 시가지를 훑

어보았다.

그는 공포에 질린 눈으로 양손을 짚으며 땅에서 일어났다.

"제가 알, 알아 오겠습니다!"

"뭐?! 잠깐……!"

기어가듯 일어난 기사가 뒤도 돌아보지 않고 도망쳤다.

기류의 손이 허공을 저었다.

무정하게도 용은 가만히 있질 않았다. 발 구름이 이어졌다.

쿵쿵거리는 진동과 함께 지면이 논바닥처럼 갈라지더니, 목조건물 서너 채가 힘없이 무너졌다.

그리고 그중 한 채가 정확하게 데샹의 머리 위로 쏟아졌다.

"데샹!"

경악한 기류는 곧바로 에테르를 날렸다. 하지만 너무 늦었다.

용은 뼈다귀를 물고 흥분한 강아지처럼 물어뜯은 건물을 사방으로 내던졌다.

지휘는 물론, 대형 또한 속수무책으로 무너졌다.

얼마간의 시간이 흘렀을까. 그 난장판 속에서 기류가 부하들과 함께 데샹을 찾아낸 것은 기적에 가까웠다.

"숨이 붙어 있습니다!"

데샹은 피투성이였다. 나뭇조각이 살에 그대로 박혔으며 피부는 넝마 꼴이었다.

부상자는 그뿐만이 아니었다. 싸움이 길어질수록 결국 다 죽는 판이었다.

"단장님! 여기는 저희가⋯⋯."

기류가 주먹을 말아 쥐었다. 가슴이 더욱 차게 식었다.

그는 데샹에게서 눈을 떼지 못했으나, 결국 이를 악문 채 뒤를 돌았다. 그가 큰 소리로 외쳤다.

"침착하게 후퇴해라. 지급된 마법 스크롤로 버텨! 조금만 더 기다리면⋯⋯!"

그러나 기류는 곧 자신의 명령을 들을 부하들이 얼마 없다는 것을 깨달았다.

일대는 처참했다.

모래성처럼 뭉개진 건물과 발톱의 흔적이 남은 거리는 이미 난장판이었다.

그 속에 한 폭의 그림처럼 늠름하고 당당한 기사들은 없었다.

개선식을 맞이할 때처럼 당당하고 엄숙했던 표정도, 죽음을 영광처럼 여기는 명예도 없었다.

다만 용맹해서 죽은 자와 영악하게 살아남은 자만이 존재할 뿐.

이것이 그가 사는 세상이고, 현실이었다.

기류는 손끝이 아파질 만큼 칼자루를 세게 쥐었다.

"⋯⋯."

약자를 지키는 것은 사람이 해야 할 기본적인 도리다. 동시에 참된 기사의 자질이기도 했다.

그러나 기류가 사는 세상은 그런 도리를 보란 듯이 비웃어왔다. 정의와 의무가 깃털처럼 가벼워졌다. 도리 없는 세상이 되었다.

언제부터였을까, 세상은 개개인이 반듯하게 걷기에는 가혹할 정도로 기울어져 있다는 걸 깨달은 게.

하지만 기류는 그런 세상에서 올곧게 걸으며 살아가기로 결심했다.

에테르 마스터여서가 아니다. 남들보다 더 많은 걸 쥐고 태어난 귀족이어서도 아니다.

사람을 살리려다가 마수에게 찢겨 죽은 절름발이 의사 동생이 있었기 때문이다.

올곧게 살기 위한 노력은 꼭 그만큼 실망을 불렀다. 제국의 기사도는 비렁뱅이의 동냥 구실로 전락한 지 오래였으므로.

하지만 실망했다고 세상과 정의를 조롱하겠는가.

세상이 변했고 기사가 중요하게 여기는 가치도 변했다.

반면 변하지 않은 가치도 있었다.

훌륭한 무용, 굳건한 충성, 겸손과 예의, 약속된 봉토, 빛나는 명예 따위보다도 훨씬 중요한 가치.

약자를 지키는 일.

강하고 능력이 출중할수록 더 많은 사람을 보호하는 것.

제국을 이루는 근간은 결국 사람이다. 때문에 사람을 지키는 것이야말로 기류를 적기사로서 살게 하는 원동력이었다.

아무리 막막해도, 떳떳하게 가슴을 펴고 기사로서 살게 하는 힘.

있어야 하는 자리에서 지켜야 하는 사람을 지킨다.

그것이 기류가 지닌, 기사로서의 소명 의식이었다.

혹자에게는 그 소명 의식조차 턱없이 무거울 것이다. 함부로 짊어졌다간 나동그라지기 딱 좋을 만큼.

하여, 기류는 그러한 도리와 신념을 남에게 강요하지 않았다. 다만 혼자서라도 지키도록 노력해 왔을 뿐이다.

이따금 찾아온 고독은 그에게 미련하다고 속삭였고, 외로움을 선물했다.

그래도 어쩔 수 없었다. 이 소명 의식이 기류의 업(業)이었으니까.

그렇게 살다 보니 여기였다. 한 걸음 한 걸음씩 검을 쥔 채 내디디며 살다 보니, 여기까지 왔다.

이 사선까지.

"……부상자는 후퇴. 나머지는 전선을 이탈하지 마라. 전열을 가다듬으며, 끝까지 버틴다."

기류는 아랫입술을 깨물었다.

그가 못 쓰게 된 검을 버리고 허리에서 세 번째 검을 뽑아 들었다.

'……물러나선 안 된다.'

부하들만 두고 저 혼자 도망칠 수는 없었다.

'나 혼자서라도 잡아둬야 해.'

폭풍의 눈처럼 고요해진 마음으로 에테르를 가다듬었다.

기류의 검이 미세하게 떨렸다.

목표를 정하고 상대를 확인한 다음 행동한다.

세 가지 원칙을 지켜서 뽑은 검이라서 그럴까, 혹은 벼랑 끝에 몰린 마지막 발악이라 그럴까.

그가 세로로 크게 검을 휘둘렀다. 그러자 붉은 에테르가 파도처럼 일어났다. 날카롭게 벼려진 검끝이 별빛처럼 번뜩였다.

파앗!

섬광을 뿌리며 날아간 붉은 에테르가 조각조각 쪼개졌다. 멀리에서 보기엔 마치 유성우 같았다.

그렇게 혜성 꼬리처럼 잔상을 남긴 에테르가 용에게 직격했다.

운석이 떨어지듯 두 번, 세 번.

기류의 에테르가 유성우처럼 끝없이 쏟아져 내렸다.

에테르는 비늘을 바수며, 지면을 두드리는 호우처럼 강타했다. 그야말로 쾌도난마의 힘이었다.

용은 몸부림을 치며 숨을 곳을 찾았다.

그러나 거대한 체구가 숨을 만한 장소는 없었다.

결국, 용은 날개를 꺾으며 에테르를 막기 위해 허우적거렸다.

키르르! 키르르르륵!

빠지직! 빠직!

용의 얇은 날개 비늘이 조각조각 갈라졌다.

'모조리. 부서질 때까지.'

기류는 칼질을 멈추지 않았다.

그는 에테르가 고갈되기 직전까지 쏟아내고 또 쏟아냈다.

붉은 에테르는 일대를 찬란하게 뒤덮었다. 그렇게 장장 십오 분이 흘렀다.

그의 턱에 식은땀이 맺혔다.

"하아, 하아……."

기류의 검이 처음으로 멈췄다.

그 긴 시간 동안 용은 종탑 근처에서 채 열 발자국도 멀어지지 못했다.

기류가 용을 묶어두는 것에 성공한 것이다.

그것은 기류 한 사람이 이루어낸 위업이고 고집이었다.

동시에 한 사람의 한계였다. 에테르를 견디지 못한 칼날이 두부처럼 뭉개졌다.

그가 팔을 내리자 검은 기다렸다는 듯 두 동강 났다.

기류는 망연자실한 얼굴로 칼자루를 내려다보았다.

용은 여전히 움츠러들었을 뿐, 꿈틀거리며 살아 있었다.

반면 그는 검이 없었다. 여분의 검을 찾으러 돌아다닐 힘도, 시간도 없었다.

한계까지 몰아붙인 심장 부근의 에테르링은 터질 것처럼 뜨거웠다.

시야는 어두워졌다가 밝아지기를 반복했다.

'실패했다.'

즉, 패배였다.

깨닫기 무섭게 몸이 휘청거렸다.

바닥을 짚은 끝에 다시 일어섰음에도 기류의 곁에는 아무도 없었다.

그는 조금 허탈한 웃음을 터뜨렸다.

"……."

지원군은 어디까지 왔을까? 이다음을 맡길 수는 있을까?

여기서 쓰러지면 죽나?

셴, 이 망할 자식은 뭘 하느라 아직 코빼기도 비추질 않는 걸까?

제르멜, 그 새끼는 기대도 안 했어.

데샹은 괜찮을까? 이든은? 황궁은? 황성은?

유디트는?

기류는 땀을 훔치며 현기증을 쫓았다.

그사이, 내내 웅크리고 있던 용이 꼿꼿하게 고개를 들

었다.

검이라도 남아 있었으면⋯⋯. 제대로 된 검 하나만이라도 있었으면 어떻게든 됐을 텐데.

남 탓을 시작하면 한도 끝도 없을 테지만, 기류는 야속한 마음에 입술을 물며 이를 갈았다.

용은 천천히 다가왔다.

비늘이 깨진 곳에서는 피가 조금씩 흘러나오고 있었고, 살점이 보이는 곳도 있었다.

그러나 타격을 받았을지언정 용은 여전히 건재했고, 기류는 이제 제 한 몸 지키기도 쉽지 않았다.

카아아아아아아악!

충격파가 일었다.

기류는 몸을 가누지 못하고 뒤로 몇 바퀴나 굴렀다.

"⋯⋯."

용이 그를 내려다봤다.

거대한 아가리 속에서 일렁이는 불꽃이 당장에라도 그를 뼛조각도 남기지 않고 태울 기세였다.

기류의 손이 떨리는 것은 아무도 보지 못했다. 그는 눈을 감지 않기로 했다.

후회는 없을지언정 아쉬움은 컸다.

누가 이 난장판을 수습하게 될지, 아니, 수습할 수는 있을지 걱정이었다.

'카르나크는 정녕, 제국을 버린 것인가.'

"……?"

그때였다.

먼 곳에서 말발굽 소리가 들려온다 싶더니, 마법이 연달아 은빛 용을 강타했다.

이어서 상대를 확인하기도 전에 거대한 화염구 세 개가 날아왔다.

갑작스러운 공격에 기류는 눈을 끔뻑였다.

곧 지원군이 왔다는 사실을 깨닫자마자 그가 자리에서 벌떡 일어나며 외쳤다.

"아무나 검 한 자루……!"

"지금 검이 문제입니까!"

카랑카랑한 목소리가 그를 질책했다. 안도와 함께, 답답함을 못 이겨 나무라는 목소리가 익숙했다.

유디트였다. 그녀가 로브를 입은 마법사들과 함께였다.

"기류!"

그녀가 기류를 직급도 아닌 이름으로 부른 건 처음이었다. 하지만 깜짝 놀란 기류는 그런 걸 깨달을 틈이 없었다.

유디트가 검을 껴안은 채, 말에서 뛰어내리다시피 했다.

"유디트! 위험……!"

기겁한 기류가 그녀를 향해 팔을 쭉 뻗었다.

제대로 받아냈다는 걸 깨닫기도 전, 두 사람은 한데 엉켜 바닥을 데굴데굴 굴렀다.

✳　✴　✳

한낮에 떨어지는 붉은 유성우를 본 순간, 예상은 했다.

예상은 했으나, 기류가 정말로 혼자 서 있는 걸 보자 유디트는 참지 못하고 말에서 뛰어내렸다.

기류가 제대로 받아줘서 망정이지, 아니었으면 지금쯤 어디 하나 부러졌을지도 모른다. 그런 주제에 유디트는 호통부터 쳤다.

"어쩌자고 혼자십니까! 이 상황에!"

"어⋯⋯."

기류가 얼빠진 목소리를 냈다. 그는 믿을 수 없다는 듯 그녀를 보았다.

"경이 여길 어떻게⋯⋯?"

"못 찾아올 줄 아셨습니까? 그럴 리가 있어요?!"

유디트는 두 자루의 검을 가지고 있었다. 기류가 부탁했던 검과 푸른 보석이 박힌 검이었다.

기류는 예상치 못한 앙칼진 반응에 당황했다.

"무모합니다! 목숨은 하나라고요!"

화낼 상황이 아니라는 건 안다.

하지만 유디트는 답답해서 죽을 것 같았다.

왜 이렇게 혼자 손해를 본단 말인가? 왜 가장 치열한 곳에서 혼자 안간힘을 쓴단 말인가?

이 불공평한 세상에서 누군가가 짐을 더 짊어져야 하는 걸 안다.

하지만 조금은 사릴 수도 있지 않나. 목숨이 걸린 일인데!

유디트는 그를 안전한 곳까지 끌고 갔다. 그사이 함께 말을 타고 온 마법사들이 드래곤을 향해 쉴 새 없이 주문을 퍼부었다.

유디트는 마법사들을 협박해서 받아낸 마법 스크롤을 단번에 찢었다.

반투명한 실드가 그들을 안전하게 보호하기 무섭게, 그녀가 다시 한번 벌컥 화를 냈다.

"죽으면 어쩔 뻔했어요, 제가 조금만 더 망설였으면…… 늦었으면!"

"그러면…… 어…… 죽었겠지?"

"바보 같은 소리 하지 마세요!"

"아파!"

여전히 얼빠진 대답에 유디트는 그만 참지 못하고 그의 팔을 찰싹찰싹 때렸다.

그녀는 한참 동안 씨근덕거렸다.

유디트는 스스로도 이해하지 못할 만큼 화가 났다.

본래였다면 광룡 폭주는 3년 후 일어날 일이다.

그때의 기류는 용을 혼자서 잡을 수 있겠지만, 지금의 기류는 모른다. 뚜껑을 열어봐야 안다는 소리다.

유디트도 마찬가지였다.

그녀의 에테르링이 더욱 단단해지며, 기량과 실력 모두 최전성기를 자랑했던 것은 죽기 1년 전. 베르크스 수성전 때였다.

따라서 지금의 그녀는 확신이 없었다. 아무리 에테르 마스터라 할지라도 용을 상대로는 승리를 장담할 수 없다는 소리다.

"왜 기다리지 않으셨습니까."

"……."

"제가 오지 않을 거라 생각하셨나요? 그래서 그렇게 무모하게……."

기류의 얼굴이 굳어졌다.

그의 표정이 대답을 대신했기에, 유디트는 입술을 지그시 깨물었다.

"오지 않을 거라 생각하셨던 거군요?"

"……."

호박색 눈동자가 그의 잡스러운 생각을 남김없이 먹어 치웠다.

거기엔 십오 분간 단신으로 용을 묶어둔 기사는 없었다. 어떻게 대답해야 할지 고민하는 바보 같은 사내만 있을 뿐이었다.

기류는 망설이다가 입을 열었다.

"경을 믿지 못한 게 아니야. 그런 것과는 다른 문제야."

"그러면요?"

"다른 사람이 목숨을 걸고 기사의 의무를 다할 거라는 기대를 버린 거야."

"⋯⋯."

"이런 세상이니까⋯⋯."

기류가 고개를 떨궜다.

대답을 듣자 유디트의 표정은 더욱 일그러졌다. 머지않아 격앙된 어조로 그녀가 말했다.

"그래요. 이런 세상에서, 생명 수당도 안 나오는 밥벌이에 목숨을 거는 기사는 바보 같죠. 저도 개죽음당할 바에야 비굴하게 도망치는 게 낫다고 생각했습니다."

"⋯⋯."

"도망치고 싶었습니다. 단장님의 명령을 모른 척하고 싶었어요. 그런데."

그녀가 말을 멈추고 잠시 숨을 골랐다.

"가슴이 너무 답답해서⋯⋯."

유디트는 가슴께를 부여잡았다. 손가락 끝이 패용증에 닿았다.

"도망치는 것부터 선택하는 제 자신이 싫었습니다. 자꾸만 걸음이 멈춰서, 돌아가지 않으면 평생 후회할 것 같아서…… 그래서 올 수밖에 없었어요."

물기 어린 호박색 눈동자가 실개울에 잠겨 있는 사금처럼 빛났다.

"떳떳해지고 싶습니다. 당당하고, 명예로운 기사가 되고 싶습니다."

"……."

"바보 같은 겁니까? 이런 생각은?"

제 몸부터 챙기는 게 당연하다고 생각한다. 지금도 그 생각에는 변함이 없다.

고난과 역경은 맞서기보다는 피하는 게 좋다. 자진해서 손해 볼 이유가 없지 않나.

하지만 도망칠수록 가슴이 답답했다.

도망치자고, 그게 옳다고 생각하는 내내 과거의 유디트가 물었다.

그게 네가 고른, 후회 없는 기사의 삶이냐고.

멈춰 선 순간 알았다.

가슴이 답답하다 못해 터질 것 같았던 건 힘껏 뛰어서가 아니었다. 스스로 내건 변명이 초라하고 조악했기 때문이다.

약육강식의 세상에서 기사는 요구가 없어도 핏값을 치른다.

유디트는 칼잡이였다. 하지만 앞으로는 기사일 것이다. 기사로 살겠다고 하지 않았던가. 그녀의 머리카락을 베어버리고, 스카우트를 하던 이 남자의 손을 잡았을 때.

그리하여 유디트는 가던 길을 되돌아왔다. 눈먼 돈을 스스로 포기한 것처럼, 내던졌던 기사의 명예를 되찾아올 기회였다.

그리고 유디트는 기회만큼은 누구보다도 잘 잡는 사람이었다.

"저 빌어먹을 용을 치워야겠습니다. 그래야 제 마음이 개운할 것 같아요."

그녀가 기류에게 손을 내밀었다.

"그러니 더는 무모한 짓 하지 마세요. 차라리 저와 함께 죽을 용기로 살아달라고요!"

"……박력 넘쳐서 반하겠네."

"싫으신가요?"

"그럴 리가."

기류는 희미한 웃음과 함께 그녀의 손을 맞잡았다.

"……고마운 말이지."

따뜻한 손이 누가 먼저라고 할 것 없이 서로를 끌어당겼다.

❋　✦　❋

"발톱은 못 드려도 비늘 정도는 드리지요."

"눈알을 원하네."

"그럼 혼자서 잡으시던가요. 해체도 알아서 하시고."

"……좋아. 발톱으로 하지."

"발톱의 절반입니다. 통으로는 어림도 없어요."

잡지도 않은 용의 사체를 가지고 거래를 하다니. 응급처치를 받던 기류는 어이가 없다는 듯 그들을 보았다.

유디트는 정령사와 마법사를 이끄는 로하스와 대화 중이었다.

찬찬히 두 사람을 살펴보던 기류는 살짝 고개를 틀었다. 유디트가 허리춤에 찬 검이 어딘지 모르게 낯이 익었다.

'어디서 본 것 같은데…… 저 검.'

그녀가 대장간에서 가져온 검은 두 자루였다.

하나는 기류의 검. 나머지 하나는 본인이 쓸 검.

그런데 착각이 아니라면, 허리춤에 매달려 있는 유디트의 검이 어디서 많이 본 것 같았다.

'어디서 봤었지?'

기류의 고민은 오래가지 못했다. 협상을 끝낸 유디트가 곧장 그에게 다가왔기 때문이다.

"살 만하십니까."

"덕분에. 그나저나 못 잡으면 어쩌려고 그런 협상을 해?"

"잡으면 되지요."

천연덕스럽게 대꾸한 유디트가 한마디를 더 덧붙였다.

"이렇게라도 하지 않으면 마법사들이 제 실력을 내지 않을 테니까요. 적당히 자기 몸 사리겠다고 실드 몇 개만 치고 말겠죠."

그녀가 기류의 팔을 주물렀다.

"그보다 정말 괜찮으시겠습니까? 이 상태로?"

"……괜찮아."

얼굴이 시뻘게진 걸 보면 별로 안 괜찮은 것 같은데?

헛다리를 짚은 유디트는 기류의 팔을 잡은 채 그를 빤히 바라보았다.

그러자 기류는 얼굴을 더욱 벌겋게 붉히다 끝내 손을 내저으며 그녀를 떨어뜨려 놓을 지경에 이르렀다.

그가 헛기침하며 물었다.

"잘난 척 말했지만 나는 한계에 가까워. 경의 부담이 더 클 텐데…… 할 수 있겠어?"

유디트가 톡 쏘듯 새침하게 말했다.

"제 인생에 안 한다는 있어도 못한다는 없었습니다."

"자신감이 엄청나네."

"저보단 단장님이 걱정……."

쾅!

엄청난 굉음에 유디트는 저도 모르게 움츠러들었다. 기류 또한 반사적으로 오른팔을 들었다.

피투성이가 된 꼬리가 반투명한 실드를 무지막지하게
내려쳤다.

황궁 마법사들은 고래고래 소리를 지르며 또다시 실드
를 여러 겹 펼쳤다.

기류는 안도의 한숨을 내뱉었다.

그는 검을 놓치지 않기 위해 칼자루를 쥔 손에 붕대를
칭칭 감았다.

"됐어, 내 걱정은 안 해도 돼. 나는 명줄이 길거든."

"그럼 서로 걱정하지 않는 거로 하죠."

"좀 하면 어때서?"

기류가 입을 삐죽거렸다.

"서로서로 걱정 끼치고, 걱정해 주면서 그렇게 사는 것
도 괜찮지 않나?"

"……."

"난 그쪽이 더 좋……."

빠가각! 쩌정!

또다시 실드가 터지는 소리가 났다. 기류의 몸이 움찔거
렸다. 제아무리 난장판이 익숙한 두 사람이라고 해도 눈앞
에서 보이고 들리는 위협이 있으니 놀랄 수밖에 없었다. 기
류가 한숨을 푹 쉬었다.

"잡담은 나중에 하지."

"예, 잊지 않으셨죠? 두 번째에 날개, 세 번째에……."

"목. 모가지. 잊지 않았으니 걱정하지 마."

그가 검을 휘저으며 강화 마법을 부탁했다.

가만히 그를 보던 유디트는 이상하게도 살짝 마음이 무거워졌다.

"……기류."

유디트는 넌지시 그를 부르다가, 자신이 너무 격의 없이 불렀다는 사실에 깜짝 놀랐다.

그녀가 황급히 호칭을 바꿨다.

"단장님. 사실 날개만 찢고 나면 위험을 무릅쓸 필요는 없습니다. 버티기만 하면 백기사단도, 흑기사단도 올 테니……."

"할 수 있어. 할 수 있으니까 나선 거야."

기류가 그녀를 보며 웃었다.

좋아하는 사람에게 걱정과 관심을 받으면 왜 기분이 좋아지는 걸까?

몽글몽글한 구름이나 솜사탕 위를 걷는 것처럼 붕 뜨는 이유를 설명하기 어려웠다.

"그리고 난 이름으로 불러주는 게 더 좋아."

기류는 그녀의 어깨를 툭툭 쳤다. 그러곤 유디트가 찬 검을 빤히 보다가 실드 밖으로 나갔다.

비눗방울 같은 반투명한 막이 그를 감쌌다. 실드 마법과 정령의 흔적이었다. 그가 바람의 정령을 타고 뼈대밖에 남지 않은 종탑 건물 위로 도약했다.

때마침 남겨진 유디트를 향해 다가온 로하스가 물었다.

"강화 마법은 어떻게 할 텐가?"

"헤이스트, 스트렝스, 이글 아이. 세 가지로 부탁드립니다."

"세 개나?"

그가 눈살을 찌푸리더니 나무라듯 말했다.

"욕심이 과하네. 강화 마법은 두 개까지가 한계야. 세 개는 신체가 버티질……."

"길고 짧은 건 대봐야 알죠."

잠깐 유디트와 로하스는 작은 설전을 벌였으나, 결과적으로는 세 개의 강화 마법을 걸어주지 않는 한 발톱은 없다고 으름장을 놓은 유디트의 승리였다.

로하스는 불만에 찬 얼굴로 버럭 외쳤다.

"죽어도 책임 못 지네!"

"죽으면 당연히 못 지죠."

"가끔은 남의 말도 좀 듣는 시늉을 하게!"

곧 유디트도 강화 마법과 정령의 비호를 받으며 실드 밖으로 빠져나왔다.

실드 밖으로 나오자 안쪽에서는 느낄 수 없었던 후끈한 열기가 피부로 확 와닿았다.

유디트와 용의 거리는 제법 멀었다. 그러나 강화 마법 덕분에 시야가 훤했다. 타이밍을 재며 종탑 건물 위에 위태롭게 서 있는 기류의 모습 또한 잘 보였다.

'무모하다.'

유디트는 울컥했다. 어쩐지 감정을 다스리는 게 어려웠다.

'너무 위험해. 무모하다고, 저 사람은!'

위험을 자초하는 사람을 보며 비웃기는커녕 자기 일처럼 화를 내게 되다니.

기류에게 이 정도로 정든 것도, 용을 잡으러 온 것도 모두 예상을 벗어난 일이다.

'하지만 그중에서도 가장 예상을 벗어난 건⋯⋯.'

그녀는 자신의 허리를 내려다보았다.

유디트가 허리에 찬 검은 결코 가볍지 않은 무게로 그 존재감을 자랑하고 있었다.

물결무늬의 푸른 검집. 사파이어가 박힌 보석검.

그때, 은빛 용이 날개를 쭉 펼침과 동시에 이때까지와는 비교도 못 할 정도로 커다란 괴성이 들렸다.

쿠우우웅!

기어코 중력 마법이 깨진 모양이다.

내내 우그러진 종이 상자처럼 몸을 구기고 있던 용이 커다란 움직임을 보였다.

용은 방금까지 유디트가 있었던 마법사들의 실드를 발로 밟아댔다. 마치 쉽사리 죽지 않는 벌레를 집요하게 죽이려는 모습이었다.

충격으로 지면이 떨렸다. 진동이 어찌나 큰지, 내장까지 떨리는 것 같았다.

유디트는 곧장 보석검을 뽑아 들었다. 그리고 온 힘을 다해 에테르를 끌어모았다.

촘촘하게 짜낸 에테르가 검날을 타고 흘렀다. 에테르의 색은, 은은한 금빛이었다.

유디트는 눈을 부릅뜨고 에테르를 날렸다.

후우웅!

잘 훈련한 창병들은 창을 던진 순간 과녁에 적중할지 아닐지를 알 수 있다고 한다.

유디트도 마찬가지였다. 반월 모양의 에테르를 쏘아 보낸 순간, 그녀는 직감했다.

'맞는다.'

확신하기 무섭게 황금색 에테르는 날개에 적중했다.

난데없이 날아온 강한 공격에 은빛 용은 빠르게 반응했다. 용은 아가리를 벌린 다음 그녀가 있는 쪽을 향해 브레스를 토하려 들었다.

그러나 그것을 가로막듯, 붉은 유성 같은 에테르가 사방에서 벼락처럼 떨어졌다.

유디트는 회심의 미소와 함께 지면을 박차고 질주하기 시작했다.

망설임을 버린 탓일까?

모든 게 잘 풀릴 것 같다는 생각조차 들었다.

휘익! 쾅!

용의 오른발이 접근을 경계하듯 지면을 강타했다.

유디트는 재빨리 방향을 틀었다.

연이은 용의 발 구름으로 지면은 들쑥날쑥하게 어긋난 상태였다. 갈라진 땅은 푹 꺼져 있거나 솟아올라서 난잡하게 맞물려 있었다.

땅으로는 접근하기가 요원해 보였다.

'지붕으로 올라가야겠어.'

그녀가 주변을 훑었다.

유디트는 단숨에 2층 건물 옥상으로 뛰어올랐다. 마법으로 빨라진 몸은 매처럼 가볍고 민첩했다.

굴뚝을 박차고 더 높은 건물로. 발판으로 삼을 수 있는 지붕과 옥상을 파악한 다음 정신없이 달렸다.

날아오른 몸이 중심을 잃고 미끄러지기 전에 에테르 두른 검을 꽂아 넣어서 바로 섰다.

그렇게 토끼처럼 뛰어다녀, 마침내 평평한 건물 지붕에 도착했다.

유디트는 자리를 잡았다.

보석검은 자기 순서를 손꼽아 기다린 듯, 에테르를 머금은 채 웅웅 울렸다.

"후……."

그녀가 마른 입술을 혀로 핥았다.

에테르 마스터가 거대 마수를 상대할 때 가장 중요한 건 거리감이다. 근거리 접근은 깔려 죽기 좋고, 원거리에서의 대치는 일방적으로 공격당하기 좋다.

따라서 그녀와 기류 같은 에테르 마스터는 언제든 빠르게 치고 빠질 수 있는 거리를 확보해 두는 게 중요했다.

화아아악!

너울거리던 황금빛 에테르가 검끝에서 폭발하듯 피어올랐다.

유디트는 시험 삼아 칼 끄트머리로 벽돌을 그었다. 돌은 깔끔하게 잘렸다.

'손맛이 좋아.'

망설임 없는 정신이 칼끝을 더 날카롭게 벼린 걸까? 그게 아니면…….

유디트는 오묘한 눈으로 자신의 에테르를 내려다보았다.

에테르가 변했다.

착각이 아니라면 페온을 상대했을 때보다 더욱 위력이 강해졌다.

'시험해 보면 알 수 있겠지.'

그녀는 사냥감을 앞에 둔 사냥꾼처럼 신중하게 자세를 취했다.

황금빛 에테르를 느낀 용이 몸을 비스듬히 튼 순간. 유디트는 곧장 두 번째 에테르를 날렸다.

쏜살같이 날아간 금빛 에테르가 용의 비늘을 완전히 박살 냈다. 동시에 기다렸다는 듯 기류의 붉은 에테르가 뒤에서 쇄도했다.

퍼억!

케르르르르르!

맞물린 에테르가 용의 오른쪽 날개를 갈기갈기 찢었다. 사방으로 튄 은색 비늘이 햇볕 아래에서 눈발처럼 휘날렸다.

고통에 몸부림친 용이 브레스를 토해내며 몸을 반 바퀴 돌렸다. 그대로 날아간 꼬리는 기류가 있던 종탑 부근을 완전히 뭉갰다.

다행히 유디트는 기류가 직전에 뛰어내리는 모습을 보았다.

우물쭈물할 틈이 없었다. 그녀에게도 브레스가 쏟아졌다.

유디트는 단숨에 지붕에서 뛰어내렸다. 2층 건물 창가를 밟고, 곧장 건물 내부까지 슬라이딩하기 무섭게 브레스가 시가지를 불태웠다.

건물 외벽이 새까맣게 타는 동안에도 그녀를 보호하는 반투명한 실드는 굳건했다.

그러나 실드의 한계는 금방 나타났다.

"으……!"

피부가 화끈거렸다.

정령이 브레스를 상쇄해 주지 않았더라면 심한 화상을 입었을지도 모른다.

측면에서 날카로운 얼음 창 마법이 날아오자, 용은 브레스를 멈추고 다시금 마법사가 모여 있는 실드 위로 앞발을 내려쳤다.

그사이 유디트는 콜록거리며 검을 가볍게 휘둘러 주변의 열기를 몰아냈다.

머리카락이 홀라당 타지 않은 게 불행 중 다행이었다. 유디트는 경미한 화상으로 쑤시는 피부를 무시하고 검을 고쳐 쥐었다.

'에테르가 강해졌어, 확실히!'

착각이 아니다. 절삭력도, 크기도, 파괴력도 모두 강해졌다.

훈련 중에 종종 에테르가 달라졌다는 느낌을 받긴 했지만 이 정도로 확실히 느낀 건 처음이었다.

빛깔만 해도 그렇다.

지금껏 그녀의 에테르는 회백색이었다. 그러던 게 어느 순간부터 황금색으로 서서히 물들더니, 오늘은 더욱 선명했다.

'어째서지?'

26년간 달라진 적 없었던 에테르 색이다.

이렇게 변하다니, 대체 왜?

유디트는 창틀에 발을 걸친 채 탄내 나는 제복을 털며 검을 휘저었다.

"경의 에테르를 진하게 만들 만큼 강렬한 감정을 찾아봐."

그녀는 기류의 조언을 떠올렸다.

어떤 감정이 에테르를 더욱 진하고 강하게 만든 것일까.

그녀가 미간을 찌푸릴 때였다.

콰앙!

갑작스레 어마어마한 충격이 유디트를 덮쳤다.

한순간에 시야가 비틀렸다. 용이 그녀가 있던 부근을 모조리 부수려든 것이다.

유디트는 놀라서 창틀 밖으로 뛰어내렸다.

그녀의 몸이 튕겨 나가듯 옆 건물 지붕으로 추락했다.

"허억……!"

유디트는 온몸이 으스러지는 듯한 고통 속에서 정신을 다잡았다.

빠져나갈 준비를 하고 있어서 망정이지, 하마터면 그대로 건물과 함께 깔려 죽을 뻔했다.

그녀는 곧장 뜀박질을 시작했다.

현명한 선택이었다. 그녀가 있던 자리에 계속해서 거대한 화염구가 떨어졌다.

"마법……!"

금제 마법이 완전히 풀려가는 건가!

빈말로도 좋다고는 못 할 징조였다.

"빌어먹을!"

유디트는 경악하며 꽁무니에 불붙은 사람처럼 미친 듯이 뛰었다.

들썩이던 패용증이 쑥 빠지더니 지붕 밑으로 떨어졌다. 그러나 유디트는 거기에 눈길조차 주지 않았다.

이제 그녀가 기사임을 증명하는 데 필요한 건 패용증 따위가 아니라 검을 휘두르는 일이었다.

"기류! 준비하세요!"

드문드문 기와가 날아가 이 빠진 수도원 지붕 위에서 그녀가 목이 터져라 소리쳤다.

용이 마법을 쓸 수 있게 된 이상, 벼랑 끝 진검 승부다.

유디트는 용의 정면까지 내달렸다.

그녀가 보란 듯이 제 한 몸을 드러냈다. 미끼처럼.

'마법을 쓸 정도로 지능이 돌아온 용이라면, 분명 반응한다!'

확신에 찬 유디트는 일부러 비껴 맞도록 에테르를 날렸다.

그녀의 판단이 옳았다. 에테르가 스치고 지나가자, 목을 쭉 뺀 용이 그녀를 한입에 삼키려 들었다.

카아아아아아아아악!

유디트와 용의 거리는 불과 1m였다.

거대한 아가리 속 입천장은 물론, 선홍빛 혀와 누런 이빨까지 잘 보였다.

역겨운 입 냄새가 느껴진 순간. 그 기회를 유디트와 기류는 놓치지 않았다.

"지금!"

사방으로 흩날리던 흙먼지도, 거대한 용의 포효도 모조리 사라지고 그녀의 세계에는 오롯이 불꽃같은 감정만이 타올랐다.

후회하고 싶지 않다.

두 번 다시 후회만큼은 하고 싶지 않다.

잘못된 것은 고치고, 외면했던 것은 바로 보면서 살기로 했다. 그걸 위해선 무엇이든 할 수 있었다.

그렇게 탐욕과 욕망을 가르는 황금빛 에테르가 찬란하게 터졌다.

유디트는 용의 아가리 속으로 에테르를 흩뿌렸다.

황금빛 에테르는 연한 살을 모조리 찢으며 용의 내부를 짓밟았다. 붉은 에테르 또한 아래에서 위로 솟구쳐 올랐다.

빠지직! 빠직!

비늘 깨지는 소리가 들렸다.

그녀는 한 발자국 더 나아갔다. 그러곤 얼음장처럼 차가운 눈으로 다시 한번 검을 뻗었다.

"죽어……!"

황금빛 에테르가 단죄하듯 빠르게 날아갔다.

동시에 기류가 쏘아 보낸 붉은 에테르도 한 번 더 날아왔다.

직각으로 맞물린 에테르가 용의 모가지를 관통했다.

마지막 순간까지 용은 자신에게 벌어진 일을 믿지 못하는 눈빛이었다.

끼이이이이이이!

유디트는 난생처음으로 용의 비명을 들었다.

용이 터뜨린 단말마가 충격파로 변해서 일대를 휩쓸었다.

"유디트 경!"

내동댕이쳐진 유디트의 몸이 지붕 끝까지 날아갔다.

로하스가 주문을 펼쳤다. 반투명한 보호막이 그녀의 눈앞에서 충격파를 막았다.

급히 펼친 실드는 금방 깨졌다. 하지만 그것조차 없었다면 내장이든 옆구리든, 어디 한 곳이 터져 나갔을 위력이었다.

쩌저저정!

텅!

굴뚝에 부딪힌 유디트는 간신히 멈췄다.

그녀는 지붕 위에서 중심을 잡기 위해 안간힘을 썼다.

그리고 그 와중에 분명하게 목격했다. 숨통이 끊어진 용이, 지상으로 천천히 나동그라지고 있었다.

"됐……!"

그러나 환호하기도 전, 날아온 벽돌이 유디트의 코를 사정없이 짓뭉갰다.

빠악!

유디트는 끝내 지붕에서 떨어졌다. 그녀의 몸이 지면까지 곤두박질쳤다.

하지만 예정된 고통은 없었다.

"유디트!"

따뜻하고 넓은 팔이 그녀를 재빨리 안은 것이다.

검을 집어 던진 기류가 그녀를 온몸으로 받아내며 함께 중심을 잃었다.

때마침 낙엽을 모아둔 마대가 아니었다면 두 사람 다 그대로 지면을 뒹굴었을 것이다.

낡은 먼지 냄새가 진동했다. 유디트도 기류도, 지저분한 낙엽 속에서 먼지투성이가 되었다.

한참 후에야 뭉게뭉게 피어오른 먼지가 가라앉았다.

"유디트 경!"

"으……."

목뒤가 뻐근했다. 놀란 근육이 비명을 지른 탓에 저도

모르게 몸을 움찔거렸다.

하지만 뭣보다 신경 쓰이는 건 코였다. 코가 너무 아팠다.

"경!"

유디트가 마구 허우적거렸다. 그녀는 입속으로 들어간 마른 낙엽을 뱉었다.

"무사한 거야?!"

"아뇨……."

모래알을 씹고 만 유디트가 오만 가지 인상을 쓰며 투덜 거렸다.

"코가 너무 아픕니다."

기류는 도저히 참지 못하고 유디트를 와락 끌어안았다.

코 아프다고? 고작 코가 아프다고?

용의 이빨이 그녀를 씹어 삼키려고 할 때는 정말 미치는 줄 알았다. 심장이 터질 것 같았는데!

그가 카르나크 신을 향해 온갖 감사 인사를 올렸다.

물론 유디트의 알 바는 아니었다. 그녀는 기류의 속도 모르고 투덜거렸다.

"제 코 멀쩡한가요?"

"……아니, 쌍코피 난다."

"젠장!"

유디트는 상황도 잊고 험한 말을 지껄였다.

'선생이 난 얼굴 중에서 그나마 코가 예쁘다고 그랬는데!'

누구한테든, 어떻게든 반드시 본전을 뽑겠다고 다짐한 유디트는 한참을 바르작거렸다.

그러다가 그녀는 기류의 눈이 빨갛게 부어 있는 걸 보고 뇌까렸다.

"단장님 눈알 터지셨어요."

"……눈의 실핏줄이 터진 거겠지."

"아. 네. 그거요."

"제정신이 아니구나, 경……."

기류가 힘없이 한숨 쉬었다. 그러다 다시 표정을 굳혔다. 설마 뇌진탕인가?

그가 냉큼 유디트의 이마를 짚은 다음 후두부에 찢어진 부분이 없는지 살폈다.

그사이 유디트는 사방을 훑어보며 물었다.

"용은 죽었나요?"

"그 거리에서 에테르를 네 번이나 맞고 목이 찢겨 나갔는걸."

살아 있을 리가 없단 소리였다.

안도한 유디트가 힘을 쭉 빼는 게 느껴졌다. 기류는 그녀를 고쳐 안으며 겨우 실낱같은 미소를 지었다.

"제가 그랬잖아요. 잡으면 된다고."

"……그래도 진짜로 잡을 줄은 몰랐어. 대단하네."

"왜 남 일처럼 말하세요? 단장님과 제가 함께 잡은 건데."

"미안."

따뜻하고 커다란 손이 그녀를 떠받쳤다.

유디트는 자신의 코피를 지혈하기 위해 콧방울을 누르는 손길을 가만 내버려 두었다.

"하지만 나 혼자였다면 잡을 수 없었을 거야."

함께라서 잡을 수 있었어.

그 말 대신, 기류는 살며시 그녀를 끌어안았다. 마치 보드라운 실크나 깃털 따위를 다루듯 조심스러운 손길이었다.

"고마워, 정말로."

그가 유디트를 소중히 안았다.

감사 의미만을 담았다기에는 너무 다정한 포옹이었다.

오월의 햇볕보다도 따뜻했고, 벽난로 앞의 안락의자처럼 아늑한 그 느낌이 좋았다. 그래서 유디트는 그냥 눈을 감았다.

코는 아팠고, 목구멍도 까끌까끌했지만, 그냥 다 괜찮을 것 같았다. 이 품 안에서는.

그녀는 빙그레 웃으며 말했다.

"저도 고맙습니다. 여러 가지가요."

둘은 한참 동안 그렇게 있었다.

그날, 황성과 수도 한복판에 나타난 은빛 용 아딧사는 적잖은 피해를 불렀다.

얼마 후 카르나크 신교는 용살(龍殺)이라는 행위에 관해 공식적으로 유감이라며 성명문을 발표했다.

하지만 제국민의 반응은 정반대였다.

기류와 함께 유디트라는 이름이 구국의 주역으로 퍼지는 데는 하루면 충분했다.

Chapter 8
자루 하나만 구해 줘

광룡 폭주로부터 사흘이 지난 오후.

귀족원의 수장, 케이 루드먼이 1황자의 눈치를 살폈다.

"시가지 복구 계획은 이상입니다. 그리고 르왈흐메이 백작과 유디트 경 논공행상 말입니다만……."

"음."

등받이에 기댄 채 보고를 듣던 1황자가 처음으로 자세를 바꿨다.

"르왈흐메이 백작의 경우 후작위로 격상하는 데 만장일치로 의견이 모였습니다. 그런데 나머지 한 사람에 관해서는…… 그게……."

유창하게 이어가던 말끝이 흐려졌다. 케이는 난처함을 숨기지 못했다.

"귀족원 내부에서도 심하게 의견이 엇갈리는지라 결정을 내리지 못했습니다."

그가 면목 없다는 듯 고개를 숙였다.

1황자 알베르트가 짧은 한숨을 뱉었다.

"아무래도 전하께서 정해주셔야 할 것 같습니다. 이런 경우는 건국 이래 최초이니 말입니다."

"……이해는 하네. 모든 게 처음 겪는 일이지."

날뛰는 드래곤이 수도를 박살 낸 건 처음이다. 에테르 마스터가 대낮에 드래곤을 썰어버린 것도 처음이고.

"듣자 하니 사흘 전부터 무사히 태어난 여자아이의 이름 대부분이 유디트라고 합니다. 출생 신고서 담당자가 확인한 것만 해도 벌써 열여섯 명이더군요."

"굉장한 인기로군."

"이게 시작일 겁니다."

신전은 어제 용살(龍殺)에 대해 유감이라는 반응을 내비쳤다. 제국의 건국이념을 생각해 본다면 그리 과한 반응은 아니다.

하지만 민심은 정반대였다. 지금도 유디트의 이름은 제국의 구석구석까지 퍼지고 있었다. 기류와 함께.

"어렵군…… 어려워."

그토록 거대한 용을 단 두 사람이 쓰러뜨렸다. 기적이 아니면 무얼까.

피해 지역이 동쪽 시가지로만 끝난 게 천운이다.

복구는 시간을 들이면 된다. 천문학적인 금액이 들긴 하겠지만 돈으로 해결할 수 있는 게 다행이었다.

희생자 가족에게 지급될 위로금도 황제의 인가만 남겨 두고 있었다.

문제는 유디트였다.

"어떻게 할까요?"

"으음……."

알베르트 1황자는 깊은 고민에 빠졌다.

보통이라면 고민할 문제가 아니다. 공을 세운 기사에게는 재물과 함께 합당한 작위와 영지를 내리면 됐다.

하지만 그녀의 경우는 특별했다.

"작위를 받았다고 냉큼 기사를 관두면 난처하지. 그렇다고 작위를 주지 않을 수도 없고……."

에테르 마스터라는 데서 오는 전략적인 가치는 어마어마하다. 게다가 그녀의 존재가 제국민의 희망으로 급부상하고 있다면 황실로서는 절대 놓칠 수 없었다.

알베르트는 이마를 짚은 채 신음했다.

평민 출신에 에테르 마스터인 것만 해도 굉장한 이력이건만. 세운 공훈 또한 뛰어나다.

상이든 벌이든 선례가 있어야 기준이 명확하다.

하지만 선례가 없는 일이다. 귀족원에서도 유디트에게

어떤 상을 내려야 하는지 결정하지 못했다.

'폐하께선 이래서 내게 이번 건을 위임하신 건가.'

알베르트는 쓸쓸한 웃음을 삼켰다.

그가 이성적인 판단을 마치는 데는 얼마 걸리지 않았다.

유디트는 반드시 잡아둬야 한다. 황실 기사직은 물론, 측근으로 데려올 일 순위 인재다.

"우선은 표창이 시급하네. 훈장 수여식의 날짜를 잡지."

"하명하시옵소서."

"유디트 경에게 브릴란테 훈장을 수여하겠다."

담담한 1황자와 달리 케이는 깜짝 놀랐다.

브릴란테 훈장은 아무나 받지 못한다. 오등작에서도 후작위부터 허락되는 훈장이다.

심지어 일개 황실 기사에게는 허락되지 않는 권한 또한 부여된다.

"진정 그리하시겠습니까? 브릴란테 훈장은 제국법에 따른 즉결심판권을 내리는 것과 같습니다."

"알고 있네. 하지만 누가 반발하겠는가?"

"……."

케이는 아무 말도 하지 못했다.

브릴란테 훈장은 후작위부터 받을 수 있다고는 하나, 선례는 만들면 그만이다.

게다가 이 시국에 누가 훈장 수여를 반대할까.

"반발은 무시하겠네. 애초에 받은 자가 별로 없는 훈장이니 상관없어. 폐하께는 내가 직접 말씀드리지."

케이는 1황자가 진심이라는 걸 파악했다. 그의 눈에는 조급함마저 깃들어 있었다.

"세리아 황자비에게 황실 자선 연회를 주관하라고 전하게. 꼭 유디트 경을 참석시키도록."

"예, 전달하겠습니다."

"좋아. 무슨 수를 써서라도 그녀를 황실 기사로 잡아둬야 한다는 걸 명심하게."

"명심하겠습니다. 저, 그런데 이세에피나 황녀 전하에 관해서는……."

"그건 에피나가 깨어나면 논의하도록 하지."

더 이야기할 필요도 없다는 듯, 알베르트가 말을 잘랐다.

✳   ✴   ✳

유디트는 살면서 한 번도 겪어보지 못한 환대를 받았다.

시작은 현장에서부터였다.

나뒹구는 용의 사체를 앞둔 기사들이 유디트를 향해 존경과 경악의 눈길을 보냈다.

기류가 그녀를 부축하고 일어서자 눈앞에서 너 나 할 것 없이 사람들이 비켜섰다.

감히 어떤 기사도 그녀의 공로를 깎아내릴 수 없었다.

유디트는 화상과 탈진, 안면 타박상으로 황성에 도착하자마자 병실에 드러누웠다.

실신하듯 잠든 다음 날.

세도가의 귀족, 특히 무도가(武道家)의 귀족이 끊임없이 병동에 드나들었다.

모두 말솜씨 하나는 기가 막히게 좋았다.

그들은 멀리서 바라본 광룡이 얼마나 기괴했는지, 그걸 막아낸 유디트의 활약이 얼마나 눈부시고 전설적이었는지 일일이 설명했다.

근처에는 온 적도 없는 것들이 마치 직접 본 것처럼 묘사하는 통에 부아가 치밀었다.

'그렇게 보고 있을 시간에 도와주던가.'

치료도 받았다. 신전에서는 그녀 한 명을 치료하기 위해 고위급 신관을 셋이나 보냈다.

모종의 이유로 신관들과 옥신각신하며 환자 생활을 사흘쯤 했을까.

"……이게 다 뭐죠?"

"뭐긴요. 유디트 경에게 온 것들이죠."

사람 다음에는 편지가 쏟아졌다.

작은 쪽지부터 두툼한 편지까지. 깨알 같은 글씨로 빼곡하게 채워진 종이 위에는 모두 감사 인사뿐이었다.

당신이 아니었다면 죽었을 거라는 가족, 친구, 지인. 혹은 꼼짝없이 죽을 순간만 기다리고 있었다는 사람에게서 온 편지.

그제야 유디트는 자신이 새삼 많은 사람을 살렸다는 걸 느꼈다.

들어본 적도 없는 학교에서도 소포가 왔다. 반짝이는 하급 가공석에 글자가 새겨져 있었다.

모두 감사나 쾌유를 비는 문구였다. 삐뚤빼뚤한 게 누가 봐도 학생들의 글씨체였다.

고마워요.

감사합니다.

기사님 같은 사람이 있어서 다행입니다.

유디트는 맞춤법이 잘못된 가공석 하나를 한참 만지작거렸다.

'신기해.'

심장이 복숭아 표면처럼 말랑말랑해지는 기분이었다.

마룻바닥 아래에 숨겼던 티아라보다 원석 가공에 실패한 돌조각 하나가 더 애틋했다.

황녀의 티아라는 예쁘고 탐이 났다. 그러나 막상 손에 들어오니 제 것처럼 여기며 자랑할 수가 없었다. 떳떳하지 못했기 때문이다.

하지만 이 가공석은 달랐다.

유디트는 가공석을 한데 모아 유리병에 넣었다. 그리고 밤만 되면 손을 뻗어 하나씩 만져보다가 잠들었다.

다음 날 아침 식사는 갓 구운 호밀빵과 살구 잼, 방울토마토, 후추를 뿌린 닭가슴살이었다.

얼음과 함께 간 청포도 주스가 나오는 환자 식단.

기대도 하지 않았던 호화로움이었다.

유디트는 꼭 하룻밤 만에 세상이 뒤집힌 것 같다고 생각했다.

굳이 알아보지 않아도 느껴졌다.

오가며 인사만 나누던 동료 기사들이 호의적으로 쾌유를 빌었다. 날마다 찾아오는 의원과 신관은 존경을 담아 그녀를 보았다.

물론 개중에는 그녀를 신기하게 보는 사람도 있었다. 풋사과색 머리카락의 신관은 신성 치료를 하는 내내 그녀를 빤히 관찰하고 갔다.

쏟아지는 찬사는 익숙하기보다는 낯설었다.

어떤 호의는 그녀를 민망할 정도로 기쁘게 만들었다.

친구들이 찾아온 그날도 그랬다.

유디트의 병실 앞에는 제철 과일 바구니만 무려 손수레 다섯 대 분량이었다. 그녀는 최소한의 사회생활을 위해 꼭 받아야 하는 사람의 성의만 챙기기로 했다.

"오, 이놈 맛나네. 이거 누가 보낸 거냐?"

"세리아 3황자비님."

"……."

레이먼이 먹던 사과를 슬그머니 내려놓았다.

칼리파는 그를 못 본 척하며 침대맡으로 다가왔다.

"……크게 안 다쳐서 다행이다."

"코뼈에 금이 갔는데?"

"그 정도면 양호한 게 아닐까."

"무슨 소리야, 코를 다쳤다니깐!"

유디트가 소리쳤다.

칭찬에 유독 박하던 선생이 '너는 그나마 코가 조막만 해서 귀엽다'라며 한 번씩 꼬집었던 부위였다.

심리적인 타격도 컸다. 얼굴 중에서는 나름대로 자신 있는 부위를 다친 탓이다.

"멀쩡해, 유디트. 코 그만 눌러."

"아냐. 역시 휜 것 같아."

젤리를 집어 먹던 비올레가 눈을 동그랗게 떴다.

"아하? 그래서 며칠째 신관을 불렀다가 돌려보냈다가, 막 그러면서 똥개 훈련을 시킨 거야?"

"똥개 훈련 아니라고! 콧대가 휘었다니까? 그놈들이 치료를 이상하게 했어!"

"유디트…… 멀쩡하다니까는."

루이가 진정하라는 듯 양손을 흔들었다.

벌써 세 번째 같은 말을 했으나 유디트는 여전히 자신의 콧대가 휘었다고 믿는 눈치였다.

"캬…… 고위 신관한테 치료 한 번 받으려면 석 달은 기다려야 하는데. 이제 오라 가라 발끝으로 부리네. 유디트 출세했다, 출세했어."

"몰라. 모른다고! 내 코 돌려줘!"

"용을 어떻게 죽였나 했더니 고집부려서 죽였구먼?"

레이먼은 내려놓았던 사과를 도로 집어 들고 다가와서 감탄했다.

유디트는 발끈했으나 다른 사람도 아니고 오랜만에 보는 칼리파가 있어서 참았다.

칼리파가 그녀의 머리카락을 살살 쓰다듬었다.

"얼마나 놀란 줄 알아? 임무 끝나서 돌아오자마자 그런…… 그런 일을 네가 겪었다고 해서."

"삭신 좀 쑤시는 것만 빼면 멀쩡한데?"

"그래도."

화상 소독은 일주일이면 끝나고, 콧대도 일단은 멀쩡하다.

원래대로라면 퇴원하는 게 맞았다.

그러나 유디트는 당장 침대를 털고 일어날 생각이 없었다. 귀찮은 초대장과 지겨운 훈련이 싫었기 때문이다.

드러눕고 보니 심심해서 죽을 것 같다는 단점이 있긴 하지만 그럭저럭 견딜 만했다. 특히 오늘은 친구들이 놀러 와서 더 좋았다.

유디트는 귀찮은 척 투덜댔다.

"왜 단체로 우르르 몰려와. 밀린 신학책이나 읽으려고 했는데……."

"뭔, 언제부터 책을 그렇게 열심히 봤다고 그러냐. 야 야! 그러지 말고 우리 무서운 이야기나 하자!"

레이먼이 의자를 질질 끌고 와 침대 앞에 자리를 잡았다.

"갑자기 웬 무서운 이야기?"

"병동이잖아! 엄청난 괴담을 알아 왔거든?"

"……어째 느낌이 안 좋은데."

레이먼이 비올레의 말을 무시하고 고개를 쑥 내밀었다.

"옛날, 아주 먼 옛날에, 병동에서 안정을 취해야 하는 황실 기사가 있었습니다. 심심했던 기사는 빌려뒀던 신학 책을 읽기로 했지요."

"모델은 유디트냐?"

레이먼이 주변을 밝히던 촛불을 훅 불었다.

"밤이 되자 기사는 달빛에 의지해 책을 읽기 시작했어요. ……그런데 한창 집중해서 책을 읽어가던 그때! 갑자기 누군가가 기사의 손을!"

"손을?"

"간질간질 간지럽히길래! 덥석 잡고 보니 그것은!"

"그것은?"

"바퀴벌레였습니다."

"꺄아아아악!"

"미친 거 아냐?!"

유디트는 신학책을 내던졌다. 소리 지르던 비올레도 과일 젤리를 집어 던졌다.

날아오는 책과 젤리를 오른팔로 막던 레이먼이 외쳤다.

"기다려! 진짜 무서운 건 이다음이라고!"

"드, 듣기 싫어……."

레이먼은 칼리파의 떨리는 목소리를 못 들은 체했다.

"깜짝 놀란 기사는 읽고 있던 책으로 바퀴벌레를 잽싸게 죽였습니다! 그런데!"

"그, 그런데?"

"책을 들어보니 바퀴벌레는 감쪽같이 사라지고 없었습니다. 그리하여 기사는 바퀴벌레가 살아 숨 쉬는 병동에서 꼼짝없이 하룻밤을 함께……."

"나가 이 자식아!"

그리하여 레이먼은 쫓겨났다.

나가는 길에 더 무서운 괴담을 알아 오겠다고 호언장담하다가 오렌지로 얻어맞은 건 덤이었다.

비올레는 비위가 상했다며 돌아갔고, 남은 건 칼리파와

루이뿐이었다.

유디트는 보조 침대에서 웅크리고 잠든 칼리파를 바라보았다.

"방으로 돌아가서 자라니깐······."

한숨을 쉰 그녀가 자신의 담요를 덮어주려 하자 루이가 나서서 막았다.

"네가 걱정됐겠지."

"날? 누가 누굴 걱정해?"

"우리가 널. 감히 널 걱정해. 용을 잡으신 에테르 마스터님을 저희 같은 한 줌 찌꺼기가 걱정합니다."

루이는 그렇게 말하곤 담요를 끌어왔다.

그답지 않은 말투였다. 유디트가 루이의 눈치를 봤다.

"찌꺼기라니. 그런 말투는 좀······."

"왜. 너에 비하면 우리 같은 기사야 요만한 한주먹거리지. 누가 누굴 걱정하냐 싶은 수준인데."

"그런 의도 아니야. 화났어?"

루이가 이렇게 나오면 감당하기 어려웠다. 유디트가 당황하며 물었다.

루이는 칼리파가 잠든 보조 침대 끄트머리에 걸터앉았다.

"······아니야. 그런 의도 아닌 거 알아."

"······."

"아는데 심술 한번 부려봤어. 미안."

참 못난 심술이었다. 그리고 이 심술이 무엇 때문에 생겨났는지 루이는 알고 있었다.

그는 잠시 입을 다물었다.

그렇게 얼마간의 시간이 지난 후 그가 입을 뗐다.

"유디트."

"응."

"나 기사를 그만두려 해."

놀란 유디트는 그대로 굳어버렸다.

루이는 씁쓸해 보였다.

하지만 입가의 미소만은 예전 그대로였다.

"그렇게 됐어. 무단이탈에 이것저것…… 저지른 게 많잖아. 비올레도 내가 피신시킨 거로 했더니 골치 아파질 거 같더라. 다행히 아버지께서 힘써주신 덕에 해임으로 깔끔하게 마무리할 수 있을 거 같아."

"잠깐만, 그게 무슨 소리야? 비올레 일까지 왜 네가 떠맡으려고 해?"

유디트가 반발하고 나섰다.

"루이 너는 너부터 지켜. 비올레는 내가 책임질 테니까. 그 정도는 내가 할 수 있어."

"알아. 너 대단한 거 안다고. 누가 그걸 몰라?"

루이가 피식 웃었다.

"그냥 이래야 내 마음이 편해서 그러는 거야."

"······."

결국, 유디트는 할 말을 잃었다.

"······그래서······ 그만둔다고?"

"응."

루이가 황실 기사를 그만둔다.

기사로 살다가 허무하게 죽을 일은 없어진다는 소리다.

그런데······ 생각처럼 기쁘지만은 않았다. 오히려 복잡한 기분이었다.

루이는 징계 때문에 기사를 관둘 사람이 아니었다.

유디트가 다그치듯 물었다.

"진심이야?"

"진심이야."

"루이. 아무나 뽑히는 황실 기사가 아니잖아. 훈련소에서도 고생하면서 여기까지 왔고. 후회할지도 몰라."

"후회 안 해."

"어떻게 확신하는데?"

"이번 일로 내 그릇의 크기를 알았거든."

좌절을 맛본 사람의 대답은 의외로 차분했다.

"나는 내가 되고 싶었던 사람이 되지 못할 거야. 이번 일로 그걸 알았어."

"······."

유디트는 입을 열었다가 도로 꾹 닫기를 반복했다. 무슨 말을 해야 할지 알 수가 없었다.

비올레와 루이를 대피시킨 건 후회하지 않는다. 시간을 다시 돌려도 그렇게 할 것이다.

다만 새싹처럼 미안함이 솟았다.

그녀는 루이의 꿈을 가장 잔인한 방식으로 현실에 내리꽂았다. 제국을 위해 명예로운 기사가 되고 싶다는 그에게 도망치도록 강권했다.

물론 루이가 한 선택이다. 그는 제 발로 도망쳤다.

그런데도 미안했다. 이것은 누군가의 꿈을 무너뜨린 여파였다.

"게다가 나 대신 네가 있잖아."

"……뭐?"

"나보다 실력도 좋고, 인성도 좋은 에테르 마스터가 있으니까 후회 안 한다는 소리야."

예기치 못한 말에 유디트가 눈만 깜빡거렸다.

루이는 유디트가 소중하게 모아둔 가공석을 부러운 눈으로 봤다.

부러웠다.

그녀의 모든 게 부러웠다.

루이는 여태껏 유디트와 자신의 다른 점을 재능이라 여겨왔다.

사무치게 느낀 재능의 벽은 분명 높았으나, 그건 노력으로 상쇄하면 그만이라 생각했다.

자기만의 속도로, 자기만의 길을 걸으면 된다고.

하지만 이번 일로 루이는 재능보다 더 큰 벽을 마주하게 됐다.

절체절명의 순간, 그는 기사 루이가 아닌 마리골드 백작가의 도련님으로서 생각하고 행동했다.

유디트가 입원해 있는 내내 루이는 같은 질문을 자신에게 던졌다.

'나는 명예로운 기사로 살기 위해 백작가의 후계자로서 사는 걸 포기할 수 있는가?'

답은 명확했다.

유디트가 평생 칼을 쥐고 살아왔듯, 루이는 평생 예절과 명예의 가치를 아는 귀족으로 살아왔다.

그는 전장은 등질 수 있지만, 백작가는 등질 수 없는 사람이었다.

그렇다면 지금 포기하는 게 맞다.

스스로가 품고 있었던 한계와 현실을 깨달았을 때.

그녀의 재능을 마냥 부러워하며 자기 자신과 하나부터 열까지 비교하기 전에.

'……페온처럼 될 순 없지.'

마음이 쓰라렸지만 이 고통은 시간이 달래줄 것이다.

루이는 시간과 망각이 가져오는 진리를 알기에 씁쓸하게 웃었다.

"고생 많았어, 유디트."

다정한 눈웃음을 지으며 청년은 꿈을 놓아주었다.

＊　＊　＊

루이가 방을 빼는 시기는 사사분기인 겨울, 신입 기사가 들어올 때였다. 아직 조금 시간이 남아 있었다.

'시간이 벌써 그렇게 흘렀구나.'

분기마다 기사단에 들어오는 신입 기사는 마흔 명 남짓. 그중 남는 건 열 명 정도다.

"이번 분기에는 더 적을 겁니다. 아무래도…… 이렇게 큼지막한 일이 터지면 정신적인 충격이 크거든요."

"데샹 보좌관님."

"데샹 경으로 충분합니다."

"그러면 데샹 경. 얌전히 누워 계셔야 하지 않을까요? 다리를 다치셨잖아요?"

데샹은 척척 대꾸했다.

"괜찮습니다. 누워만 있으면 허리 아픕니다."

"휠체어는 안 불편하세요?"

"익숙해져서 탈 만합니다."

데샹 리츠의 부상은 심한 축이었다. 그 증거로 부목을 댄 양쪽 다리는 여전히 눈에 띄게 부어 있었다. 반면 입은 멀쩡했다.

그는 긴 병동 생활 중 말이라도 나눠볼 사람이 생긴 게 기쁜 눈치였다.

"1황자님께선 경에게 브릴란테 훈장을 수여할 생각이시 더군요."

"브릴란테 훈장이요?"

"예, 모르십니까?"

데샹은 하루가 멀다고 찾아와서 이런저런 이야기를 해주었다. 덕분에 도움도 좀 받았다.

"황실 기사에게 내릴 수 있는 가장 좋은 훈장입니다. 죽을 때까지 연금도 나오고, 포상금도 나오고."

"멜론보단 사과가 좋은데……."

"아, 그냥 주는 대로 먹으라고요."

데샹은 짜증을 냈으나 멜론을 내려놓고 사과를 집어 들었다. 그는 휠체어에 앉은 채 과도를 잡았다.

"용을 잡은 영웅에게 훈장 하나로 끝내진 않겠죠. 표창부터 한다 그겁니다."

유디트는 그가 깎아 건네준 사과 한 조각을 베어 물다가 입맛 떨어졌다는 얼굴로 질문했다.

"……설마 또 '품위'를 지켜야 합니까?"

"아마도요?"

유디트의 얼굴이 구겨지자, 데샹이 픽 웃으며 말했다.

"여분의 제복이 없다고 말만 흘려보세요. 사방에서 제복이 쏟아질 겁니다. 제복부터 새 구두까지 싹 다."

"설마요."

"내기할까요? 저는 한 달 치 월급을 걸죠."

그가 호언장담했다. 데샹은 반신반의하는 유디트가 재밌는 눈치였다.

데샹은 그 후로도 이런저런 이야기를 꺼냈다. 대부분 찾아오는 친구들은 해줄 수 없는 이야기였다.

우선 이세에피나 황녀.

황녀는 아직도 쓰러진 채 정신을 되찾지 못했다고 한다. 데샹은 놀란 황녀가 실신한 게 분명하다고 믿는 눈치였다.

"신관들도 원인을 모르더군요."

"……."

"어서 일어나셔야 할 텐데……. 걱정입니다."

유디트는 침묵했다.

정확히 황녀에게 무슨 일이 어떻게 생겼는지는 모른다.

그러나 금제 마법이 깨진 이상, 용과 정신적으로 연결된 이세에피나 황녀가 무사할 것 같지는 않았다.

그다음 화제는 용이었다.

유디트가 쓰러뜨린 용의 사체는 마법사들이 책임지고

보관 중이었다.

황궁 마법사들, 특히 로하스를 비롯한 몇몇이 빼돌리는 사람은 없는지 눈에 불을 켜고 감시한다고 했다.

"용케 마법사들을 움직이셨더군요."

"황궁에 있는 궁정 마법사는 대부분 세속적이니까요."

"그렇긴 하죠. 잘하셨습니다."

마법은 편리하며, 권력자는 편리한 것을 차지하려 든다. 황성에 마법사가 많을 수밖에 없는 이유다.

황성의 마법사는 지식의 원천인 마탑을 뒤로하고 궁정 생활을 하는 자들이었다.

세속적인 이가 많았고, 유디트와는 말이 잘 통할 수밖에 없었다.

유디트는 내친김에 사소한 고민거리를 털어놓았다.

"용을 제가 잡았으니, 사체에 대한 소유권도 주장할 수 있을까요? 상급 마수처럼요."

"글쎄요? 황실에서 모른 척 빼앗아가면 그만이긴 합니다만……."

데샹은 유디트의 얼굴에 떠오르는 어렴풋한 실망을 보고 말을 바꿨다.

"직접 말씀해 보시죠. 내놓으라고."

"누구에게요?"

"황제 폐하께요."

유디트는 지그시 그를 보았다.

아니, 이런 미친 자를 보았나, 라는 눈빛을 감지했는지 데샹이 억울해했다.

"그런 눈으로 볼 일입니까?"

"하지만 현실성이 하나도 없잖아요."

"경에게 잘 보이고 싶어서 안달 난 사람이 한두 명이겠어요? 황제 폐하라고 예외일 것 같습니까?"

"……같은데요?"

"그랬으면 브릴란테 훈장 같은 건 하사하지도 않으시겠지요. 무려 브릴란테인데."

이건 또 무슨 소린가.

유디트가 의아함을 감추지 못하자, 데샹이 혀를 끌끌 찼다.

"브릴란테 훈장은 연금과 포상금만이 전부가 아닙니다. 그 이상으로 더 엄청난 권한이 있습니다."

"엄청난 권한이요? 뭔데요?"

"제국법에 따른 즉결심판권입니다."

데샹은 마치 둥근 해가 떴다는 어조로 말했다. 그러나 그 말 속에 담긴 의미는 무시무시했다.

한 박자 늦게 이해한 유디트가 경악했다.

"즉결심판권이요?! 제가 아는 그 즉결권?!"

"그렇다니까요."

베리타스는 제국법으로 다스린다. 황가의 지엄한 권위 또한 국법을 지키기에 비로소 완성되는 것이며, 온갖 방식으로 죄를 덜어낼 수는 있을지언정 단죄 그 자체를 피하는 방법은 없다.

"브릴란테 훈장을 받은 자는 국법을 어긴 상대에게 즉결권을 행사할 수 있습니다. 고발, 구속, 연행, 집행. 황제 폐하가 아닌 이상 황족이라도 예외는 없어요. 그래서 이제까지는 후작위부터 받았습니다."

유디트는 입을 떡 벌렸다.

"아니, 아니 왜 그렇게까지……. 왜 그런 훈장을 저한테……?"

"그만한 전공을 세웠고, 경을 붙잡아두기 위해서겠죠. 황실은 황실 기사를 이 정도로 믿고 신뢰하며 대우하고 있다…… 라는 제스처를 취하는 겁니다."

데샹이 우아하게 말했다.

그가 깔끔하게 마무리 칼집을 내자 귀여운 토끼와 나뭇잎 모양의 사과가 완성됐다.

데샹이 과도를 내려다보았다.

"황족마저 찌를 수 있는 칼까지 쥐여준 상대에게 뭐가 아깝겠습니까. 어차피 그깟 용의 사체 따위 황제 폐하의 개인 보물고에는 너저분해서 넣을 수도 없을 텐데요."

"허……."

"그러니 말이라도 꺼내보란 소리였습니다. 나중에 후회하지 말고."

데샹은 묘하게 통쾌한 얼굴을 했다. 그는 얼빠진 유디트에게 남은 사과를 모두 깎아 준 다음 돌아갔다.

유디트는 한참 후에야 제정신을 차렸다.

너무 놀라운 말투성이라 머리가 어질어질했다.

그녀는 갈색으로 변한 퍽퍽한 사과를 입속에 욱여넣으며 침대 위로 엎어졌다.

'와…… 대박이네…….'

황제를 만나서 직접 말해라.

데샹에게 그런 말을 들을 정도라니, 출셋길이 열리긴 열린 모양이다.

"와…… 우와……."

이게 꿈인지 생시인지.

유디트는 신학책을 껴안은 채 다리로 침대 시트를 팡팡 두들겼다. 침대가 더 넓었으면 데굴데굴 굴렀을지도 모른다.

기뻤다.

흑기사로 살아온 그녀에게 명예란 꺼림칙한 것이었다. 다른 사람의 피를 머금고 거머쥔 명예가 얼마나 대단하고 큰 자랑거리겠는가.

그녀는 에테르 마스터였으나, 언제부턴가 명예를 등한시하게 됐다.

그래서 처음으로 알게 된 진짜 명예가 값지고 기뻤다.

아주 손톱만큼이기는 하지만, 명예로운 기사를 동경했다던 루이를 이해할 수 있었다.

'카르나크 신은 이걸 바라고 날 회귀시킨 걸까……?'

유디트는 목덜미의 스티그마를 매만졌다.

카르나크 신은 무엇을 바라고 나를 회귀시켰을까?

이따금 의문이 솟았으나, 한 번도 속 시원하게 해소된 적은 없었다.

신의 권능이라고 불리는 힘이다. 여태껏 귀족에게만 나타났다던 이 힘이 저에게 깃든 건 순전히 우연만은 아니리라.

왜 하필 나일까?

'……내가 바꿔야 하는 무언가가 존재하는 걸까? 그래서 날 회귀시킨 걸까?'

신경 쓰이는 건 그뿐만이 아니었다.

유디트는 고개를 내밀어 병실 복도를 확인했다. 아무도 없는 조용한 병동은 어둑해지자 을씨년스러웠다.

유디트는 밖에 아무도 없단 걸 확인한 후, 침대 아래 숨겨둔 검을 꺼냈다.

물결무늬 검집에 고풍스러운 느낌을 주는 디자인. 정중앙에 박힌 청색 보석이 시선을 끌었다.

유디트가 용의 숨통을 끊는 데 사용한 보석검이었다.

수많은 이가 한 번만 보고 싶다고 기웃거리던 물건이기

도 했다.

"단장님의 검은 이거! 유디트 경은…… 이 검을 쓰세요!"

"이것도 오리온이 만든 건가요?"

"아뇨, 이건…… 그…… 어느 높으신 분께서 꼭 경에게 전해 달라고 하셨어요! 빌려주겠다고!"

"……예?"

"유디트 경이 오실 거라면서…… 경에게 도움이 될 거라고 하셨습니다!"

푸른 보석과 오래된 디자인.

에테르를 담아 휘둘렀는데도 이가 빠지기는커녕 흠집 하나도 나지 않는 검.

게다가 오리온이 말한 '높으신 분'까지.

이 모든 조건에 걸맞은 검이 딱 하나 있다.

'사파이어 소드…….'

청기사의 상징.

현 청기사이자 1황녀 올가 오스카 베리타스의 검.

사파이어 소드.

'비슷한 모양의 다른 검일 확률은…… 없겠지?'

유디트는 머리카락을 마구 헝클어뜨렸다.

베리타스의 청기사는 황가의 핏줄 중에서도 소수만이

선택받는다.

청기사가 되는 법 중 가장 유명한 방법은, 황가와 신전만이 알고 있는 용의 성지에서 사파이어 소드를 뽑는 것이다.

"으으……."

흑기사단과 황궁을 질리도록 오갔던 유디트다. 총애받던 올가 황녀가 사파이어 소드를 쥔 초상화를 몇 번이나 보았던가.

올가 황녀가 왜? 나한테 왜?

'어떻게 알고 이렇게 귀한 검을 보냈지?'

광룡이 폭주하던 때, 유디트가 대장간으로 간 건 충동에 가까운 결정이었다.

유디트 본인조차도 자신이 그런 선택을 할 줄은 몰랐다.

그런데 한 번도 만나본 적 없는 올가 황녀는 어떻게 알고 사파이어 소드 같은 걸 보낸 것인지.

'……역시 숨기자. 검을 들키면 일이 커진다.'

사파이어 소드로 용을 퇴치했다는 사실이 알려진다면 올가 황녀와 무슨 관계냐며 물어볼 사람이 한둘이 아닐 것이다.

무슨 관계냐니, 그걸 누구보다도 알고 싶은 게 자신이다.

유디트는 뚱한 얼굴로 한숨을 쉬었다.

적당히 비싸고 좋은 검이면 잃어버렸다고 둘러대고 꿀꺽했을 텐데. 하필이면 건국부터 전해져 내려오는 청기사의 상징물이다.

'먹튀했다간 배가 터지겠지⋯⋯.'

욕심에 눈이 멀어 먹튀를 했다간 훈장이고 나발이고 모가지가 서걱 썰릴지도 모른다.

해탈한 유디트는 보석검을 담요로 둘둘 말았다.

그때였다. 복도가 삐걱거리더니 발걸음 소리가 났다.

유디트는 허둥지둥 보석검을 숨겼다.

그녀가 담요로 둘러싼 검을 침대 구석으로 쑤셔 넣었다. 동시에 노크 소리가 들렸다.

"유디트 경? 들어가도 될까?"

"들어오세요!"

그녀가 반사적으로 대답했다.

문을 열고 들어온 사람은 익숙한 붉은 머리의 단장이었다.

떡 벌어진 기류의 어깨는 오늘도 맵시 있게 제복을 소화했다. 옷깃 너머로 보이는 붕대가 아니었다면 부상자로 보이지 않았을 것이다.

기류는 대체로 어제와 비슷했다. 살짝 젖은 머리카락까지 말이다.

'비 맞은 강아지 같아⋯⋯.'

기류가 유디트를 보며 헤죽 웃자 그 인상은 더 굳어졌다.

"혹시 자려는 거 방해했어?"

"괜찮아요. 낮에 많이 잤거든요."

"그래?"

기류는 기뻐하며 방으로 들어와 앉았다.

그러나 그것도 잠시, 곧 심각한 표정으로 물었다.

"밤낮이 바뀌면 힘들지 않나?"

"할 일이 자는 것밖에 없는걸요. 어쩔 수 없어요."

유디트는 태연하게 대꾸하며 상체를 일으켰다. 그러곤 서랍장에서 보송보송한 수건 한 장을 꺼냈다.

"오늘도 물벼락이었나 보네요."

"그래도 오늘은 좀 미지근한 물이었어."

"그런 걸로 좋아하시면 어떡해요?"

유디트는 수건을 펼친 다음 그의 머리에 덮어주었다.

비 맞은 강아지를 닦아주는 듯한 복슬복슬한 감촉이었다. 그녀가 기류의 머리카락을 마구 헤집었다.

'따뜻하네.'

놀란 기류는 얼어붙어 버렸으나, 유디트는 그것도 모르고 계속해서 수건을 비볐다.

"오늘도 고생하셨어요, 기류."

유디트가 다정하게 말했다.

광룡이 도시를 헤집은 여파는 엄청났다.

재산 피해도 피해였지만, 가장 큰 문제는 인명 피해였다.

훈장을 받은 영웅보다 추모비에 이름 한 줄 적히고 잊히는 사람이 훨씬 많은 사건이었다.

기류는 부고를 전하는 역할을 자처했다.

"……어제도 말씀드렸다시피 꼭 단장님이 유족을 만나실 필요는 없어요. 단장님의 책임이 아니잖아요."

젊을 적 고생은 사서 한다지만 이십 대쯤 되면 허름한 구석도 생기게 마련이다.

굳이 고생 같은 걸 나서서 할 필요는 없지 않을까?

그러나 기류의 주장은 어제와 똑같았다.

"고생이란 생각 안 해. 내 가족의 죽음이 개죽음이 아니었다는 말은 나중에라도 꽤 위로되거든."

"……."

"게다가 다른 사람이 가면 뺨을 맞을 일이지만 나한테는 침 뱉는 수준으로 끝나니까. 정말 괜찮아."

그 말에 유디트가 눈살을 찌푸렸다. 그녀는 기류의 말이 경험에서 우러났다는 걸 알지 못했다.

"그래도 역시 별로예요."

"내가 고생하는 게 별로야?"

"네."

"……왜?"

기류는 슬그머니 물었다.

그의 물음에 유디트의 손이 딱 멈췄다.

왜냐고?

……이유랄 게 있나?

유디트는 기류가 고생하는 게 싫었다. 먹지 않아도 될

욕을 먹는 것도, 남들보다 더 강하다는 이유로 위험천만한 상황을 자연스럽게 넘기는 것도 싫었다.

답답했다. 편한 길을 버리고 먼 길로 돌아가는 모습을 볼 때면 괜스레 이입하게 되는 것이다. 나라면 그렇게 살지 않을 텐데, 하고.

"그러게요. 왜 싫을까요. 단장님이 맞춰보실래요?"

유디트는 씩 웃더니 수건 한쪽을 들었다. 그러곤 살짝 붉어진 기류의 귓속에 바람을 불어 넣었다.

"후우."

"우와아악!"

깜짝 놀란 기류가 몸서리쳤다. 그가 몸을 비비 꼬더니 펄쩍 뛰어올랐다.

예상을 뛰어넘는 반응에 유디트는 그만 소리 높여 웃어 버렸다.

기류가 새빨간 얼굴로 소리쳤다.

"뭐, 뭐 하는데!"

"장난이요."

"간지럽다고!"

기류가 후다닥 유디트에게서 멀어졌다.

순식간에 피가 몰린 귓바퀴가 당장에라도 터질 것처럼 새빨갰다.

수건 너머로 느껴졌던 손가락이며, 솜털이 문지르는 것

같던 귓속까지. 모두 간지러워서 죽을 것만 같았다.

심장이 펄떡펄떡 뛰다 못해 귀에서 쿵쿵거렸다.

기류는 제발 이 소리가 그녀에게 들리지 않기를 바랐다.

"죄송해요. 이제 안 할게요."

"거짓말!"

"기류, 제 말 못 믿으시나요?"

"그, 그그그런 건 아니지만……."

기류는 그녀를 경계하면서도 다시 다가갔다. 수건을 목에 걸친 모습이 목도리도마뱀 같았다.

유디트는 그의 떨리는 안면 근육을 즐겁게 바라보았다.

몇 번 시선을 피하던 기류가 헛기침했다.

"호칭이 왔다 갔다 하네? 단장이랑 기류 중에 어느 쪽이야?"

"……시정하겠습니다."

"아니야, 아니, 아니, 아니이! 그런 의미가 아니고!"

화들짝 놀란 기류가 수건을 패대기쳤다.

유디트는 실시간으로 기류가 제 입술을 철썩철썩 치는 걸 보았다.

"좋다는 의미였어! 어느 쪽이든!"

"이름으로 부르는 게 더 좋다고 하셨잖아요. 그냥 편하게 부르다가 생각 없이……."

"어! 아니야! 편한 거 좋지! 어! 완전 좋아. 생각 없는 거

최고! 잘했어!"

기류는 발바닥으로 박수라도 칠 기세였다. 열혈한 반응에 유디트는 살짝 용기를 냈다.

"그럼 사석에서는 편하게 불러도 되나요?"

"되고말고!"

"좋아요. 이제 한 입으로 두말하시면 안 돼요?"

유디트가 환하게 웃었다.

예상치 못한 미소에 기류의 얼굴이 방금 씻은 토마토처럼 붉어졌다.

유디트는 실소를 참았다.

안 그래도 붉은 머리카락인데 귀부터 목까지 붉어지니 마치…….

'붉은 목도리도마뱀 같다.'

기류가 들었으면 졸도할 만한 생각이었다.

유디트는 한참을 키득거렸다.

※　✳　❊

퇴원 시기에 맞춰 유디트 앞으로 파티 초대장과 부탁한 적도 없는 새 제복이 도착했다.

초대장은 딱 한 장만 승낙 답장을 썼다.

바로 세리아 3황자비가 보낸 황실이 주도하는 자선 연

회였다.

제복은 누가 보냈는지는 모르겠으나 알아낼 생각도 없었다. 고맙게 입을 따름이다.

유디트는 그 제복을 훈장 수여식 날 입었다.

기류와 함께 참여한 수여식은 지루할 틈이 없었다. 사방에서 두 사람을 보고 있으니 딴짓도 못 했다.

"시선이 체감상 브레스보다 뜨거운데요."

별생각 없이 던진 농담 한마디에 주변에서 헉하고 숨 참는 소리가 들렸다.

지금 남의 말 엿듣는다고 티 내는 건가? 뭐 대단한 비밀이라고 이렇게 대놓고 놀라?

유디트의 표정이 구겨졌다.

기류는 유디트의 부루퉁한 얼굴을 보며 끌끌 혀를 찼다.

"그냥 생각 없이 즐겨봐. 이 상황 자체를."

"단장님은 가끔 뻔뻔하신 것 같아요."

"경만큼은 아닌데?"

시답잖은 잡담이라도 나누지 않았다면 긴장했을 것이다.

이윽고 시간이 됐다.

"기류 르왈흐메이와 유디트. 앞으로 나오게."

두 사람은 함께 자리에서 일어났다.

장내의 시선이 집중됐다. 의장용 깃발을 든 병사를 제외하고는 모두가 두 사람을 보고 있었다.

황제 또한 붉은 융단의 끄트머리에 서서 그들에게 시선을 던지고 있었다.

유디트는 앉아 있는 황자들을 지나쳤다.

황제의 이목구비가 목전에서 뚜렷하게 보였다.

가깝다.

이토록 가까이에서 황제를 보는 건 처음이었다. 두 번의 인생을 통틀어봐도 가장 가까운 거리였다.

'검이 있었다면 십 초 안에 경동맥을 끊을 수 있겠구나.'

그녀는 칼날 닿을 거리를 습관적으로 계산했다. 퍽 불경스러운 생각이었다.

"베리타스의 가장 높은 태양을 뵙습니다."

못된 상상을 가로막듯 기류가 인사를 올렸다. 유디트도 따라서 고개를 숙였다.

"르왈흐메이 백작."

"예."

"백작은 언제나 나를 실망시키지 않는구나."

황제는 가장 먼저 기류를 향해 고개를 돌렸다.

한 발자국 더 앞으로 나온 황제가 기류의 팔을 툭툭 쳤다.

"그대에게는 무엇을 내주어도 아깝지가 않다. 무엇이든 원하는 것을 말해보라."

당장에라도 눈물을 흘릴 사람처럼 감격한 목소리였다. 모르는 사람이 들었다면 부자 관계를 의심했을 것이다.

"카르나크 황제의 정복의 창이라도 원한다면 꺼내 주겠다. 어떤가?"

"감격스러운 말씀만으로도 충분합니다."

"그리 딱 잘라 말하지 말게. 마땅히 그대가 누려야 할 영광이 아니겠는가."

"당치도 않습니다."

"……참으로 욕심 없는 사내로구나."

황제가 인자하게 웃었다.

제국의 주인은 친절했다. 어찌나 친절했는지, 기류는 하마터면 자신이 마지막 알현 때 이세에피나를 거절하면서 그의 속을 긁었던 것도 잊을 뻔했다.

"모두 들어라. 르왈흐메이 백작가의 오랜 봉사와 그의 활약은 여기 있는 모두가 통감하는바."

황제는 두둑한 배포를 과시하듯 큰 소리로 말했다.

"홀몸으로 드래곤과 맞선 투지와 용맹은 무엇으로 칭찬하여도 모자라니, 이제부터 르왈흐메이 백작가를 후작가로 격상하며 그를 후작으로 봉하겠다. 3년의 면세와 함께 금과 소금을 끄는 70마리의 말과 소, 돼지를 후작령으로 보내라. 또, 신의와 충절을 다하는 신하의 이름을 제국에서 모르는 자가 없도록 해야겠다. 내년에 주조할 동전에는 짐의 이름 아래 그의 이름을 새기도록 하라."

서기관이 엄청난 속도로 황제의 말을 받아 적었다.

유디트는 저렇게 긴 문장을 말하면서도 혀를 씹지 않는 황제가 존경스러워졌다.

황제가 인자하게 다시 기류를 보았다.

"백작, 아니, 이제는 후작이지. 마지막으로 묻겠다. 정녕 원하는 게 없느냐?"

"폐하께서 내리신 은혜가 이미 사막의 오아시스보다도 달콤합니다."

"이런! 욕심 없는 자 같으니."

황제는 웃으면서도 툴툴댔다.

죽이 잘 안 맞네.

유디트는 두 사람이 자석의 극과 극처럼 안 맞다는 걸 간파했다.

황제는 생색내며 과시하려 드는 타입인 반면 기류는 생색 낼 여지조차 안 주는 사람이다. 상극도 저런 상극이 없었다.

"자, 그러면……."

황제가 비스듬히 몸을 틀었다.

이번에는 유디트의 차례였다.

꼿꼿하게 세운 그녀의 등에 더욱 힘이 들어갔다.

어느새 1황자 알베르트가 조용히 벨벳 쿠션을 들고 다가왔다. 쿠션 위에 놓은 것은 브릴란테 훈장이었다.

유디트는 훈장이 로제타산 백금으로 만들어졌다는 걸 한눈에 파악했다. 어지간한 세공사들도 혀를 내두를 눈썰미였다.

"청문회에 이어 두 번째로구나. 이렇게 얼굴을 보는 건."

"기억해 주시니 영광입니다."

"인재를 잘 찾는 이든이 새로운 에테르 마스터에 대해 말할 때부터 기억해 두었다."

황제가 긴소매를 손수 걷으며 말했다.

"제국의 주인으로서 감사를 전하마. 이런 자가 황실 기사로 들어오다니 참으로 복된 일이지."

황제의 인사는 가벼웠지만, 그 속뜻까지 가벼운 건 아니었다.

유디트는 긴장하지 않으려 했다.

그러나 제국을 발아래에 두고 호령하는 사람을 앞에 둔 채 태연할 수는 없었다.

황제가 훈장을 집어 들었다.

"답해보라. 이것이 무엇인지 아는가."

"황실 기사가 받을 수 있는 가장 큰 축복, 브릴란테 훈장으로 알고 있습니다."

"그러하다. 풍문으로 들었나 보구나."

좌중이 놀랐으나, 유디트는 놀라지 않았다.

황제가 빙긋 웃었다.

"찬란하고 위대한 재능이 신분을 뚫고 꽃을 피웠다. 짐이 더욱 튼튼한 토대를 만든다면 어디까지 자라날지 기대가 커. 브릴란테 훈장은 그대의 제복 위에서 가장 빛날 것 같구나. 경의 생각은 어떠냐?"

미사여구를 뺀 황제의 말은 대충 다음과 같았다.

야, 너 좀 하는 듯? 근데 이 훈장 받으면 앞으로 평생 황실 기사 올인 각인 거 알지?

유디트가 그의 말을 받았다.

콜. 먹고 죽어도 콜.

"제게 훈장을 주신다면, 황실 기사로 생을 마감할 날까지 영광스러운 기억으로 삼겠습니다."

황제가 씩 웃었다. 유디트도 씩 웃었다.

뒤에 서 있던 1황자가 주절주절 말이 많았다. 지엄한 제국법이 어쩌고, 즉결심판권이 저쩌고.

유디트는 전부 한 귀로 흘렸다.

황제의 푸른 눈이 그녀를 재미있다는 듯 훑고 있었다.

마침내 그녀가 훈장을 집은 황제를 향해 다가갔다.

억 소리 나게 비싼 백금 훈장이 유디트의 제복을 장식했다. 백금의 값어치를 생각해 보면, 이제 유디트는 걸어 다니는 전원주택 다섯 채가 되었다.

"귀애하는 나의 기사여."

"예, 폐하."

"바라는 게 있다면 말하거라. 짐은 절대 허언하지 않는다."

황제가 엄숙하게 말했다.

"원하는 게 있느냐?"

"폐하의 드넓은 배포에 비하면 보잘것없는 바람입니다."

"말해보라."

유디트가 인생 역전의 각을 선명하게 세웠다.

그녀가 이해한 상황은 다음과 같았다.

이건 힘든 훈련을 마치고 비올레가 '내 물 좀 줄까?'라며 물을 건넸을 때와 똑같다. 줬다고 냉큼 다 비워 버리면 혼난다.

황제를 정색하게 만들면 안 된다. 아무리 제국을 구한 영웅이라 해도 터무니없는 걸 요구하면 미운털이 박힐 것이다.

호기롭게. 방만해 보이지 않게.

'욕 안 먹을 정도로만. 어쭈, 이거 욕심 있네? 그렇게 생각하고 넘어갈 정도로만.'

유디트가 생각을 마쳤다.

이때를 위해서 침을 발라둔 입술이 깔끔하게 떨어졌다.

"폐하의 은혜 속에서 곪지 않는 하루하루를 보내고 있습니다. 어찌 많은 것을 바랄까요. 다만 필부의 곤궁한 삶은 세대를 넘어 대물림된 까닭에, 정착할 집 하나 없이 떠돌아다니는 신세였습니다. 비바람을 피하느라 마구간에서 지새운 밤이 한으로 남아, 지금도 종종 가슴을 치고 갑니다."

해석하자면, 황제님. 나 집 없수다.

"제게는 아비가 남겨준 자그만 땅이 있습니다. 어릴 적부터 그곳에 집을 짓고 사는 것이 꿈이었지요. 아침에 맑

은 물로 세수하고, 수련으로 하루를 시작한다면 더 바랄
게 있겠습니까."

우리 아빠가 나한테 땅을 줬는데요. 거기에 건물 좀 지
어주세요. 하는 김에 수로도 뚫어주시고요.

"낡은 꿈이 이루어진다면 새로운 꿈을 그리며 살 것입니
다. 황실 기사직을 은퇴하면 제자를 키우는 꿈……. 가끔
제가 잡은 용의 어금니를 아이들에게 보여주는 삶도 나쁘
지 않을 것 같습니다."

용은 저 주세요. 제가 잡았잖아요. 죽을 때까지 제 거예
요. 침 발라놨어요. 남의 거 탐내면 배 터져 죽는 거 아시죠?

"상상만 해도 행복한 삶입니다. 그런 삶을 바라여도 될
지……."

그녀의 말을 듣고 있던 기류는 생각했다.

진짜 대박이다. 할 말 다 하고 사네.

유디트는 소박한 부탁을 하는 척 챙길 걸 다 챙기고 있
었다.

황제가 집 한 채만 덜렁 지어줄 확률은 극히 낮았다. 정
원과 마구간, 수로 공사를 마친 다음 대로변까지 길을 뚫
는 도로 공사로 화려한 마무리를 장식하리라.

기류의 예상은 그대로 맞아떨어졌다.

"그대의 나이가 몇이냐."

"올해로 스무 살이 되었습니다."

"젊구나."

황제의 입꼬리가 씰룩거렸다.

"나이에 맞지 않게 기특한 꿈이다. 제국의 미래를 생각하는 황실 기사의 꿈을 어찌 외면하겠나. 그런데 작위는 바라지 않느냐?"

유디트가 재빨리 대답했다.

"바라지 않습니다. 검 재주가 좋아서 세운 공훈입니다. 저는 영지민을 이끌 재목이 아닙니다."

영주의 재목도 아닐뿐더러, 귀찮은 영지 관리가 싫었다.

남의 피땀 어린 세금이나 빨아먹고 사는 건 유디트의 취향이 아니었다.

황제가 흡족해하는 게 기류의 눈에도 보였다.

"하지만 장차 인재를 기르기 위해서라도 그에 걸맞은 위신이 필요할 게다. 세월이 흐르면 그대의 공훈을 깔보며 악심을 품는 자도 나올 텐데 그것도 각오한 대답인가?"

너 작위 없으면 나이 먹고 시비 걸릴 텐데?

유디트는 영악함이라고는 조금도 느껴지지 않는 미소로 화답했다.

"브릴란테 훈장에 누가 되지 않도록 하겠습니다."

여차하면 칼질 좀 하겠다는 소리였다.

'모가지만 안 썰면 되겠지 뭐.'

나이를 먹어도 권리는 사라지지 않는다. 즉결심판권 만

세 만세 만만세였다.

황제는 요놈 봐라, 하는 얼굴로 그녀를 보았다.

딱 유디트가 원하던 반응이었다.

"……좋다! 짐이 그대의 꿈을 이루어주마!"

빙글빙글 돌아가던 인생 룰렛이 멈춘다.

"서기관은 받아 적도록 하라. 제국을 구한 영웅이 작위를 받지 않겠다는 겸손함마저 갖추었구나. 그러나 응당 가져야만 할 영광은 빼앗을 수 없을 것이다. 짐이 그녀의 신분을 보증하겠노라. 황실 기사 유디트 경을 황실의 귀빈으로 대우하라!"

황제가 소리쳤다.

"짐은 본래 그녀에게 단숭 백작위를 내리려 했으나 본인의 뜻을 존중하겠다. 그 대신 작위에 걸맞은 황금과 비단으로 공로를 기릴 것이다! 백금의 브릴란테 훈장이 잘 어울리는 기사인 만큼, 내년에는 기념 백금 주화를 제조하라. 첫 번째부터 백 번째 주화는 모두 그녀에게 하사하겠노라."

서기관의 깃펜이 정신없이 움직였다.

마침내 잉크가 똑 떨어질 때까지 종이 위에 일필휘지를 멈추지 않았다.

"황궁 건축가를 불러라. 그녀가 원하는 방식으로, 가장 훌륭하고 아름다운 저택을 세워야 할 것이다. 인부를 불러 당장 공사를 시작하라 일러라. 이는 황명이다! 모든 일이 끝났

을 때 은빛 용의 피 한 방울까지 모두 그녀에게 전해졌어야
할 것이다. 다만 용의 이빨 하나쯤은 짐도 탐이 나는구나."

"가장 커다란 이빨에 폐하의 존함을 적어 바치겠나이다!"

"기대하겠다."

인생 역전의 잭팟이 터지는 순간이었다.

＊　＊　＊

축하 연회는 의외로 빠르게 끝났다. 유디트와 기류의 오
른손은 합쳐봤자 둘이라 악수를 하는 데도 한계가 있었다.

문제는 적기사단이었다.

본부로 돌아온 기류와 유디트는 식당까지 끌려갔다. 광
란의 술판이 거기 있었다.

"마셔라! 마셔!"

"이런 날은 단장님도 드셔야죠!"

"보좌관님이 없으실 때가 기회야! 일단 마셔! 이때 아니
면 못 마신다고!"

정말 죽어라 마셨고, 죽일 만큼 잔을 돌렸다.

이때다 싶었는지 그녀의 입에 깔때기를 꽂으려고 드는
레이먼을 걷어찬 게 마지막 기억이었다.

다음 날 유디트는 비올레의 방에서 일어났다.

술로 떡이 된 쓰레기 둘이 부둥켜안고 잤더니 냄새가 지

독했다.

"와, 우와…… 이건 진짜 아니다."

허우적거리며 일어난 비올레는 곧바로 창문을 열었다.

덩달아 깬 유디트는 칭얼거렸다.

"추워……."

"참아. 환기 좀 하자."

유디트는 몽롱한 정신으로 담요를 뒤집어썼다. 그러다 의자에 걸쳐둔 상의 재킷에 시선이 닿았다.

술로 떡이 된 주제에, 또 귀한 건 알고 재킷을 벗고 잤다.

백금으로 된 훈장이 잘 보였다. 아침 햇살 덕분인지 더 빛나는 것 같았다.

"……흐…… 흐흐……."

마침내 유디트의 입에서 해괴한 웃음소리가 흘러나왔다. 문을 열고 바람을 쐬던 비올레는 뭘 잘못 들었나 싶었다.

"유디트…… 왜 그래? 미쳤어?"

"으흐흐흐…… 으흐흐흐흐흐흐하하하하하하하!!"

"에구머니나, 진짜 왜 이런대!"

벼락같은 웃음을 터뜨리기 무섭게, 유디트가 침대에서 벌떡 일어났다.

"이거지…… 이거라고!"

추운 것도 잊고 유디트가 담요를 들고 깃발처럼 펄럭펄럭 흔들었다.

"뭔 소리야! 먼지 날려!"

"나가자! 비올레! 씻고 나가자!"

"어딜?!"

"쇼핑하러! 돈 쓰러어어억!"

유디트가 한 맺힌 사람처럼 외쳤다.

점차 졸음이 가시기 시작했다.

벼락 중에 가장 짜릿하다는 돈벼락이 터졌다. 잠이나 잘 때인가?

가만히 있을 수가 없었다. 아니, 가만히 있으면 그게 더 이상하다.

"나가자! 오늘 훈련 쉬잖아!"

유디트가 비올레의 어깨를 잡고 마구 흔들었다.

"나가자! 나가자아, 응?"

"나 살려! 어깨 빠져!"

유디트는 그야말로 아이처럼 졸라댔다.

비올레는 기가 막혔으나, 쉴 새 없이 애원하며 끌어안는 유디트를 이길 수 없었다.

삼십 분 후 그들은 기사단을 빠져나왔다.

유디트는 호기롭게 마차를 잡았다. 그러곤 마차 삯도 묻지 않고 비올레부터 태웠다.

서쪽 시가지는 북적거렸다. 이른 아침인데도 연 가게가

많았다.

아무래도 동쪽 상업 지구가 쑥대밭이 된 여파로 사람이 몰린 듯했다.

"뭐부터 할까? 응? 배고프지? 밥 먹을까? 아냐, 옷부터 사러 가자! 오늘은 내가 다 사 줄게!"

"유디트, 좀 진정해."

그렇다고 진정할 유디트가 아니었다.

유디트는 비올레의 걱정스러운 눈빛을 알면서도 모르는 척했다.

오랜 시간 억눌러 왔던 뭔가가 폭발하는 것 같았다.

하지만 뭐 어떤가.

내가 돈벼락을 맞아서 쓰겠다는데.

내가! 돈이! 있다는데!

"가자!"

유디트가 무작정 비올레를 잡아끌었다.

어디에 돈을 쓸까. 아니, 어디부터 쓸까.

처음 해보는 고민이었다. 벅찬 가슴을 가눌 길이 없었다.

유디트는 가장 먼저 장갑 가게로 들어갔다.

장갑을 사고 싶어서가 아니었다. 그냥 그 가게가 제일 먼저 눈에 띄어서 들어갔다.

매장에 발을 들인 유디트는 할인 매대는 거들떠보지도 않고 안으로 들어갔다.

"점원, 점원!"

유디트는 그 가게를 거의 뒤집어놓다시피 했다.

그녀는 가게에서 가장 질 좋은 장갑을 색깔별로 샀다.

평소 쓰던 것보다 가볍고 얇으면서도 튼튼한 양가죽 장갑이었다.

친구들 몫의 장갑도 샀다. 루이에게는 기사를 그만두어도 검을 멀리하지 말라는 쪽지를, 레이먼에게는 배속 확정 축하라는 쪽지를 써서 포장했다.

태어나서 처음으로 쇼핑이 쉬웠다. 가격을 물어볼 필요도 없었고, 점원의 눈치를 살필 필요도 없었다.

그다음은 신발 가게였다.

"유디트, 신발 그만 사! 네가 무슨 지네야?!"

"종류별로 하나씩만……."

"숙소 신발장엔 네 켤레밖에 못 넣잖아!"

"그럼 신발장도 살래……."

"이보쇼!"

비올레의 격렬한 만류에도 불구하고 유디트는 결국 아홉 켤레의 신발을 전부 샀다.

가장 마음에 들었던 신발을 신고 밖으로 나오자, 비올레가 허리에 손을 얹으며 잔소리했다.

"유디트으! 나한텐 돈 많이 벌면 효도하라며!"

"넌 그래야지. 근데 난 부모님이 없거든."

"어이구, 어이구우……!"

패륜아 같은 발언을 던진 다음에는 고기를 썰었다. 가장 연한 부위로.

아침 식사 메뉴치고는 좀 과하지 않냐는 말에 다른 메뉴를 주문하려 하니 비올레가 또 기겁했다.

쇼핑은 쉽게 멈추지 않았다.

정오를 넘기고 해가 서쪽으로 저물어갈수록 짐은 늘어나기만 했다.

유디트는 장갑을, 가죽 벨트를, 속옷을, 신발을 새로 샀다.

모두 습관처럼 싼 것만 찾았던 물건이다.

그다음에는 가방과 지갑을 샀다. 처음으로 금액에 상한선을 두지 않고 골라봤다.

다용도 나이프와 나침반 세트. 보석이 달린 검집 장식끈. 고급 향초. 아주 보송보송한 수건. 푹신한 베개. 창가에 매달아두면 예쁠 것 같은 파랑새 장신구.

돈을 벌면 사야지, 좀 더 좋은 거로 바꿔야지, 예쁘니까 사야지.

그렇게 생각만 하면서 살다가 결국 죽을 때까지 사지 못했던 것을 전부 샀다.

그리고…….

"유디트, 그것도 사려고?"

유디트의 걸음이 여행용 트렁크 진열대 앞에서 멈췄다.

연한 밀색과 까만색도 있었으나, 그녀의 걸음을 멈추게 한 건 갈색 트렁크였다.

삼중으로 박음질된 손잡이는 튼튼했다. 찬찬히 손잡이를 쥐어보니 단단한 감촉이 칼자루를 쥘 때와 미묘하게 달랐다.

이게 여행용 트렁크구나. 남들은 이런 걸 들고 여행을 다니는구나.

'내가 짐 가방으로 쓰던 건 포대 모양이었는데.'

여행.

새삼 유디트에게는 그 단어가 생소하게 다가왔다.

그녀에게는 시간도, 돈도, 계획을 세울 만큼 보장된 미래도, 여행을 끝내고 돌아갈 집도, 그녀를 맞아줄 부모도 없었다.

그래서 앞으로도 여행용 가방 같은 건 살 일이 없을 거라 생각했다.

"이거 주세요. 살게요."

하지만 지금, 태어나서 처음으로 여행용 트렁크를 골랐다.

문득 살아 있기를 참 잘했다는 생각이 들었다.

돈을 쓰면서 그런 기분이 든 건 처음이었다.

✳   ✳   ✳

여섯 시간째 밥만 먹고 쇼핑을 하다 보면 나갔던 정신도 돌아오게 마련이다.

유디트는 열두 개째 브로치를 샀을 때 겸허하게 인정하기로 했다.

이건 물욕도 물욕이지만, 한 맺혀 있었던 영향이 큰 듯했다.

더는 못 버티겠는지 비올레가 의상실 소파에 드러누웠다.

"피곤해……."

"미안. 힘들지?"

"비올레 죽었어요. 찾지 마세요."

비올레가 고꾸라지는 시늉을 했다.

의상실은 마지막으로 방문한 가게였다.

짐이 많아질까 봐 일부러 마지막에 들른 것인데, 체력이 바닥난 상태에서 옷을 입었다가 벗었다가 하려니 피곤했다.

이럴 줄 알았으면 의상실을 가장 먼저 방문할 걸. 유디트가 후회했다.

'슬슬 돌아갈까.'

고민하던 유디트가 멈춰 섰다.

그녀의 걸음을 멈추게 한 건 다름 아닌 분홍색 드레스였다.

"그거 사게?"

"아니, 그냥 보는 거야."

어깨를 훤히 드러낼 수 있는 디자인이었다. 치맛단은 뒤로 갈수록 길어졌는데, 화려하게 잡힌 주름이 인상적이었다.

'다리 굵은 사람이 입어도 티 안 나게 해놨네.'

유디트는 드레스 앞에서 한참 서성거렸다.

"유디트. 그거 마음에 들면 한번 입어봐."

"됐어. 데뷔탕트 치르는 소녀가 입을 것 같은 드레스잖아."

"오 년 더 젊어진 걸로 쳐."

"잘 어울리실 거예요, 입고 벗는 것도 간단하니 원하시면 저희가 도와드릴 수 있는데⋯⋯."

"아뇨, 됐어요."

유디트는 딱 잘라 거절했다.

사실, 드레스는 예뻤다. 한 번쯤은 입어보고 싶은 디자인이었다.

"왜에, 어울릴 거 같은데."

"비올레. 내가 투 핸디드 소드로 수련하는 거 본 적 있어?"

"⋯⋯소화 못 할 게 뻔한데 굳이 왜 입어보겠냐는 소리지?"

유디트는 대꾸하지 않고 웃었다.

유디트는 자신의 어깨가 얼마나 넓은지 알고 있었다.

훈련으로 다져진 몸이다. 여린 어깨가 강조되는 옷을 입으면 통짜로 보여서 오히려 우스꽝스러울 게 뻔했다.

'진짜 사치는 이런 걸 사는 거지. 안 입을 게 뻔한데⋯⋯.'

드레스를 외면한 유디트가 말했다.

"나머지는 나중에 볼게요. 일단 그쪽에 빼놓은 옷부터 주세요."

"알겠습니다."

"포장해서 여기로……."

유디트와 비올레가 의상실 바깥의 소란을 깨달은 건 그때였다. 웬 여자가 울부짖는 소리가 들렸다.

놀란 비올레가 소파에서 벌떡 일어났다.

"이게 무슨 소리…… 어?"

"왜 그래?"

"단장님이다."

"……뭐?"

단장님?

그게 기류를 뜻한다는 걸 깨닫자마자 유디트는 창문으로 성큼성큼 다가갔다.

의상실에서 내려다본 거리는 난장판이었다.

중년 여성 한 명이 바닥에 주저앉아 울음을 터뜨리며 기류 쪽을 향해서 마구 흙을 뿌리고 있었다.

"유족인가 봐……."

"어이구, 저기도 참…… 또 저러고 있네."

바깥을 본 점원이 혀를 찼다.

"요 앞 골목에서 꽃 가게를 운영하는 부부입니다. 자식이 몇 년 전에 기사가 됐다고 그렇게나 기뻐했었는데 이번 일로 죽었다나 봐요."

전사자의 유족에게 건네는 꽃다발은 처참하게 흩뿌려져 있었다.

짓밟힌 꽃송이가 지저분하게 흙바닥을 나뒹굴었다.

"벌써 며칠째 저러고 있는지 모르겠습니다."

"뭘 원하는데요?"

"뭘 원하기는요. 그냥, 자식 살려내라는 소리지요."

점원이 걱정스러운 눈길로 바깥을 보았다.

"마음이야 이해합니다마는 척 봐도 높으신 분이 온 건데……. 앞뒤 안 가리고 저렇게 굴어도 괜찮을지 걱정부터 드네요."

기류와 전령사는 울부짖는 여성을 진정시키기 위해 안간힘을 쓰고 있었다.

물론 아무 소용없었다. 자식의 사망 소식을 듣고 길바닥에 드러누워 버린 부모를 일으킬 수 있는 건 아무것도 없었다.

유디트는 입술을 지그시 깨문 채 그 광경을 바라보았다.

마침내, 아버지로 추정되는 사내가 신발을 던졌다.

"헉……!"

맨발이 된 사내는 이어서 양동이에 담긴 물을 퍼부었다. 비올레가 숨을 들이켜며 깜짝 놀랐다.

보다 못한 사람들이 그러다 큰일 난다며 기사와 부부 사이를 가로막으며 소란이 일었다.

혹시 해코지라도 당할세라, 꽃집 부부를 몇 사람이 부축하며 데려갔다.

기류는 물기를 쥐어짜다 어두운 표정으로 머리카락을 뒤로 넘기며 고개를 들었다.

기류와 유디트의 눈빛이 마주친 건 그때였다.

"어……."

두 사람 모두 당혹스럽게 서로를 보았다.

그리고 다음 순간, 내내 피곤함에 젖어 있던 기류의 얼굴 위로 미소가 덧그려졌다.

유디트는 은은한 충격을 받았다.

기류가 저렇게 웃던 사람이었나?

유독 환하고 선명한 미소가 그녀에게 닿았다.

기류는 부하 기사에게 몇 마디를 건네더니 의상실 안으로 들어왔다.

"안녕하세요, 단장님!"

"……오셨습니까."

"유디트 경. 비올레 경도 함께 있었나?"

비올레가 허겁지겁 일어났다.

기류는 그대로 의상실 안까지 걸어 들어오다가 멈춰 섰다.

"손님. 그대로 들어오시면 곤란합니다."

"아, 미안하군. 뭐든 좋으니 새 옷 좀 가져다……."

기류의 말은 이어지지 못했다.

다가온 유디트가 들고 있던 옷으로 그의 머리카락을 닦아버렸기 때문이다.

"이것도 살 테니 계산해 주세요."

"유, 유디트 경?"

"대체 왜 이러고 다니시는 거예요, 정말!"

"무슨 일 있어? 왜 이렇게 기분이 언짢아 보이지?"

누구 때문인데요!

습관처럼 받아치려던 유디트는 대답 대신 더욱 그의 머리카락을 탈탈 털었다.

"말했잖아요. 별로라고요. 전령사가, 책임자가 하면 되는 일을 왜 굳이 단장님이 자처해서 하시는데요?"

"워, 워. 잠시만. 유디트 경."

그가 뒤늦게 수건 대용으로 쓰인 옷을 내려놓았다.

기류는 젖어버린 옷을 보고 짧게 탄식하더니 점원이 가지고 온 수건으로 물기를 마저 닦았다.

"대체 뭐 하는 사람들이에요? 억울하고 서럽기로서니 사람에게 물을 뿌려요?"

"유디트 경. 괜찮아, 오늘로 마지막이야. 괜찮아."

기류는 삐딱하게 선 채 골이 난 유디트를 진정시켰다. 그가 헤프게 웃었다.

"이렇게 화내면 내가 미안하잖아. 괜히 들어온 것 같고……."

"……."

"화내지 마. 난 웃는 얼굴을 보고 싶어서 들어온 건데, 안 될까?"

수건을 팔에 걸친 기류가 손가락으로 입꼬리를 끌어 올리는 시늉을 했다.

"몰라요! 이리 오세요!"

"우왓!"

유디트는 뾰로통한 얼굴로 다시 한번 기류의 머리카락을 탈탈 털었다.

그는 슬그머니 눈치를 보다가 헤헤 웃었고, 유디트는 그런 그의 볼을 쿡 찌르며 노려보았다.

"허어……?"

이 기막힌 광경을 보며 허허 웃어버린 사람은 다름 아닌 비올레였다.

그녀의 눈빛이 가십거리를 발견한 기자처럼 빛났다.

❋ ✳ ❋

의상실의 주인은 기류가 '기류'임을 알자마자 태도를 바꿨다.

수도를 구한 기사단장을 쫓아내기보다는 카펫 위에 러그를 한 장 더 까는 쪽을 택한 것이다.

유디트는 옷을 갈아입는 그를 존중하여 등을 돌리고 앉았다.

화가 났으니 냈던 것뿐인데, 시간이 지나고 생각해 보니 혼자서 너무 열을 낸 것 같았다.

'언성을 높이는 게 아니었어. 기류는 그냥 자기 할 일을 한 건데.'

제까짓 게 뭐라고 사람을 타박하는가. 세상에 착하다 못해 답답한 사람이 기류 하나뿐인 것도 아닌데.

유디트는 짧은 후회를 마쳤다.

'좋아. 다시 아무렇지 않게 말 걸자.'

그녀가 고개를 들었다.

그러나 벽에 걸린 거울로 기류가 보인 순간, 유디트는 충격으로 하려던 말을 잃었다.

'미, 미친…… 거울이 왜 여깄어!'

기류는 상의를 벗고 있었다. 덕분에 탄탄한 가슴근육이 노란 불빛 아래에서 드러났다.

미처 닦아내지 못한 물기로 인해 피부가 번들거렸다. 생전 한 번도 남자에게서 받아본 적 없던 색기마저 느껴졌다.

하필이면 제복을 벗어서 직각으로 떨어지는 넓은 어깨가 시야에 가득 찼다.

기류의 어깨가 저렇게 넓었던가?

유디트는 제 숨이 멈췄음을 깨달았다. 봐선 안 되는 걸

본 기분이었다.

'아니, 왜, 하필 타이밍이……'

평정이 깨진 유디트는 손에 잡히는 대로 카탈로그를 집어 들었다.

그녀가 시선을 돌려 코를 박듯 카탈로그를 노려보았다. 하지만 그 많은 액세서리는 하나도 눈에 들어오지 않았다.

그녀의 심장은 어느새 빠르게 뛰고 있었다.

"뭐 보고 있었어?"

"……!"

소리도 없이 다가온 기류가 등 뒤에서 고개를 내밀었다.

놀란 유디트는 경련하다시피 했다.

"그렇게 놀랄 일이야?"

느닷없이 잘생긴 얼굴이 유디트의 코앞으로 붙었다.

그녀는 상황도 잊고 소리쳤다.

"가, 가깝잖아요! 깜짝이야……!"

"집중해서 보는 줄 몰랐지."

기류는 젖어버린 재킷을 벗고 하얀 속셔츠만 입고 있었다. 그마저도 단추를 세 개나 잠그지 않았다.

평소에는 빈틈없이 제복을 갖춰 입어서 맨살은커녕 속셔츠도 안 보이던 사람인데…….

청순한 느낌을 주는 하얀 속셔츠와 대비되는 탄탄하고 넓은 가슴. 자꾸만 그곳으로 눈이 갔다.

단추를 여미라고 소리치고 싶은 마음과 계속 흘끔거리고 싶은 마음이 팽팽하게 부딪쳤다.

물론 당사자인 기류는 그런 걸 알 턱이 없었다.

"귀걸이?"

"그냥, 그냥 본 겁니다. 상아로 깎은 게 신기하길래……."

유디트는 카탈로그를 펼친 채 조금씩 옆으로 몸을 뺐다. 그와 멀어지기 위해서였다.

그러나 기류가 그녀 쪽을 향해 몸을 기울이자 그녀의 노력은 허사가 되었다.

"귀걸이는 착용 제한 있는 거 알고 있지? 사치품은…… 아, 혹시 자선 연회용 귀걸이가 필요했던 거야?"

그는 유디트의 동요를 감지하지 못했다.

"그런 거면 카탈로그 줘봐. 상아보다는 이쪽에 있는……."

소파에 앉은 유디트의 등 뒤에서 카탈로그를 내려다보던 기류가 몸을 숙였다.

방금 닿은 건 뭐지? 가슴인가? 복근? 아니면 허리인가?

순식간에 머릿속이 새하얗게 변해 버렸다. 유디트는 거의 발작적으로 말했다.

"떨어지세요."

"어, 뭐?"

"너무 가까워요!"

"……아……?"

기류가 눈을 깜빡였다.

한 박자 늦게 상황을 파악한 그가 조심스레 오른쪽으로 한 발자국 떨어졌다.

"미안, 기분 나빴어?"

"아뇨. 기분 나쁘지 않았어요. 그건, 그건 아니었는데……."

뭐라고 말해야 하지?

뭐라고 말해야 기류가 한 번에 납득하지?

"냄새납니다."

"……."

기류의 얼굴이 돌처럼 굳었다.

그는 두말없이 벽까지 물러섰는데, 어찌나 빠른 속도였는지 잔상밖에 보이질 않았다.

유디트는 겨우 안심했다.

반면 기류의 안색은 좀 전과는 비교도 할 수 없을 만큼 어두워져 있었다.

멀어진 기류는 자신의 소매에 코를 들이박은 채 마구 쿵쿵거렸다.

'치고 빠질 기회는 지금뿐이다.'

유디트는 쿵쾅대는 심장 소리를 숨기려는 듯 큰 목소리로 외쳤다.

"그, 그럼 저는 볼일이 끝났으니 먼저 가보겠습니다."

"어? 뭐?! 잠깐만……!"

"기사단에서 뵙겠습니다. 그럼 이만! 가자, 비올레!"

유디트는 그 길로 의상실 계단을 내려가 버렸다.

의상실 문이 거세게 닫히며 종소리가 났다. 흡사 기류의 영혼을 하늘 저편까지 보내 버리려는 종소리 같았다.

냄새가 난다고? 내가?

하지만 아무리 맡아봐도 마찬가지였다. 제 코엔 이상한 냄새라고는 조금도 느껴지지 않았다.

그런데 다른 사람도 아니고 좋아하는 사람에게, 유디트에게 냄새난다는 말을 들었다. 세상이 망할 징조처럼 보였다.

아침저녁으로 꼬박꼬박 씻는 기류의 멘탈이 유리 조각처럼 깨졌다. 체감상 광룡을 홀몸으로 막을 때보다 비참한 기분이었다.

기류가 울상을 하고 외쳤다.

"……여기 향수 안 팔아?!"

팔 턱이 없었다.

의상실을 뛰쳐나온 유디트는 이마부터 퍽퍽 쳤다. 내가 미쳤지. 정말 단단히 돌았지.

뒤따라 나온 비올레는 웃음을 참다못해 껵껵대며 흐느끼고 있었다.

한참 후 비올레가 경련하는 복근을 감싸 쥐고 말했다.

"이거는 완전히 그거네. 일단 그렇게 생각해도 될 것 같네. 그치?"

"뭘!"

"유디트. 너 어깨 넓은 남자 좋아하는구나."

"아니야!"

"가슴 넓은 남자도 좋아했구나."

"아니거든!"

"체격 좋은 사람이 이상형이지? 단장님처럼?"

"아니라고오!"

유디트가 새빨간 얼굴로 소리쳤다.

물론 비올레는 전혀 주눅 들지 않았다. 그녀는 오히려 다 이해한다는 표정으로 다가와서 유디트의 어깨를 두드렸다.

"아냐, 우리가 이런 종류의 진솔한 대화는 나눠본 적이 없었지? 있잖아, 우리 언니가 그랬는데 친구는 결국 야한 이야기까지 털어놓으면서 친해지는 거래. 나는 다 이해해. 응, 내 마음이 오늘처럼 넓은 적이 없어. 거의 바다야. 바다."

"아니라고 이 계집애야! 으아앙! 아니라고!"

유디트가 울부짖었다.

물론 아니라고 해봤자 그냥 넘어갈 비올레가 아니었다. 그녀는 모처럼 놀릴 만한 건수를 발견한 게 신난 눈치였다.

진이 빠질 정도로 놀림을 당하고 나서야 비올레가 화제

를 비틀었다.

"유디트 넌 좋아하는 사람 없어?"

"뭐?"

"좋아하는 사람 말이야."

찰나의 순간, 유디트는 말문이 막혔다. 머릿속에 기류의
얼굴이 스쳤다.

얼마 지나지 않아 유디트가 부정하듯 고개를 좌우로 흔
들었다.

"없어! 그런 거 안 키워."

"그런 거라뇨. 여보세요!"

"나는 나 하나만 보고 사는 데 너무 익숙해졌단 말야."

비올레가 묘한 표정을 지었다.

"연애에 관심이 없는 거야?"

"관심을 둘 여유가 없었지. 나는 내 한 몸 챙기면서 사
는 것도 벅찼어. 사랑은 사치라고 생각해."

"하긴. 연애는 몸 정 아니면 마음 정이니까. 마음에 여
유가 없으면 못 하는 거긴 해."

"그러는 비올레 너는? 너도 인기 많잖아."

"에이, 인기가 많긴 무슨……."

"우리 사이에 빈말하기야?"

솔직하고 발랄한 데다 애교까지 많은 비올레다.

유디트는 분위기 메이커인 그녀를 싫어하는 사람을 본

적이 없었다.

"좋아하는 사람이 있으니까 벌써 셋이나 거절했던 거 아니었어?"

"……알고 있었구나."

"당연하지."

입단 이후 연상과 연하를 가리지 않고 고백을 받았던 비올레다.

비올레라면 그러고도 남지, 라는 말을 남몰래 칼리파와 나눈 적도 있었다.

'이번 생은 아니고 이전 생에 나눈 이야기지만.'

비올레의 눈빛이 조금 진지해졌다.

"좋은 사람 있으면 나도 만나고 싶어. 괜찮은 남자가 있으면 결혼도 하고 싶고."

"고백한 사람은 다 멀쩡하지 않았어?"

"모르지? 모르니까 거절한 거야. 사귀어봤는데 날 배신하는 놈이면 어떡해?"

유디트가 의아하게 그녀를 보았다. 비올레가 남자에게 돈이라도 떼먹힌 적이 있었나?

비올레는 곧 그녀의 의문을 해소해 주었다.

"연애는 상대를 선택하는 거잖아. 그런데 여러 사람 만나 보고 나니까, 내 선택이 전부 실패였단 걸 깨닫게 되는 거야."

"사랑에 신중해졌니?"

"응. 난 어느 순간부터 좋아한다는 감정만으로 사람을 만나는 게 아니라, 내 신뢰를 배신할 만한 사람인지 아닌지를 재어보고 있더라."

유디트는 내심 놀랐다. 비올레가 이렇게 진지한 연애관을 가지고 있는 줄은 몰랐기 때문이다.

비올레는 평소처럼 가볍게 말했다. 하지만 가볍게 말했기 때문에 더욱 무겁게 다가오는 말이었다.

"다들 나랑 비슷할걸? 연애하기 싫은 게 아니야. 실패하기 싫은 거야. 내 선택에 배신당하는 게 싫은 거라고."

"……."

"내가 선택한 사람이 날 배신하는 사람이다, 그런 걸 누가 인정하고 싶어 하겠어."

"어렵구나."

"쉬운 일은 아니지. 사랑이란 게."

비올레가 짐짓 뻐기듯 말했다.

"그러니까 이 사람이다, 라는 느낌이 들 때까지 기다리고 있어."

"……일단 알겠어. 그 느낌이 빨리 오면 좋겠네."

"좋은 사람 있으면 소개해 줄래? 예를 들면, 단장님 같은 사람."

가만 듣고 있던 유디트가 눈살을 확 찌푸렸다.

"갑자기 여기서 기류 단장 이야기가 왜 나와?"

"응? 그야……."

비올레는 잠시 망설이다가 말했다.

"단장님이 네게 호감이 있는 게 아닐까?"

"뭐어?"

"그냥 내가 느끼기엔 그렇던데?"

이게 무슨 소리야.

난데없는 말에 유디트가 놀랐다.

하지만 생각해 보면 당연한 말이라 유디트가 차분하게 고개를 끄덕였다.

"하긴. 내게 반감을 가지고 있진 않겠지."

"아니이, 그런 의미가 아닌데……."

호감 아니면 반감이라니. 너무 극단적인 판단 기준 아닌가.

비올레는 잠시 망설였다. 그녀의 촉이 이건 분명하다고 찌르르 떨고 있으나, 함부로 남의 마음을 왈가왈부하는 건 옳지 못했다.

결국, 비올레는 대화의 방향을 바꿨다.

"……아니다. 내 착각일 수도 있지. 하여간 단장님 괜찮은 스타일이잖아. 사교계에선 인기 만점일걸?"

"그런가……."

"참고로 내 이상형은 키가 나보다 한 뼘은 크고 손도 큰 남자야."

유디트는 비올레의 이상형이 일곱 가지나 된다는 걸 알

고 나서야 이 화제에서 완전히 벗어날 수 있었다.

✳   ✦   ✳

"웬 점쟁이가 올해 저더러 죽을 고비가 두세 번 찾아올 거라고 했는데, 그게 이번이었나 봅니다."

병실 침대에 앉은 데샹이 자유로워진 왼발을 풀며 말했다.

"이럴 줄 알았으면 넘겨듣지 말고 좀 자세히 들어둘 걸……. 기류, 향수 뿌렸어요? 왜 이렇게 독해?!"

"그런 게 있어. 짐은 이게 다지?"

기류가 고개를 돌려 버렸다.

그가 퇴원하는 데샹의 짐을 챙긴 다음 병실 문을 열었다.

"아니, 누가 향수를 이렇게 진하게 뿌려요! 오던 사람도 피해 가겠어!"

"안 뿌리면 유디트가 피한단 말이다."

"……갑자기 유디트 경 이름이 여기서 왜 나와요? 왜 신경 쓰는데?"

"그럼 좋아하는 사람인데 신경을 안 쓰겠냐……."

앞서 걸어가는 기류를 뒤따라가던 데샹의 걸음이 딱 멈췄다.

"……잠깐만요, 뭐라고요?"

"……."

"뭐라고요?!"

데샹이 펄쩍 뛰어올랐다.

기류는 민망함에 할 말이 없어서 그냥 계속 걸었다.

"그게 무슨 소리예요?! 당신 이세에피나 황녀님을 좋아하는 게 아니었어요?!"

"너 무슨 소릴 하는 거야?!"

이번에는 기류가 펄쩍 뛰어올랐다.

앞서가던 그는 되돌아와서 데샹의 입을 틀어막았다. 다행히 들은 사람은 없는 것 같았다.

병동 밖으로 나오니 르왈흐메이 인장이 새겨진 마차 한 대가 그들을 기다리고 있었다.

두 사람은 황당하다는 눈길로 서로를 바라본 다음 마차에 올랐다.

그럭저럭 체면 차릴 필요 없는 밀실이 되니 두 사람은 할 말을 와왁 퍼부었다.

"유디트 경이요? 유디트 경이라고요?! 언제는 이세에피나 황녀님이라며!"

"야! 내가 언제 그랬는데! 몇 시, 몇 분, 몇 초에 그랬는데!"

"와, 난 그것도 모르고 황녀님이 쓰러지셨다는 소식에 걱정을 이만큼 했는데! 당신이 또 자책 땅굴을 파고들어 가는 줄 알았다고요!"

기류는 어이도 없었고, 할 말도 없었다.

내내 병동에 누워 있던 놈이 왜 사람을 두더지 취급하고 난리란 말인가!

"아니, 소개니 혼담이니 실컷 들어올 때는 다 걷어차더니 왜 하필 기사단에서?! 미쳤어?!"

"야! 너 말 다 했어?! 그냥 좋아한다는 건데 미쳤긴 뭘 미쳐!"

마차를 끄는 르왈흐메이 가문의 마부는 서로를 향해 왁왁 소리치는 데샹과 기류를 익숙하게 무시했다.

마차는 사거리를 지나 서행했다.

데샹이 복장 터진다는 듯 가슴을 퍽퍽 치며 말했다.

"기류, 당신 기사단장으로 취임할 때 저한테 했던 말 생각 안 나요?"

"······내가 뭐라고 했는데?"

"기사단장 그만두기 전까지는 누구 하나 마음에 두지 않겠다! 혹시라도 좋아하는 사람이 생기면 자루나 가져와라! 그랬잖아요!"

"자루?"

"그래요, 자루! 거기에 자길 집어넣어서 강물에 던지라며!"

"······내가 그렇게 과격한 말을 했단 말이야?"

기류의 눈빛이 먼 옛날을 더듬었으나 당연히 기억이 날 리 만무했다.

그는 이미 예전의 기류가 아니었다. 때문에 어떤 마음으로 그런 말을 했는지 떠오르지 않았다.

신기한 일이었다.

유디트를 좋아하기 전의 제가 어떤 마음으로 어떻게 생각하고 지냈는지 조금도 기억나질 않았다.

사랑에 빠지고 나니 전혀 다른 사람이 된 기분이다.

원래 사랑이란 게 이런 거였나?

이렇게 세상을 바꾸고 저 자신도 다른 사람처럼 느껴지게 만드는 거였나?

옛날의 기류 르왈흐메이는 사람을 좋아하면 어떻게 되는지도 모르는 사람이었나 보다.

기류가 등받이에 몸을 기댄 채 힘없이 물었다.

"그래서 가져올 거냐? 그 자루?"

"……아니…… 누가 가져온대요? 일단 말이 그렇다는 거지……."

데샹의 목소리가 조금 작아졌다.

기류는 힘들어 보였다. 안색도 그리 밝지 않았고 근심이 많아 보였다.

마차 안에 진동하는 향수 냄새만 맡아봐도 알 수 있었다. 보통 일이 아니었다.

"그냥 전 혹시라도 당신이 부하에게 집적대는 것처럼 비칠까 봐…… 그러다 욕먹는 게 싫어서 그렇죠."

데샹도 형제처럼 자란 기류에게 쓴소리만 할 수 있는 위인은 아닌지라 마음이 슬그머니 약해졌다.

"알잖아요. 우리 같은 입장에 있는 사람은 더 조심해야 하는 거."

"……맞아. 알아."

"알면서도 그래요?"

"……."

"많이 좋아해요?"

기류는 대답할 수가 없었다. 오랜 시간이 지난 후에야 기류가 고개를 끄덕였다.

유디트가 좋았다.

정말이지 이렇게까지 좋아할 생각은 없었는데 정신 차리고 보니 여기였다. 어쩌다가 여기까지, 들어올 생각도 없을 타인을 마음속 깊은 곳까지 들이게 된 걸까?

시작은 재능 있는 기사였다.

기류는 그녀를 조금 더 빛나는 장소로 이끌고 싶었다. 그래서 그녀를 스카우트했다.

과한 호의도, 과한 평가도 싫다며 뭐든지 밀어내기 바빴던 요령 없는 부하.

어련히 스스로 빛나기 시작할 때쯤에는 그녀가 무척 사랑스럽다고 생각했다.

애써 부정했다. 그럴 리가 없다고 생각했다. 우스꽝스러운 핑계로 스스로를 속이고, 넘겨 버리고…….

그러나 작금에 이르러서는 헛웃음이 터졌다. 이것이 과연 부정할 수 있을 만한 감정인가?

기류는 유디트가 친위대나 다른 곳으로 갈지도 모른다는 생각이 들면 식은땀이 났다.

다른 황자가 친위대직을 제안하면 제 이름을 팔아버리라는 말까지 했다.

결코 가볍지 않은 르왈흐메이의 성이고, 기사단장이란 직위건만 그런 말을 거리낌 없이 할 정도로 좋아한다.

이게 진심이 아니면 뭐란 말인가.

너절하고 알량하며 볼품없는 정의와 위선이 판치는 세상에서 그녀를 알게 됐다.

스스로를 칼날처럼 벼리고 올곧게 살기 위해 애쓰는 모습까지 보았다.

저 용을 치워야겠다고, 함께 살아달라는 말을 들었다.

사랑하지 않을 수 없었다.

수많은 모습을 알게 됐고, 좋아하게 됐다.

캐러멜을 주머니에 미어터지도록 넣고 나서도 제게는 세 개만 넘겨주던 모습이 귀여웠다.

황제 앞에서도 뻔뻔하게 할 말은 다 꺼내는 모습이 좋았다.

어떤 비아냥이 뒤따라와도 아무렇지 않게 넘겨 버리는 그 당당한 모습이 별처럼 빛나는 사람이었다.

그래서 기류는 인정할 수밖에 없었다.

유디트를 좋아한다.

누군가가 드세다며 그녀를 손가락질한다면 그놈 손가락 관절을 역방향으로 또각또각 꺾어주고 싶을 만큼 좋아한다.

하지만 좋아하기 때문에 밝힐 수 없는 마음도 있다.

기류는 평소 자신이 정 때문에 판단을 그르치는 지휘관은 아니라 생각했다.

하지만 광룡이 하늘을 날면서 수도를 박살 낸 그날.

기류는 스스로가 생각했던 것만큼 대단한 사람이 아니란 걸 확인하게 됐다.

검을 가져와 줘.

무장한 유디트가 신전 쪽으로 뛰어가는 걸 봤을 때 기류가 내린 명령은 한없이 기울어진 선택이었다.

유디트는 평범한 기사가 아니다. 기백 명의 몫을 해내는 에테르 마스터고, 가장 먼저 전선에 투입해야 하는 인재다.

그런 인재가 전선에 오지 않을지도 모른다는 생각을 했다면, 지휘관으로서의 기류는 당장 부대로 복귀하라는 명령을 내려야 했다.

지휘관이라면, 단장이라면.

합당한 판단으로 그녀를 전선에 투입하고 한 명의 기사라도 더 살 수 있도록 그녀에게 무거운 짐을 지워야 했다.

하지만 기류는 그렇게 행동하지 못했다.

결과는 사상자와 찬물 세례로 돌아왔다.

부고를 전하며 험한 꼴을 당한 기류에게 유디트는 매번 당신의 책임이 아니라고 말했지만, 그는 동의할 수 없었다.

기류는 자신이 품고 있는 연정이 그녀를 더럽히지 않을 거란 확신이 없었다.

너를 사랑해.

우리가 한번 잘해볼 수 있지 않을까.

그런 말로 그녀의 마음을 물어보고, 확인한 끝에 기적처럼 마음이 통한다면 기쁘겠지.

하지만 유디트에게 따라붙을지도 모르는 꼬리표가 걱정스러웠다.

저 때문에 그녀가 원색적인 비난을 듣게 된다면? 그녀의 노력이 통째로 부정당하는 일이 생기면 어떡하지?

그건 무서운 일이었다.

기류는 유디트의 빛나는 모습을 있는 그대로 지켜주고 싶었다.

자신의 일방적인 마음으로 그녀에게 부딪친 결과가 그녀에게 흠집이 나는 것이라면 참을 수가 없을 것 같았다.

그녀를 좋아한다.

그 빛나는 사람에게 먼지 한 톨 내려앉지 않았으면 할 정도로 좋아한다.

그러니 이 감정을 숨기는 게 맞다. 그게 옳은 것이다.

"……제가 뭐라도 도와드려요?"

"됐어. 그냥 가만히 있어."

기류는 고개를 저었다.

데샹의 녹색 눈동자가 희미한 걱정으로 물들었지만, 그는 모른 척했다.

시름과 함께 깊어지는 어둠 속으로 마차가 달렸다.

그러나 며칠 후, 기류는 세상이 그렇게 바라는 대로 호락호락하게 돌아가 주지 않는다는 걸 깨달았다.

때는 황실이 주도하는 자선 연회 날이었다. 기류는 눈을 의심했다.

"야. 이든."

"응?"

"……저게 뭐냐."

이든은 기류가 가리킨 방향을 확인했다.

"뭐냐니, 세리아 누님과 유디트 경이지."

그건 나도 안다는 말을 하기도 전에 이든이 웃으면서 확인 사살을 했다.

"드레스 차림이 잘 어울리네. 세리아 누님의 솜씬가?"

"……."

딱히 특별한 건 없었다.

이곳은 연회 중에서도 자선 연회이므로 가문 간의 사치

경쟁을 막기 위해 드레스의 양식이나 색이 정해져 있다.

세리아 3황자비의 곁에 선 유디트 또한 그에 맞춰 분홍색 드레스를 입고 있었다.

그녀는 훤하게 드러난 어깨와 앞섶이 어색한지 계속 주변을 훑었다.

"이든. 나 자루 하나만 구해 줘."

"뭐? 자루는 왜?"

"……내가 들어가야 할 것 같아서 그래."

기류는 서 있을 힘이 없어서 주저앉고 말았다.

아무래도 가까운 강가를 찾아봐야 할 판이었다.

＊　＊　＊

시간을 조금 되돌려 보자면, 유디트가 처음부터 드레스를 입을 생각이었던 건 아니다. 오히려 그 반대였다.

그녀는 초대받은 시간보다 조금 더 일찍 세리아 3황자비의 궁을 찾았다.

입원했을 때 챙겨준 것에 대한 감사 인사를 전하기 위해서였다.

서로에게 부드러운 감사와 칭찬이 오갔다. 그러던 중 드레스에 대한 이야기가 나왔다.

"……저도 드레스를 입어야 합니까? 기사인데요?"

"물론이죠. 드레스를 싫어하나요?"

"그런 건 아닙니다."

드레스 코드에 대한 이야기를 듣자마자 유디트는 난색을 내비쳤다.

"그런 규칙이 있는 줄은 몰랐습니다. 제복으로 충분할 줄 알았는데……."

"예전엔 괜찮았지만, 지금은 안 돼요. 과거에 자선 연회에서 기사단끼리 제복으로 과시 경쟁을 하거나, 파벌 싸움을 벌였거든요. 그 후로 드레스 코드를 정하게 됐답니다."

과시 경쟁? 파벌 싸움? 대체 그딴 멍청한 짓을 왜 하는 거야.

유디트는 저도 모르게 한숨을 흘렸다.

"황자비님. 죄송하지만, 드레스 코드가 있었다는 걸 알았다면 초대에 응하지 않았을 겁니다."

"어째서인가요?"

"……드레스를 입는 기사는 없지 않습니까."

하지만 3황자비도 호락호락한 사람이 아니었다.

아르밧 공작가의 으뜸 패로 키워진 그녀는 열 자루의 검을 휘두르는 것보다 강력한 한마디를 할 줄 아는 사람이었다.

그녀는 유디트가 뽑고 본 말의 맹점을 파고들었다.

"경은 자선 연회의 규칙에 따라 드레스를 입는 것뿐이

에요. 드레스를 입었다는 게 기사임을 부정할 만한 이유가 되는 건가요?"

"……"

"드레스는 드레스예요. 그 이상도, 이하도 아니에요. 경이 입고 싶으면 입는 거예요."

그녀가 딱 잘라 말했다.

"기사의 가치를 외견으로 정하려 드는 사람들의 눈치를 보지 마세요."

세리아 황자비의 말이 옳았다. 그녀는 유디트가 생략했던 핵심을 정확하게 꿰뚫었다.

유디트는 혹시라도 들려올 법한 뒷말이 꺼려졌다. 조금 유명해졌다고 기사의 본분을 잊었다든가, 망신살이라는 소리를 듣고 싶지 않았다.

상식적으로는 그런 말을 하는 사람이 이상하단 걸 알면서도 거절부터 했다.

"하지만…… 제게는 드레스가 없습니다."

"그건 괜찮아요. 마침 제게 남는 드레스가 몇 벌 있답니다."

3황자비의 드레스 룸에서 '남는' 드레스가 정확히 23벌 나왔다.

그중 분홍색 드레스 한 벌이 유디트의 눈에 들어왔다. 화려한 주름과 비즈로 장식된 치맛단. 의상실에서 봤던 드레스와 비슷한 디자인이었다.

유디트는 드레스를 집어 들었다가 머뭇거리며 다시 내려 놓았다.

유디트를 세심히 지켜보던 세리아가 말했다.

"부담스럽다는 마음은 이해해요. 하지만 이번 연회에는 꼭 참석해 주었으면 해요. 다른 준비도 제가 도와드릴 수 있어요."

"……."

"이렇게 부탁할게요."

세리아는 어떻게든 유디트를 참석시켜 달라고 했던 1황자의 전언을 떠올리며 간절하게 말했다.

"……."

유디트는 말없이 드레스를 보았다.

이것은 사치다.

제 분에 맞지 않을뿐더러, 오늘이 지나고 드레스를 벗는 순간 백일몽 같은 허망함만이 남을 것이다.

그걸 알면서도 유디트는 오랜만에 욕심이 났다.

분홍색 드레스는 예뻤다. 한 번만이라면 입어보고 싶을 정도로. 그건 마치 결혼할 생각은 없으면서 웨딩드레스는 입어보고 싶다는 욕심과 비슷했다.

하루쯤이라면 괜찮지 않을까.

"……그럼 입어봐도 괜찮을까요."

유디트에게는 약간의 용기가 필요한 물음이었다. 누군

가가 듣는다면 코웃음을 칠지도 모르지만, 정말 그랬다.

"물론이죠!"

세리아는 기뻐했다.

그 뒤는 일사천리였다. 드레스는 조금만 고치는 걸로 충분했다.

필요한 신발이며 장식 또한 황자비의 한마디에 밑도 끝도 없이 쏟아졌다.

마침내 모든 치장이 끝났을 때, 거울 속에 담긴 사람은 퍽 낯선 모습을 하고 있었다.

하늘하늘한 분홍색 드레스와 손가락 반 마디만 한 구두 굽. 허리에는 가죽 벨트 대신 주름으로 만든 꽃 모양의 코르사주를 달았고, 어깨는 반투명하게 비치는 드레스 숄로 가렸다.

예뻤지만, 어색했다.

"예쁘네요. 정말 잘 어울려요."

"……감사합니다."

"이번엔 머리를 손볼까요?"

얼마 후, 유디트는 세리아 황자비와 함께 연회장에 들어섰다.

'사람이 많네…….'

실내의 분위기는 포근했다.

연주자는 근사한 악기를 들고 있었고, 바닥에는 하얀 대리석이 깔려 있었다.

크리스털로 꾸민 조명은 인공적으로 만든 별빛 같았다. 마법으로 피운 꽃과 싸라기눈이 허공에서 퐁퐁 솟아나 떨어졌다.

유디트는 한 번도 겪어본 적 없는 분위기에 압도당했다.

'흑기사 시절에도 연회 경비는 죽도록 피했었지……. 돈이 안 됐으니.'

연회는 생각보다 가벼운 분위기였다.

1황자의 추모사를 시작으로, 3황자가 주관하는 자선 경매를 지켜보는 것도 재밌었다.

유디트는 귀족이 물처럼 돈을 쓰는 광경이 그럭저럭 괜찮은 볼거리임을 깨달았다.

딱 한 가지의 단점이라면, 유디트를 찾아오는 사람이 끊이지 않는다는 점이었다.

"저어, 세리아 황자비님? 혹시 이분께서……."

"맞아요. 이번 자선 연회가 무사히 열릴 수 있게 된 주역이시죠."

"맙소사! 만나 뵙게 되어 영광입니다! 적기사 유디트 경!"

비슷한 패턴의 대화는 몇 번이나 반복됐다. 유디트는 처음에는 몇 번 웃어주었으나 금방 인내심이 동났다.

"처음 뵙겠습니다. 적기사 유디트입니다."

그녀가 무덤덤하게 인사했다.

"아…… 처, 처음 뵙겠습니다. 연회는 잘 즐기고 계십니까?"

"그저 그렇습니다."

"……그러시군요……."

하나같이 어색함이 파도처럼 몰아치는 대화였다.

기류가 그녀 쪽으로 다가온 건 그쯤이었다.

"유디트 경."

"……단장님?"

기류도 그녀와 마찬가지로 제복을 벗고 있었다.

넓은 어깨를 가리던 망토와 기사단의 어깨 견장이 없었다. 검은색 예복은 우아한 느낌을 더해 다른 사람처럼 보이게 했다. 깔끔한 행커치프와 크라바트도 잘 어울렸다.

"황자님도 오셨군요."

유디트는 뒤늦게 이든 황자를 발견했다.

느긋하게 홀 계단을 올라오던 황자가 기류 옆에 섰다.

"이런, 딱딱하게 인사하지 말아. 오히려 인사는 내가 해야지. 훌륭한 공적으로 많은 이의 목숨을 구해준 우리 영웅에게!"

"제 의무를 다했을 뿐입니다."

"기류랑 똑같은 소리를 하기는!"

이렇게 들어보니, 이든도 황제와 말하는 어조가 비슷했다. 역시 피는 못 속인다는 걸까.

유디트는 소리 없이 웃고 말았다.

역시 생판 모르는 사람보다는 얼굴이라도 알고 있는 황자가 편했다.

유디트의 얼굴이 조금 전과 달리 부드러워졌다.

덕분에 지켜보던 기류는 죽을 맛이 됐다.

'……미치겠네.'

기류는 꿔다놓은 보릿자루처럼 덩그러니 선 채 이러지도 저러지도 못하고 주먹만 쥐었다.

눈앞에 있는 사람이 좀 예뻤다.

좀 많이, 아주 많이 예뻤다.

벌렁거리는 가슴은 커피를 연달아 마신 것처럼 떨렸고, 손바닥에 땀이 맺혔다.

기류는 소심하게 좌절했다.

마음을 들키지 말자고 다짐할수록 왜 그녀는 더 깊이 박히는 것일까?

이든과 이야기를 나누며 입가를 가리는 동작 하나가 저리 특별해 보일 수가 없었다.

왜 저렇게 귀엽단 말인가?

흘러내리는 드레스 숄 끝까지 완벽하게 예쁘고 사랑스럽다니, 저렇게 혼자서 다 해먹어도 되나? 이거 반칙 아냐?

'멈춰, 심장 놈아! 1절만 하라고!'

심장이 멈추면 죽는다지만, 알 게 뭔가. 두 번 세 번을 봐도 어여쁜 사람은 여전히 어여쁜데. 죽기 직전인 기류의 머릿속에 이성적인 판단이란 건 깡그리 날아간 지 오래였다.

만약 지금 유디트가 아무도 모르게 연회장 속으로 숨어든다 해도, 기류는 반드시 찾아낼 자신이 있었다.

아무리 많은 사람 속에 섞여 있어도 곧장 내 시야에 들어오는 사람. 기류에게는 그 사람이 유디트였다.

'……카르나크 신! 조상님! 사람 살려!'

기류가 아무도 모르게 울부짖었다.

좌심실과 우심실의 환장할 합주 파티 때문에 조만간 유서를 다시 적어야 할 판이었다.

"그럼 저흰 가보겠습니다."

"그래, 재미있게 즐기게."

"가실까요, 단장님."

"어? 어?"

증발시킨 정신머리가 겨우 돌아왔다.

기류는 눈 깜짝할 사이에 유디트에게 소매를 붙잡힌 채 1층 홀로 내려왔다.

"유디트 경? 어딜 가는 거야?"

"어디든 가는 거예요. 이제 한계라서요."

"뭐가?"

"그냥 여러 가지가요."

끌면 끄는 대로 붙잡혀 간 기류는 그녀와 함께 자리를 떴다.

"……혹시 지쳤어?"

기류는 부쩍 그녀의 안색이 피곤해 보인다는 걸 깨달았다.

"네, 즐겁지만 낮부터 긴장하고 있었더니 진이 빠졌어요. 모르는 사람들도 말을 너무 많이 걸어서 불편하고요."

유디트는 살짝 뒤를 돌아보았다.

"……단장님이랑 있는 게 가장 편한걸요. 같이 있어주세요."

있어드리다마다요. 기류의 마음이 대신 대답했다.

"원래 이렇게 연회가 정신없는 건가요?"

"아니, 그건 아닐걸? 경은 방금 전까지 세리아 황자비님 곁에 있었잖아."

"……어쩐지 말 걸어오는 사람이 너무 많다 싶었더니. 그것 때문이었군요."

유디트가 눈살을 찌푸렸다.

"저같이 성질 더러운 사람까지 호감 가질 만한 상대면 당연히 인기가 많을 텐데…… 그걸 간과했네요."

"뭐? 무슨 소리야? 경의 성질이 더럽다고?"

"아닌가요?"

"아닌데? 누구야 그런 말을 하는 거? 데려와. 싹 다 결투야, 결투!"

기류가 칼같이 부정하자 유디트는 웃음을 터뜨렸다. 살

짝 기분이 좋아졌지만 비밀로 해야겠다.

머잖아 곡이 바뀌었다. 발랄한 합주곡이 시작되자 자연스럽게 분위기도 변했다. 기다렸다는 듯이 사람들이 중앙으로 나섰다.

유디트는 살짝 아쉬운 눈으로 홀을 훑었다.

"그래도 아쉽네요, 춤은 한 번쯤 춰보고 싶었는데."

"춤출 줄 알아?"

"아뇨. 스텝도 모르고 아무것도 모릅니다."

유디트가 당당하게 말하며 웃었다.

"하지만 춰보고 싶었어요. 모처럼 이렇게 예쁘게 입어봤으니까요."

"……스텝만 해결되면 되나?"

"예?"

유디트가 되물었다.

간격을 두고 그녀가 살며시 고개를 저었다.

"……아니죠, 파트너도 없잖아요."

"파트너는 눈앞에 있어."

유디트는 순간 잘못 들은 줄 알았다.

고개를 돌려서 기류를 바라보자, 그는 멋쩍다는 듯 얼굴을 붉히면서도 진지하게 시선을 마주했다.

……춤 신청인가, 설마?

유디트의 눈빛이 떨떠름해졌다.

그 때문에 난생처음으로 남에게 춤 신청을 해보는 기류 또한 가슴을 졸였다.

"……스텝을 정말 하나도 모르는데요? 어떻게 해결하시려고요?"

유디트의 질문에 기류는 대답 대신 오른쪽 발을 내밀었다.

"밟아봐."

"네?"

"뒷굽으로는 밟지 말고. 아프니까, 이 위쪽으로."

이게 무슨 소리람.

기류의 구두 앞코는 실수로라도 밟기 미안할 정도로 반질반질하게 잘 닦여 있었다. 그런데 밟으라니?

"어설픈 스텝은 상대와 발이 엉켜서 동선까지 엉망이 되거든. 그러니까 그냥 처음부터 밟아."

"그게 뭐예요."

"뭐긴. 엉망진창이지만 신나는 춤사위지."

"이럴 땐 보통 처음 추는 파트너를 멋지게 리드하는 게 정석 아닌가요?"

"첫술에 배부르자는 주의였구먼? 그런데 어떡하지, 춤이란 건 첫술부터 나눠 먹어야 하거든?"

기류가 허전한 오른팔을 흔들며 빈손을 어필했다.

결국 유디트의 입에서 픽, 웃음이 터졌다. 그 반응을 기다렸던 기류가 아이처럼 따라 웃었다.

"그냥 즐겨. 생각은 바다 같은 거야. 깊이 생각할수록 심해처럼 어두워지기만 하거든."

"단장님이 단순하신 이유를 살짝 알겠네요."

"덕분에 편하게 살고 있어."

마침내 유디트의 입가에 미소가 완전히 돌아왔다.

"편하게 산다고요? 며칠 전까지 물벼락을 맞았던 건 어디 사는 누구인데요?"

"누군지 모르겠어. 대답은?"

"나중에 치료비 청구하지 마세요."

그녀가 기류의 오른발 위에 구두를 얹었다.

두 사람이 눈 깜짝할 사이에 미끄러지듯 홀 중앙으로 파고들었다.

기류와의 춤은 생각했던 것보다 정신없었고, 상상 이상으로 엉망이었다.

그리고 기대보다 훨씬 즐거웠다. 유디트는 이런 날이 또 올까 싶을 만큼 웃었다.

오른발을 따라서 껑충껑충 뛰는 게 즐거웠다. 드레스 자락이 다른 사람을 스치고 지나가는 동안에도 사과할 틈이 없었다.

"이게 뭐예요!"

"뭐가?"

"완전 엉망진창이잖아!"

기류는 시치미를 뚝 떼고 콩콩 뛰며 바닥을 두드렸다. 유디트의 구두도 그의 움직임을 따라 대리석을 박찼다.

입술에 그려진 둥근 웃음은 사라지지 않았고, 입가는 아플 정도로 신이 났다.

다음 곡은 더 리듬이 빨랐다.

신이 난 유디트가 기류의 발을 더 세게 밟은 채 마구 뛰었다.

기류는 아프다고 엄살을 부렸지만, 발을 빼지 않았다.

오히려 그는 웃음을 터뜨리며 유디트를 끌어당긴 채 빙글빙글 돌았다.

"어머나? 저기……."

"왜 그러세요?"

"……아, 아니에요. 다른 사람인가 봐요. 저렇게 환하게 웃는 사람이 아니었거든요."

주변에서 들려오는 말도, 기사답게 굴어야 한다는 생각도 그 순간에는 떠오르지 않았다.

호박색 눈동자와 보라색 눈동자가 즐거움에 가득 차서 보석처럼 빛났다. 허리와 등을 짚은 손이 상체를 단단히 잡아주었다.

유디트도 기류의 허리를 당겨 안은 채 통통 뛰었다.

허공을 헤매던 유디트의 손가락 끝이 드레스를 살짝 들어 올렸다. 멋지게 팔랑이니 마치 나비 같았다.

검은색 예복과 연한 분홍색 드레스가 어우러졌다.

뺨에 닿는 회색빛 머리카락은 먼지처럼 부옇게 흐리기는커녕 은빛으로 보였다.

노스카나 공작령. 달빛이 그녀의 머리카락으로 쏟아지던 그날 밤.

기류는 그녀와 닿고 싶었던 때와 똑같은 생각을 했다.

'……예뻐.'

유디트의 웃음은 반짝였다. 기류는 그게 좋았고 행복했다.

그녀의 웃음은 어둠 속에서 촛불을 켠 것처럼 마음을 환하게 했다.

상대의 감정을 의심할 필요도 없이 분명하게 느끼는 순간. 상대의 행복하다는 웃음이 제게도 행복해지는 원동력이 되는 그 찰나.

찰나는 이윽고 영원으로 변하고, 세상에 영원이란 게 어딨냐는 말에 지금 여기 있다고 딱 잘라 말하게 한다.

어리석은 남자처럼, 이 순간이 영원했으면 좋겠다는 생각을 한다.

지끈거리는 발등은 영광의 상처였다. 기류의 미소가 태어나서 처음 웃는 사람처럼 활짝 피었다.

유디트와 기류의 몸이 시소를 타듯이 오르락내리락을 반복했다.

갈수록 빨라지는 곡을 정확히 세 곡 춘 다음에야 유디

트가 먼저 백기를 들어 올렸다.

그녀의 지쳤다는 고백에 기류는 기꺼이 허리에 감은 팔을 뗐다.

"후, 재밌었다."

"어째 저보다 기류가 더 즐긴 것 같은데요?"

"재미없었어?"

"엄청나게 재밌었어요."

"나도 좋았어. 즐거웠고."

기류가 소년처럼 웃었다. 유디트도 따라서 소녀처럼 웃었다.

"더 밟으면 기류가 내일 고생할 것 같네요. 치료비 청구하지 마세요?"

"안 한다니까."

하지만 뒤늦게서야 기류의 발등이 걱정되는 유디트였다. 멍들게 했으면 어떡한담.

걱정은 기우라는 듯, 기류가 그녀를 내려놓고 발목을 풀었다.

"같이 뭐라도 마실까?"

"도수가 센 거라면 뭐든 좋아요."

"알겠어. 가지고 올 테니 기다려."

"아, 잠시만요."

유디트가 기류를 멈춰 세웠다. 그러고는 갑자기 기류의

팔을 잡아끌었다.

속눈썹까지 셀 수 있을 만큼 얼굴이 가까워졌다. 유디트가 눈을 굴리며 그를 응시했다.

"잠깐만 가만히 있어보세요. 여기 속눈썹이……."

기류의 심장이 쿵 떨어졌다.

"……붙은 것 같은데."

보조개 위에 닿는 손가락이 얼굴을 가볍게 쓸었다.

그제야 유디트는 장갑을 끼던 평소와 달리 자신의 손이 맨손이라는 걸 깨달았다.

그녀는 기류의 얼굴이 당혹으로 무너지는 순간을, 그의 귀 끝이 달궈진 쇠처럼 빨갛게 변하는 걸 똑똑히 보았다.

그래서일까. 무심코 자신의 손도 살짝 떨렸던 건.

"……이제 떨어졌네요."

"어, 그, 고마, 고맙다. 그래……."

"……."

"……잠깐만 마실 걸, 기다려 봐. 뭐라도 마실 거…… 가져올 테니까."

기류는 변명하듯 말하더니 한 걸음 떨어졌다. 허둥지둥 멀어지는 걸음걸이가 유독 조급해 보였다.

뭐였지 방금.

춤추는 내내, 찰싹 붙어 있는 동안은 마냥 유쾌하게 웃었던 사람이…….

남겨진 유디트는 멍하니 생각했다.

'향수 뿌렸구나.'

그가 떠나고 나니 알았다. 코끝을 스치고 지나간 향기가 유독 짙게 남아 있었으니까.

벌겋게 물들어진 얼굴이, 향기가 자신에게 스며드는 것 같았다.

'방금, 그건 뭐였어?'

기류의 그런 반응이 뭘 의미하는지 모를 만큼 유디트는 눈치 없는 사람이 아니었다.

설마.

그럴 리가 없다고 생각하면서도 유디트는 한 번 떠오른 의문을 깨끗하게 지워 버릴 수 없었다.

잔상처럼 남은 웃음은 흐려지지도 않았다. 간신히 싹튼 어떤 감정이 가슴을 헤집고 마음을 어지럽혔다.

쿵. 쿵. 쿵.

느리게 뛰는 심장과 백색소음.

그 속에서 한 번도 겪어본 적 없는 감정을 직면하게 된 순간.

"단장님이 네게 호감이 있는 게 아닐까?"

번개처럼 스치는 말이 정답처럼 느껴져서 유디트는 고개

를 흔들었다. 그럴 리 없잖아. 지금 내가 무슨 생각을 하는 거야?

하지만 진정되지 않는 가슴이 자꾸만 물었다.

좋아하지도 않는 사람에게 그렇게 반응한단 말이야?

얼굴을 붉히고, 발등을 짓밟혀 가면서도 함께 춤을 추는 게 좋다고 말하나?

자꾸만 이상한 생각이 들었다. 누군가가 나를 좋아할지도 모른다는 생각이.

'정신 차려, 좀. 유디트.'

유디트가 뺨을 소리 나게 때렸다. 기류가 돌아온 건 그때였다.

"경? 왜 뺨을 치고 있어?"

"모기가 내려앉은 것 같아서요."

"뭐어? 이렇게 날이 추운데?"

기류가 잔을 건네며 그녀를 살폈다. 다정한 시선이었다.

"어디 봐."

"……."

"가렵진 않고?"

다정하고 아름다운 것들은 꼭 그만큼이나 부서지고 없어지기 쉽다. 유디트는 착각하지 않으려고 노력했다.

"너무 세게 때린 거 같은데."

"가렵다고 긁을 수는 없으니까요."

유디트는 일부러 무뚝뚝하게 대답했다.

기류가 건네준 샴페인은 도수가 높았다. 하지만 가슴이 울렁이는 건 술 때문이 아니었다.

유디트는 바보가 아니다. 눈치도 빨랐다.

스물여섯 해를 살았다. 그것도 눈치가 없으면 저승행 티켓을 끊는 기사로서 스물여섯 해였다.

혹시라도, 정말 만약에 그런 거라면?

……나는 어떻게 하고 싶지?

"참, 너무 늦었지만 줄 게 있어."

"네?"

"의상실에서 액세서리 카탈로그를 보고 있었지?"

기류가 자그마한 상자를 내밀었다.

유디트는 보드라운 비로드 상자를 이상한 기분으로 받았다.

상자 속에 있는 건 원뿔 모양의 귀걸이였다. 보석은 아니었지만, 특유의 우윳빛 재질이 낯익었다.

"……아다만트로 만든 거군요."

"바로 알아봤네."

"보석은 연회에서 착용 금지니까?"

기류가 순순히 고개를 끄덕였다.

"화려하지 않은 연회용 액세서리를 찾는 거 같길래. 좀 더 일찍 준다는 게 나도 깜빡 잊고 있었어."

아다만트는 마력 보존으로 유명한 금속이다.

마법사의 2차 가공이 필수인 만큼, 소량이라도 그 값은 같은 무게의 다이아몬드에 필적할 만큼 값나가는 소재였다.

"……."

"경만 괜찮다면 받아줘."

유디트가 입을 앙다물었다.

이상한 생각이 자꾸 멈추질 않아. 그럴 가능성은 정말 없는데.

"……어디서 이런 걸 구하셨어요? 아다만트로 귀걸이를 만든 건 처음 봤는데."

"경에게 어울릴 것 같아서 하나 만들게 했어."

"후작님다운 발언이시네요."

"아직은 백작이야. 마력 가공은 로하스 님이 도와주신 거고."

그가 쓴웃음을 지었다.

유디트는 아다만트 귀걸이를 내려다보았다.

귀걸이는 다이아몬드나 백금과는 조금 달랐다. 화려하게 반짝인다기보다는, 진주처럼 우아한 느낌이었다. 정말이지 연회용으로는 딱이었다. 가격만 뺀다면.

"……고맙습니다. 하지만 왜, 이런 걸 주시는 건가요?"

"아, 그래. 선물에는 보통 이유가 필요하지……."

기류는 뒤늦게 신음했다.

그가 할 말을 만들어내는 사람처럼 볼을 긁적였다.

"처음엔 그냥 연회용 귀걸이가 필요해 보이길래. 그런데 생각해 보니 내 목숨을 구해준 것에 대해 제대로 고맙다고 말한 적이 없는 거 같아서……."

유디트는 그가 눈동자를 이리저리 옮기는 광경을 지켜보았다.

"근데…… 꼭 이유가 필요한가? 그냥 주고 싶어서 준비한 거야. 미안. 사실 이유는 방금 붙였다."

"주고 싶어서요……."

"그래. 이유는 주고 싶어서야."

유디트의 눈동자가 그 어느 때보다도 흔들렸다.

정말 착각일까?

모든 게 내 착각이란 말야?

"기류."

유디트는 충동에 가까운 질문을 입에 담기로 했다.

어쩌면 후회로 돌아올 수도 있는 물음이지만, 꼭 지금 확인해야 할 것 같았다. 만약 이대로 넘어간다면 내내 신경 쓰일 것 같았다.

그녀가 입을 열었다.

"혹시 저를 좋아하시나요?"

"……."

"바보 같은 걸 물어서 죄송하지만, 정말 확인해야 할 것 같아서요."

기류의 보라색 눈동자에 제 모습이 담겨 있었다.

평소라면 상상도 하지 못할 사치를 부렸다.

연분홍색 드레스를 입고, 주변의 시선은 한 번도 신경 쓰지 않으며 춤을 추고.

하지만 가장 큰 사치는 따로 있다.

사랑이라는 단어를 곱씹게 된 것이다.

유디트는 기류의 입이 떨어지기를 바라면서도, 대답을 듣고 싶지 않다는 충동에 사로잡혔다.

기류는 순간적으로 입술을 꾹 다물었다.

대답하기 난처한 사람처럼 제 뺨과 턱을 한 손으로 감싸길 몇 초.

기류는 찰나의 순간, 좋아한다는 말을 유디트에게 붙이기에는 너무 가볍다고 생각했다.

'좋아한다는 말은 너무 가볍지. 그런 말은 온갖 것 앞에 붙였다가 뗄 수 있잖아. 오늘은 해가 떠서 좋네, 비가 와서 좋네, 눈 내려서 좋네.'

그렇게 말하며 네 곁에 있고 싶을 때 핑계로 쓸 수 있는 말.

자석처럼 떼었다가 붙일 수 있는 좋아한다는 말을 어떻게 이 마음 앞에 놓을까.

그녀는 가만 바라보고만 있어도 기류를 울컥울컥 행복

하게 하는 사람이다. 바쁜 하루 중에도 잠시 목소리를 들으면 스르륵 마음이 녹을 정도로 사랑하게 된 상대다.

하지만 그 때문에 한발 물러나야 하는 상대이기도 했다.

"……좋아하지 그럼. 당연히 좋아해."

너무 다정해서 사람을 울릴 것 같은 목소리가 선을 그었다.

"너를 언제나 자랑스럽게 생각해. 너는 적기사고…… 내가 정말 아끼는 부하니까."

너는 여기까지라고.

그런 착각은 하지 말라고.

기류는 애써 입꼬리를 말았다.

"사람 대 사람으로서 너를 존경해. 대답이 됐을까?"

"……예."

간격을 두고 대답한 유디트는 부드럽게 웃었다.

그녀는 침착하게 상자를 열고 귀걸이를 찼다. 귓불 아래로 흘러내리듯 떨어진 아다만트 장식이 포물선을 그리며 흔들렸다.

"잘 어울리나요?"

"응. 굉장히 잘 어울려."

"다행이네요. 선물 감사합니다. 잘 간직하도록 할게요."

기류는 더없이 기뻐 보였다.

그래서 유디트는 당장에라도 처질 것 같은 입꼬리를 애써 붙잡았다.

"그럼 즐길 만큼 즐겼으니, 전 이만 가보도록 할게요."

"바래다줄게."

"아뇨. 어차피 황자비님께 드레스를 돌려드려야 해서요. 괜찮습니다."

유디트는 마지막까지 어른스럽게 인사했다.

그녀는 실망한 마음을 들키고 싶지 않았기에, 그 어느 때보다도 씩씩하게 웃으려고 노력했다.

"나중에 뵐게요."

유디트는 자리를 떴다.

붕 떴던 마음이 추락하는 건 순식간이었다. 산산조각으로 깨진 기분이 가슴을 찔렀다.

당장에라도 기류가 쫓아와, 사실은 그게 아니었다는 변명을 할까 기대했다.

그리고 그런 상상을 하는 스스로가 몹시 부끄럽고 비참해서 연회장을 나선 순간부터 뛰다시피 했다.

빗나가지 않는 예감과 제자리를 찾아온 후회가 그녀를 뒤늦게 때렸다.

물어보지 않는 게 나았다. 정말 바보 같은 착각을 했다.

'아니었단 말이지……'

멍청한 상상의 나래가 찢긴 대가는 가혹했다. 넘봐서는 안 될 걸 넘본 사치의 대가 같았다.

'내 착각……'

얼굴은 화끈거리고, 시야는 일그러졌다.

유디트는 그게 제가 힘껏 인상을 쓰고 있어서라는 걸 깨달았다.

'바보같이.'

분명 칭찬이었는데, 곱씹을수록 가슴이 아프다니 이상한 노릇이다.

실망할 일이 아니잖아. 그런데, 대체 왜?

하지만 아무리 신경 쓰지 않으려고 해도 소용없었다. 찰랑대는 귀걸이처럼 기류의 말에 쉴 새 없이 실망하는 자신이 있었다.

가슴이 아팠다.

멈춰 선 유디트는 입술을 꽉 물었다.

결국, 그녀는 감정을 다스리지 못하고 텅 빈 비로드 상자를 어두운 정원 쪽으로 집어 던져 버렸다.

'돌아가자.'

백일몽이 끝났다.

있어야 하는 자리로, 내 분수에 맞는 자리로 돌아가는 거다.

분수에 맞지 않는 드레스는 돌려드리자.

제복을 입고, 검을 차고, 다시 내가 있어야 하는 그 자리로 돌아가자.

유디트는 적막한 정원을 바라보며 한참을 서 있었다.

한데, 얼마나 그리고 서 있었을까. 아무도 없어야 할 정원 쪽에서 감정 섞인 실랑이가 들려왔다.

"……도와달라고 했던 건 너였어. 칼리파."

"그건 그때의 이야깁니다."

"지금은 아니라고?"

"바로 그거예요. 에드워드 황자님."

칼리파였다.

그녀는 아주 잘 알고 있는 목소리와 실랑이를 벌이고 있었다. 그녀답지 않게 빈정거리면서.

"우리의 약혼 관계는 예전에 끝났어요. 설마 잊으셨나요?"

무릇 남녀 간의 대화란 끼어들어서 좋을 것이 하나도 없는 것이다.

그를 알면서도 유디트는 어두운 정원 앞에서 귀를 기울였다. 여태껏 몰랐던, 너무도 충격적인 대화가 오가고 있었기에.

'칼리파가…… 에드워드 2황자의 약혼자였다고?'

태어나서 처음 듣는 소리였다.

칼리파의 차가운 목소리가 들렸다.

"도대체 무슨 미련이 남아서 이렇게 찾아오는지 모르겠네요, 에드워드. 이번이 세 번째 아닌가요?"

"미련이 아니다."

"그러면 뭔가요, 설마 같잖은 사랑이라고 대답하진 않

을 테고."

심지어 저렇게 빈정거리며 날 선 감정을 드러내는 칼리파라니.

한 번도 겪어본 적 없는 친구의 낯선 모습에 유디트는 당혹을 감출 수 없었다.

"난 너를 돕고 싶은 거다."

"돕다니 누가요, 당신이 나를?"

하, 하고 조롱 섞인 웃음이 허공에 녹아들었다. 억눌린 분노가 조금씩 새어 나오고 있었다.

"내 부모가, 동생이 죽었을 때…… 제발 날 좀 도와달라고 황자 궁으로 찾아가서 빌었던 날, 당신이 그랬죠. 일단 기다려 보라고."

"……."

"내가 거지처럼 황자 궁 밖으로 쫓겨나는 동안, 당신이 한 말이라고는 그거 하나였잖아요. 기다려 보라고."

"칼리파."

"공작가에서 쫓겨나던 날까지 나는 당신만 믿고 기다리고 있었는데, 돌아온 건 파혼 소식이었잖아."

유디트는 숨을 쉬는 것도 잊었다.

한 번도 들어본 적 없었던 목소리. 타인을 향한 원망 가득한 한 마디 한 마디는 섬뜩하기까지 했다.

"그런데 이제는 뭐라고요? 도와줄 테니 흑기사단을 나

오라고요?"

"……네가 그곳에서 험한 꼴을 당할까 봐 걱정되어서 하는 소리야."

"농담하지 말아요."

"농담이 아니야."

"아니요, 차라리 농담이라고 해요! 적어도 파혼을 통보한 당신보다 그날 나를 황자 궁 밖으로 끌어냈던 제르멜이 나으니까!"

흥분한 두 사람은 유디트의 인기척을 느끼지 못하고 소리를 지르는 데 여념이 없었다.

칼리파의 입에서 나오는 말은 듣고 있던 유디트의 가슴마저 아프게 할 정도로 잔인한 과거였다.

살인이라는 단어를 끔찍하게 여겼던 공녀가 흑기사단이라는 집단으로 굴러들어 온 이유는 하나였다. 공작가 참살 사건의 주범을 찾기 위해.

그리고 그곳에서 버텼던 이유도 하나다. 점점 세간이 잊어가는 참살 사건의 범인을 끝까지 추적하기 위해.

칼리파는 절박한 사람이었다.

유디트와 마찬가지로 기댈 곳이라곤 그녀 자신뿐이었다.

왜 그 사실을 좀 더 무겁게 받아들이지 않았을까. 그녀는 아직도 그 지옥 속에서 발버둥 치고 있었건만.

"돌아가요."

"칼리파. 내 말을 들어봐."

"듣고 싶지 않아요."

"너는 아직 모르고 있어! 제르멜은 네가 생각하는 것보다 이상하고 뒤틀린 녀석이란 말이다……!"

흥분한 건 칼리파뿐만이 아니었다. 언제나 낮고 무덤덤했던 2황자의 목소리도 격정에 차 있었다.

"그놈이 네 사정이 딱해서 흑기사단을 권했다고 생각해? 그런 착각은 널 더 우습게 만들 뿐이야! 아직 늦지 않았으니……."

"아무래도 상관없어요. 내가 있을 곳은 이제 여기뿐이니까."

연이은 냉소에 에드워드도 참지 못하고 소리쳤다.

"그렇지 않다고 몇 번을 말해! 다시 약혼해 주겠다고 했잖아! 그때 내가 어떤 마음으로 파혼했는지 아직 듣지도 않았잖아……!"

"이것 놓으세요. 에드워드."

"칼리파!"

"놓아요."

"나도 약혼을 깨고 싶지 않았어! 하지만 상황이……."

"놓으라고 몇 번을 말해야 알아듣는 거야!"

풀썩 쓰러지는 소리가 들렸다.

그 소리를 듣자마자 유디트는 엿듣는 걸 멈추고 달려갔다.

"잠시 실례하겠습니다."

"……"

"유디트!"

두 사람은 쓰러져 있었다. 에드워드 2황자는 칼리파의 손목을 꽉 쥔 채였다.

유디트의 표정이 차갑게 굳었다.

"이게 무슨 소란입니까."

"……에테르 마스터."

에드워드 2황자가 그녀를 알아보기 무섭게 얼굴을 구겼다. 그가 성가신 기색을 숨기지 않고 말했다.

"아무 일도 아니니 경이 신경 쓸 필요 없네. 돌아가게."

"그럴 수 없습니다."

유디트가 말했다.

"이렇게 인적이 드문 곳에서, 황자님씩이나 되시는 분이 여성의 팔목을 잡고 바닥으로 넘어뜨린 광경을 어떻게 지나칠 수 있습니까."

"……기사 나부랭이 주제에 훈장 하나 받았다고 내게 설교할 셈인가?"

"보이는 상황이 그렇다고 말씀드리는 겁니다."

에드워드의 눈동자에서 불꽃이 튀었다.

그러나 그가 화를 내기도 전, 칼리파가 그에게 붙잡힌 손을 거칠게 뿌리쳤다.

빈손이 된 에드워드가 얼굴을 일그러뜨렸다. 그가 칼리파를 한 번 보더니 유디트를 향해 소리쳤다.

"돌아가라, 명령이다!"

"아뇨, 돌아가야 할 사람은 당신이에요."

"칼리파!"

손목이 자유로워진 칼리파는 자리에서 일어나자마자 유디트 쪽으로 다가왔다.

유디트는 재빨리 칼리파를 등 뒤로 숨겼다.

"돌아가요, 에디. 더는 당신을 보고 싶지 않아요."

"……."

으드득, 이 가는 소리가 들렸다.

어둠 속에서 빛나는 에드워드 2황자의 눈동자는 음습한 구석이 있었다.

"……나중에 다시 오겠어."

"두 번 다시 오지 말아요."

황자는 유디트를 씹어 먹을 듯 노려본 다음 그 자리를 떴다.

발소리가 점차 멀어졌다.

유디트는 등 뒤로 숨은 칼리파의 숨소리가 점점 차분해지는 걸 느꼈다.

"도와줘서 고마워."

"……칼리파."

"마침 네가 지나가고 있을 줄은 몰랐어. 정말 다행이야……."

유디트는 주변에 아무도 없는 걸 확인한 다음 등을 돌렸다.

"칼리파, 정말이야? 2황자가 네 약혼자였다는 게?"

"……."

"난, 그런 소린 처음 들어서……."

"……옛날 일이야."

칼리파가 고개를 저었다. 그녀의 검은색 베일이 고갯짓에 따라 흔들흔들 움직였다.

"옛날이 아니잖아. 그렇게 넘길 일이……."

"옛날 일이 맞아. 사람이 한 번 커다란 일을 겪고 나면 다른 일은 아무것도 아닌 것처럼 느껴지거든."

"……."

"그러니까 옛날 일이야. 에디와 약혼을 했던 것도, 파혼당한 것도."

가슴을 먹먹하게 하는 말에 뭐라고 대답할 수 있을까.

칼리파는 다리에 힘이 풀렸다는 말과 함께 그 자리에서 주저앉아 버렸다.

훈련소 시절, 맨바닥에 앉는 것을 머뭇거리다가 비웃음을 샀던 공녀는 이제 황성의 한가운데에서 주저앉을 줄 알게 됐다.

퍽 달갑잖은 변화다.

유디트가 할 수 있는 건 예나 지금이나 그녀의 곁에 앉아주는 것뿐이었다.

"유디트. 손 좀…… 잡아주겠니."

"……."

"……고마워."

얼음장처럼 차가운 손이 벌벌 떨리고 있었다. 유디트는 칼리파의 검은 장갑을 벗겨낸 다음 손을 잡았다.

"이러고 있으니 세상에게 버림받은 것 같아."

"그렇지 않아."

"알아. 아는데……."

서글프게 웃는 칼리파를 보며, 유디트는 생각했다.

역시 제복을 입을 걸 그랬다.

그랬다면 이상한 착각을 하지도 않았을 테고, 춤 같은 것도 추지 않았을 테다. 그럼 칼리파를 좀 더 빨리 발견했을 텐데.

"사랑했었어."

독백 같은 말이 칼리파의 입에서 흘러나왔다.

"정말 진심으로 사랑했었어. 그때의 나는, 에드워드를 사랑할 수 있었어. 그럴 여유가 있었거든."

"……."

"하지만 이젠 아냐. 내겐 정말 복수밖에 남은 게 없으니까."

칼리파의 한 마디 한 마디는 텅 빈 상자에서 흘러나오는 목소리 같았다.

"……이것뿐이니까……."

다짐 같은 말이었다.

❄　✦　❄

와장창!

에드워드의 손에서 날아간 의자가 액자를 박살 냈다.

그게 시작 신호였다.

에드워드의 손에서 많은 게 부서지고 엉망이 됐다. 테이블, 창문, 거울, 값비싼 공예품, 심지어는 황제가 하사한 도자기까지.

그는 손에 잡히는 것을 무엇이든 집어 던졌다.

그러던 에드워드의 손이 멈춘 건, 작은 향수 하나를 집어 들었을 때였다.

그 향수는 몇 번의 만남으로 호감을 쌓아가던 시절, 칼리파가 그에게 선물이라며 건넸던 물건이었다.

그는 결국 향수를 던지지 못했다.

"……빌어먹을!"

그가 공허한 분노를 터뜨렸다.

도대체 어디서부터 잘못됐던 걸까?

2년 전, 1황자를 죽이려 벌였던 카드스마 습격 사건이 실패했을 때?

그것도 아니면, 이번 노스카나 공작령 습격 사건이 실패했을 때?

두 건 모두 에드워드가 신중하게 추진했던 암살이다. 실패는 뼈아팠다.

하지만 윌리엄과 이든을 죽이지 못했을 때만 해도, 이렇게까지 궁지에 몰릴 줄은 몰랐다.

그때는 이세에피나와 아딧사가 아직 자신의 손에 있었으니까. 헤링시아 숲이라는 그럴듯한 공간이 제 통제하에 놓여 있었으니까.

그렇다면 지금은 어떤가?

"제기랄!"

우지끈 소리와 함께 의자 다리 하나가 반 토막이 났다.

맨 처음, 에드워드는 이세에피나를 기류와 결혼시킨 다음 그들을 먼 곳으로 치워 버릴 생각이었다.

2년 전에도 이번에도, 기류는 언제나 그가 계획했던 암살을 막아낸 방해물이었다.

무력으로는 대적할 수 없는 상대. 그렇다면 적당히 변방으로 치워 버리면 그만이다.

하지만 이세에피나가 쓰러진 지금, 그 계획 또한 휴지 조각이 되었다.

"멍청한 것 같으니⋯⋯!"

금제 마법과 혼인. 멍청한 막내 황녀에게 기대한 건 그 것뿐이었건만.

아딧사의 폭주와 함께 쓰러진 이세에피나는 이제 도움 이 되기는커녕, 언제 정신을 차리고 나불거릴지 모르는 위 험 요소였다.

'……죽여놔야 한다. 그것이 일어나서 입을 열기 전에.'

하지만 어떻게 죽인단 말인가.

용의 피의 원천이었던 아딧사가 죽었다.

이제 에드워드가 가지고 있는 용의 피는 아주 적은 양 뿐이다.

더는 용의 피를 마시게 해서, 사람을 소모품으로 쓰는 방식은 고를 수 없단 소리다.

전처럼 빈민가나 용병단 같은 적당한 곳에서 사람을 납 치해 오는 것도 쉬운 일이 아니었다.

'이럴 줄 알았으면 실험은 천천히 진행했을 텐데.'

에드워드가 아쉬움을 못 이기고 의자를 걷어찼다.

'용의 피를 너무 낭비했어.'

용의 피를 마신 자는 반드시 심장이 터져서 죽지만, 죽 기 직전까지는 월등한 신체 능력을 갖추게 된다.

개중에는 에테르를 다루는 자들도 나타났다. 주로 황실 기사나 용병처럼 오랫동안 몸을 쓴 이들이었다.

허약하게 태어난 자들은 어떻게 되는지 궁금해서 실험

해 보았으나, 피부에 검은 반점이 올라오며 건강이 악화될 뿐 죽지는 않았다.

이 모든 사실을 알아내기까지 얼마나 많은 사람을 상대로 실험했던가.

그간 에드워드는 텔레포트용 마석으로 쉴 새 없이 용을 옮겨가며 키웠다. 그만큼 용은 핵심적인 계획의 한 축을 담당하고 있었다.

한데 키운 보람도 없이 폭주해서 죽어버릴 줄이야.

에드워드가 신경질적으로 머리를 흔들었다.

'어떻게든 해야 한다.'

고집 센 황제는 아직도 황태자를 고르지 않았다.

카드스마 후작령에서 목숨을 건진 대신 약혼자를 잃었던 1황자는 악착같이 문벌 귀족을 설득해서 제 편으로 끌어들이는 데 성공했다.

그것만으로도 방해건만 더 큰 문제는 따로 있었다.

'올가.'

에드워드는 골치 아픈 이름을 떠올리며 혀를 찼다.

황제가 이렇게 오랜 시간 동안 후계자를 정하지 않는다는 건 결국 가장 아끼는 맏딸을 그리워하고 있을 확률이 높다는 뜻이다.

오랜 칩거에도 불구하고 장황녀 올가는 아직도 차기 황제 후보로서는 밀리지 않는 존재였다.

그녀가 칩거를 풀고 움직이기 전에 어떻게든 실권을 잡아야 한다.

그래야만 그가 황태자가, 나아가서는 황제가 될 수 있었다.

시름에 잠겨 있을 때였다. 아무도 들이지 말라고 했던 문이 열리며 제르멜이 들어왔다.

"여기 있었나."

그가 감흥 없는 눈으로 주변을 훑어보았다.

"거칠게 놀았군."

"입조심해. 여긴 황궁이다."

"……이거 실례했습니다."

노골적인 빈정거림에 에드워드의 얼굴이 더욱 크게 구겨졌다.

"뭘 하러 왔지?"

"슬슬 다음 단계를 생각할 시점이 온 것 같습니다만."

"다음 단계? 하!"

에드워드가 코웃음을 쳤다.

금제 마법으로 숨겨서 기르고 있던 용이 죽었다. 아딧사를 이용해서 로제타와 꾸미고 있던 다른 계획들 또한 모조리 물거품으로 변해 버린 상황이다.

그런데 다음 단계라니?

"그래. 지껄여 봐라, 제르멜. 용의 피도 얼마 남지 않은 지금, 우리가 할 수 있는 게 뭐가 있지?"

"흥분이 과하시군요. 칼리파가 황자님의 마음대로 움직이지 않는 게 그렇게 화낼 일입니까?"

쨍그랑!

제르멜을 향해 날아간 촛대가 장식장을 박살 냈다.

에드워드가 선명한 분노를 드러내며 으르렁거렸다.

"그녀의 이름을 네 입에 담지 마."

"……."

"용건이 없다면 나가라. 네 얼굴도 보고 싶지 않으니."

그러나 당연하게도, 제르멜은 걸음을 돌리지 않았다.

"포기하기는 이릅니다. 아직 우리가 할 수 있는 일이 남아 있으니까요. 그것도 아주 재미있는 일이."

"……."

"듣는 건 당신의 선택입니다."

에드워드의 눈동자가 흥분한 뱀처럼 섬뜩하게 변했다.

그리고 제르멜은 그 시선을 고압적으로 마주했다.

3권에서 계속…